# Sardas

# Sardas
## cecelia ahern

Tradução
Paula Di Carvalho

Rio de Janeiro, 2021

Copyright © 2021 por Cecelia Ahern. Todos os direitos reservados.
Copyright da tradução © 2021 por HarperCollins Brasil.
Título original: *Freckles*

Todos os direitos desta publicação são reservados à Casa dos Livros Editora LTDA. Nenhuma parte desta obra pode ser apropriada e estocada em sistema de banco de dados ou processo similar, em qualquer forma ou meio, seja eletrônico, de fotocópia, gravação etc., sem a permissão do detentor do copyright.

Diretora editorial: *Raquel Cozer*

Gerente editorial: *Alice Mello*

Editor: *Victor Almeida*

Assistência editorial: *Anna Clara Gonçalves e Camila Carneiro*

Copidesque: *João Rodrigues*

Revisão: *Rowena Esteves*

Capa: *Holly MacDonald*

Adaptação de capa: *Guilherme Peres*

Crédito de imagem de capa: *AlenaDziachuk/Shutterstock*

Diagramação: *Abreu's System*

---

CIP-Brasil. Catalogação na Publicação
Sindicato Nacional dos Editores de Livros, RJ

Ahern, Cecelia
    Sardas / Cecelia Ahern; tradução Paula Di Carvalho. –
Rio de Janeiro: HarperCollins Brasil, 2021.

    Título original: Freckles
    ISBN 978-65-5511-227-6

    1. Ficção irlandesa I. Título.

21-80499                        CDD-Ir823

Cibele Maria Dias – Bibliotecária – CRB-8/9427

---

Os pontos de vista desta obra são de responsabilidade de seu autor, não refletindo necessariamente a posição da HarperCollins Brasil, da HarperCollins*Publishers* ou de sua equipe editorial.

HarperCollins Brasil é uma marca licenciada à Casa dos Livros Editora LTDA.
Todos os direitos reservados à Casa dos Livros Editora LTDA.
Rua da Quitanda, 86, sala 218 — Centro
Rio de Janeiro, RJ — CEP 20091-005
Tel.: (21) 3175-1030
www.harpercollins.com.br

Para Susana Serradas.

# PRÓLOGO

Na escuridão, o esmagar de um caracol sob meu sapato. O quebrar da concha. O espremer. O escorrer.

Sinto uma dor no fundo dos dentes, uma dor lancinante por um nervo da gengiva.

Não consigo retrair o pé rápido o bastante, não posso voltar no tempo, o estrago não pode ser desfeito. Atingi o interior molengo das entranhas vagarosas do caracol. Eu o imprensei e o torci contra o chão. Sinto a gosma na sola do sapato pelos passos seguintes. Carregando uma cena de crime numa sola escorregadia. Um assassinato no meu sapato. Uma mancha de vísceras. Uma chacoalhada e uma esfregada me eximem.

Acontece ao andar à noite num terreno escorregadio de chuva, quando não consigo ver onde estou pisando e o caracol não consegue ver quem está pisando. Sempre me senti mal pelo caracol, mas agora sei como é. Retaliação. Carma. Agora eu já sei qual é a sensação de ter a casca externa quebrada, de ter as entranhas expostas.

Ele pisou em mim.

Também me carregou consigo por alguns passos, sua sola escorregadia com minha gosma. Eu me pergunto se a alma dele também está escorregadia com meus restos. Se sentiu quando eu quebrei e escorri sob seu olhar enquanto ele cuspia suas palavras odiosas e depois se afastava. Meu escudo levado junto por alguns passos antes de ele perceber que ainda me carregava. Uma esfregada do sapato, como se apagasse um cigarro, e fui descartada.

Meus restos espalhados pelo caminho. Quebrado e exposto, um interior macio e desprotegido que me esforcei tanto para proteger. Um vazamento de todas as partes que estavam tão bem-contidas. Sentimentos, pensamento, inseguranças; tudo escorrendo para fora. Um caminho prateado e farpado de entranhas emocionais.

Não vi o pé dele. Eu me pergunto se o pegou de surpresa também.

Por mais que possa parecer assim, esse não é o fim de tudo. Eu não morri. Estou quebrada e supurando. Uma Allegra Bird estilhaçada. Não dá para consertar a casca externa. Mas dá para reconstruí-la.

# UM

Aos treze anos, eu ligava as sardas dos meus braços uma à outra, como num jogo de ligue os pontos. Sendo destra, meu braço esquerdo virava uma teia de linhas de caneta azul. Depois de um tempo, isso evoluiu para desenhos de constelações; mapeá-las de sarda em sarda até a pele do meu braço se tornar um espelho do céu à noite. A Ursa Maior, que lembra um arado, era a constelação que eu mais gostava de desenhar. Era a que eu sabia identificar imediatamente à noite, então, quando as luzes se apagavam no internato e o silêncio baixava sobre os corredores, eu acendia minha luz de leitura no mínimo, agarrava uma caneta azul e traçava as sete estrelas de sarda em sarda até minha pele parecer um mapa celeste.

Dubhe, Merak, Phecda, Megrez, Alioth, Mizar e Alkaid. Nem sempre eu escolhia as mesmas sardas, às vezes gostava do desafio de replicar essa constelação em outro lugar, às vezes nas minhas pernas, mas ficar torta por tanto tempo dava dor nas costas. Além disso, não parecia natural, como se eu estivesse forçando essas outras coleções de sardas a se tornarem algo que não eram. Ali estavam as sete sardas ideais, já alinhadas com perfeição no meu braço esquerdo especificamente para serem a Ursa Maior, então uma hora eu acabei desistindo das outras sardas e, toda noite, depois que o meu banho matinal havia lavado a tinta, eu começava mais uma vez.

Cassiopeia era a seguinte. Essa era fácil. Depois partia para o Cruzeiro do Sul e Órion. Pégaso era complicadinha, pois somava um total de catorze estrelas/sardas, mas meus braços pegavam mais sol do que qualquer outra parte do corpo, exceto pelo rosto, então tinham uma concentração maior de células pigmentadas, perfeitamente posicionadas para uma constelação de catorze estrelas.

Na escuridão do dormitório do internato, no cubículo ao meu lado, Caroline arfava enquanto se tocava achando que ninguém sabia, e Louise, do outro lado, virava as páginas do mangá que lia com a ajuda de uma lanterna. Na minha frente, Margaret devorava um saco inteiro de biscoitinhos antes de enfiar o dedo na goela e botar tudo para fora; Olivia praticava beijo num espelho enquanto Liz e Fiona se beijavam. Catherine soluçava baixinho com saudade de casa e Katie escrevia cartas raivosas à mãe, que traíra o pai, e todo mundo naquele internato de garotas imergia nos próprios segredos dentro do único espacinho que podiam chamar de seu enquanto eu mapeava minhas sardas como se fossem estrelas.

Meu segredo não permaneceu *meu* por muito tempo. Eu fazia aquilo diariamente, e tinta azul em cima de tinta azul, noite após noite, uma hora não sai mais no banho. A tinta se depositou nos meus poros de forma que nem uma bucha, água quente e uma freira muito estressada, Irmã Ivan — apelidada por todas nós pela sua tendência a começar todas as frases com "E vamos…". E vamos dar as mãos e rezar. E vamos abrir nossos livros na página sete. E vamos fazer arremessos de bandeja, porque ela também era nossa treinadora de basquete —, conseguiam apagá-la ou me fazer parar. Eu recebia olhares estranhos no vestiário, nas aulas de natação, quando usava manga curta. A garota esquisita com marcas de caneta no braço. São padrões da esfera celeste, animais, pessoas mitológicas e criaturas, deuses e objetos, dizia a elas, erguendo o braço com orgulho, nunca envergonhada dos meus desenhos. A resposta era um sermão sobre envenenamento por tinta. Mais visitas ao psicólogo. Voltas extras na pista de corrida. Eles sabiam que saúde física promovia bem-estar mental, então tentavam me ocupar com o máximo de atividades que conseguiam para me fazer esquecer de vandalizar minha pele, mas tudo soava como uma punição. Faça-a correr em círculos. Afaste aquela garota da própria pele. Mas é impossível afastar alguém da própria pele. As pessoas vestem a pele. Elas são a pele. Não importava o que diziam, eu não conseguia parar. Toda vez que as luzes se apagavam e o silêncio chegava como uma névoa marítima, eu sentia o familiar desejo de me conectar com minha pele.

Eu não tinha vergonha das marcas de caneta. Não ligava se as pessoas as encarassem. O único problema era o rebuliço que faziam em cima disso, e eu certamente não era a única garota com marcas na pele. Jennifer Lannigan se cortava com uma lâmina, cortezinhos por toda a extensão das pernas. Eu tinha uma boa visão deles na aula de inglês, o espaço branco entre o topo das meias cinza e a barra da saia cinza. Não tínhamos permissão para usar maquiagem na escola, mas nas horas vagas Jennifer usava maquiagem branca, batom preto, colocava um piercing no lábio e escutava músicas raivosas feitas por homens raivosos e, por algum motivo, o conjunto dessas coisas resultava em aceitarmos que ela fizesse isso consigo mesma.

Mas eu não era gótica, e ninguém tinha uma explicação psicológica para o ato de desenhar na pele. A supervisora do dormitório revirou meu cubículo e pegou todas as minhas canetas, que eram devolvidas para mim de manhã antes das aulas e, então, confiscadas de novo ao fim do dia. As pessoas me observavam quando estava perto de canetas como fariam com uma criança com tesouras. Então, sem canetas, meio que me encontrei no mesmo time da Jennifer. Nunca entendi a compulsão por infligir dor a si mesmo, mas, no meu caso, havia um objetivo. Comecei a usar a parte afiada da minha régua para arranhar uma linha de uma sarda para a outra. Sabia que não deveria arranhar a própria sarda, já fora alertada sobre os perigos de cortar verrugas e sardas. Passei das réguas para itens mais afiados: meu compasso, lâminas de barbear... e logo depois disso, horrorizada com o que viu na minha pele, a supervisora devolveu minhas canetas. Mas ela demorou demais, e eu nunca mais voltei a usar tinta. Nunca gostei da dor, mas o sangue era mais permanente. As casquinhas endurecidas entre as sardas eram mais nítidas, e agora eu podia não só ver as constelações como também as sentir. Elas ardiam em contato com o ar e latejavam sob as roupas. Havia algo de reconfortante na presença delas. Eu as usava como uma armadura.

Eu não arranho mais a pele, mas, aos 24 anos, as constelações ainda são visíveis. Quando estou preocupada ou estressada, me flagro passando o dedo sobre as cicatrizes elevadas do meu braço esquerdo repetidas vezes, na ordem certa, de uma estrela para a outra. Unindo os pontos, solucionando o mistério, encadeando os eventos.

Fui chamada de Sardas desde a minha primeira semana na escola, aos doze anos, até eu me formar, aos dezoito. Mesmo agora, se encontro uma conhecida da escola por acaso, ela me chama de Sardas, incapaz de lembrar meu verdadeiro nome ou, para começo de conversa, provavelmente nem ao menos o soube. Por mais que nunca tenham feito por mal, acho que eu sempre soube que só me viam como pele. Não era negra nem branca como a maioria, que era tão clara que refletia o sol. Eu não tinha uma cor típica em Thurles, e sim uma cor que desejavam e acabavam com garrafas e sprays para conquistar, mas acabavam chegando mais perto de uma cor de tangerina. Havia um monte de garotas com sardas que não herdaram esse apelido, mas sardas em peles mais escuras eram algo diferente para elas. Nunca me incomodou; na verdade, eu o abracei porque ia além de um apelido e carregava um significado mais profundo para mim.

A pele do papai é branca como a neve, tão pálida em algumas partes que é quase transparente como papel-manteiga, com linhas azuis correndo por baixo. Rios azuis de chumbo. Hoje o cabelo dele está ficando grisalho e ralo, mas era cacheado, ruivo e rebelde. Ele tem sardas avermelhadas, são tantas no rosto que, caso se juntassem, seria um sol nascente. Você tem sorte de ser chamada de Sardas, Allegra, dizia ele, só sabiam me chamar de cabeça de fósforo ou, melhor ainda, feio para porra! Então gargalhava alto. Trim-trim-trim, meu cabelo pegou fogo, trim-trim-trim, chamem os bombeiros, ele cantava, e eu acompanhava, entoando a música com a qual zombavam dele. Ele e eu, nos unindo contra a lembrança dos implicantes.

Nunca conheci minha mãe, mas sei que era estrangeira. Uma beleza exótica estudando nas costas irlandesas. Pele num tom de oliva, cabelo preto e olhos castanhos, de Barcelona. A catalã Carmencita Casanova. Até o nome dela parece de um conto de fadas. A Bela, ao que parecia, conheceu a Fera.

Papai diz que eu tinha que puxar alguma coisa dele. Se eu não tivesse herdado as sardas, ele não saberia como comprovar a paternidade. É claro que ele está brincando, mas minhas sardas eram nossa marca registrada. Sendo ele a única pessoa que eu tenho e já tive durante a vida toda, minhas sardas nos conectam de maneira que parece vital. São minha prova. Um selo oficial do escritório dos céus que me vinculam a ele. A multidão raivosa não poderia chegar à nossa casa a cavalo, com tochas acesas, exigindo que ele entregasse o bebê que a mãe não quis. Olha, ela é dele, ela tem as sardas dele, viu só.

Eu herdei o tom de pele da minha mãe, mas do papai foram as sardas. O pai que me quis. Ao contrário da minha mãe, que abriu mão de mim para ter tudo, ele abriu mão de tudo para me ter. Essas sardas são a linha de tinta azul invisível, a cicatriz permanente que me conecta a ele, de ponto em ponto, estrela em estrela, sarda em sarda. Ligá-las também é nos ligar, para todo o sempre, sem nunca acabar.

# DOIS

Entrar para a Gardaí Siochana, a força policial irlandesa, sempre foi meu objetivo de vida. Nunca houve um plano B, e todo mundo sabia disso. Eu era chamada de Detetive Sardas durante o último ano.

A srta. Meadows, professora de orientação de carreira, tinha tentado me empurrar para fazer uma faculdade de administração. Ela achava que todo mundo deveria estudar administração, mesmo os alunos de arte, que chegavam com seus pensamentos criativos maleáveis e saíam como se tivessem passado por uma terapia eletro-convulsiva depois de serem catequizados para as vantagens de uma formação básica em administração. Para amparar a queda, uma ga-rantia, sempre diziam. Administração sempre me lembrou um colchão. Eu tinha esperanças acerca do meu futuro, não pensava em fracassar, muito menos planejava precisar de uma garantia. Ela não conseguiu me convencer a mudar de ideia porque eu não me via em nenhum outro lugar do mundo. Acabei estando errada. Minha inscrição para a Gardaí foi recusada. Eu fiquei chocada. Um pouco sem ar. Envergonhada. Assim, sem nenhum colchão para me amparar, fiz alguns ajustes e encontrei a segunda melhor opção.

Sou guarda de estacionamento do Conselho do Condado de Fingal. Uso uniforme, calça cinza, camisa branca e colete refletivo, e patrulho as ruas, não muito diferente de um policial. Cheguei perto do que queria. Trabalho do lado da lei. Gosto do meu tra-balho, gosto da minha rotina, minha rota, minha ronda. Gosto de organização, ordem, regras e clareza. As regras são claras e eu as aplico rigorosamente. Gosto de assumir um papel importante.

Minha base fica em Malahide, uma vila no subúrbio de Dublin, perto do mar. Um lugar bonito, uma área abastada. Moro num apartamento conjugado em cima de uma academia, no quintal dos fundos de uma mansão numa rua arborizada à margem do Castelo de Malahide.

Ela, Becky, faz alguma coisa com computadores. Ele, Donnacha, trabalha de casa em seu estúdio de arte, num desses jardins de inverno lindos, fazendo artigos refinados de cerâmica. Ele os chama de vasilhas. Já eu acho que parecem tigelas. Não para cereal, porque não cabem nem dois Weetabix no fundo e não tem a profundidade certa para a quantidade suficiente de leite, especialmente levando em conta os níveis de absorção dos cereais de aveia. Li uma entrevista com ele, na revista de cultura do *Irish Times*, na qual ele as descreve como definitivamente não sendo tigelas, definição esta que lhe representa um enorme insulto, a ruína de sua vida profissional. Essas vasilhas são receptáculos para sua mensagem. Não li o bastante para entender a mensagem.

Ele tagarela com um jeito curioso e um olhar distante, como se qualquer um dos seus questionamentos torturantes significassem alguma coisa. Não é bom em escutar, o que achei que seria típico de um artista. Achei que eles deveriam ser como esponjas que absorvem tudo ao redor. E estava meio certa. Ele já é tão cheio de si mesmo que não tem espaço para absorver mais nada, então fica só vazando tudo em cima dos outros. Incontinência artística. E suas tigelas minúsculas custam no mínimo quinhentos euros.

Meu aluguel também custa isso, e a pegadinha é que eu fico disponível para servir de babá dos três filhos sempre que precisam. Em geral, três vezes por semana. No sábado à noite é de lei.

Acordo e me viro para olhar meu iPhone: 6h58, como sempre. Hora de processar onde estou e o que está havendo. Acho que estar um passo à frente do meu celular logo pela manhã é uma boa maneira de começar o dia. Dois minutos depois, o despertador toca. Papai não tem um smartphone, acha que estamos sendo observados. Ele se recusou a me vacinar, não por causa dos riscos à saúde, mas porque tinha uma teoria de que estavam inserindo chips dentro das pessoas. Uma vez, ele me levou para passar o fim de semana do meu aniversário em Londres, e a gente passou a maior parte do tempo na frente da Embaixada do Equador chamando por Julian Assange. A polícia nos mandou sair duas vezes. Julian olhou para fora e acenou, e papai sentiu algo extraordinário passar entre eles. Uma compreensão entre dois homens que acreditam na mesma causa. Poder ao povo. Então assistimos a *Mary Poppins* em um teatro no West End.

Às sete, tomo banho. Preparo o almoço. Eu me visto. Calça cinza, camisa branca, botas pretas, capa de chuva para o caso de dar uma daquelas chuvinhas de abril. Nesse uniforme, eu gostaria de achar que poderia ser confundida com uma policial. Às vezes finjo que sou. Não imito uma policial, isso é ilegal, mas o faço na minha cabeça, e também falo como se fosse. A atitude que eles têm. A aura. A autoridade. Seu protetor e amigo quando você precisa, e seu inimigo quando acham que você está dando uma de pé no saco. Eles escolhem qual personagem assumir a qualquer minuto. É mágico. Até os novatos com penugem no queixo sabem fazer aquela expressão desapontada como se já tivessem muita experiência. Como se conhecessem você e soubessem que pode ser melhor e, meu Deus, por que teve que desapontá-los. Desculpe, guarda, desculpe, não vai se repetir. E as mulheres; você nunca se meteria com elas, mas definitivamente sairia com elas num sábado à noite.

Meu cabelo é comprido, grosso e preto, tão preto que emite um brilho azulado, que nem petróleo, e leva uma hora para secar, então só o lavo uma vez por semana. Fica preso num coque baixo, quepe inclinado por cima dos olhos. Penduro a máquina de multa no ombro. Pronta.

Saio da garagem, a 45 metros da casa, separada por um jardim enorme planejado por um paisagista premiado. Um caminho de pedras parte do meu apartamento e serpenteia através de um jardim secreto, a rota que me mandaram pegar, em direção à lateral da casa, por onde saio por um portão de pedestres, cujo código especial é 1916, o ano da rebelião dos irlandeses republicanos contra os ingleses, escolhido por Donnacha McGovern da cidade de Ballyjamesduff. Se Padraig Pearse pudesse vê-lo agora, fazendo sua parte pela República. Fazendo tigelas no quintal dos fundos.

O andar térreo que fica de frente para mim é quase todo de vidro. Portas de correr do chão ao teto, as quais se abrem como se a casa fosse uma *brasserie* durante o verão. Levar o lado de fora para dentro, levar o lado de dentro para fora. Você não sabe o que é casa e o que é jardim, então mistura tudo. Esse tipo de ladainha de arquiteto. Consigo ver o interior de todos os cômodos. Parece uma propaganda da Dyson, aquela empresa de tecnologia. Objetos brancos circulares de aparência futurista em todos os cômodos, sugando ou soprando ar. O que a parede de janela realmente faz agora para a casa é revelar o caos na cozinha enquanto Becky corre para lá e para cá tentando aprontar as três crianças para a escola antes de dirigir para o trabalho, que fica em algum lugar da cidade, acho. Inspirada na série, eu a chamo de Goop para mim mesma. Sabe, uma dessas mulheres que compra couve e abacate toda semana. Que espirra chia e caga romã.

Eles sentem pena de mim. Eles, em sua mansão enorme; eu, morando num único cômodo em cima de uma academia. No quintal dos fundos deles. Usando um colete refletivo e calçados de proteção. Eu deixo que sintam. Meu quarto é estiloso, limpo e aquecido, e eu precisaria pagar o mesmo valor para dividir um apartamento com mais três pessoas em qualquer outro lugar. Já eles teriam que perder tudo para um dia se encontrarem na minha posição. É assim que me veem. Para mim, meio que larguei tudo para ganhar isso. É assim que eu vejo.

Não sou solitária. Não o tempo todo. E não tenho muito tempo livre. Não com muita frequência. Eu cuido do papai. Fazer isso a 400 quilômetros de distância não é sempre fácil, mas escolhi morar aqui, a essa distância, para poder estar mais próxima dele.

# TRÊS

Tento não olhar para dentro da cozinha ao passar, mas Becky solta um rugido poderoso para todo mundo sair logo da porra da casa e eu espio para dentro por impulso, e então vejo a ilha da cozinha coberta de leite e caixas de suco e de cereal, lancheiras, coisas de lancheiras, crianças em vários estágios de vestimenta e desenhos gritando na TV. Becky ainda não está vestida, o que é incomum; está de short de pijama e uma blusa de alça com rendas, sem sutiã, os peitos caídos e balançando. Mas ela é magra e malha das seis às sete toda manhã na academia embaixo do meu quarto. É uma dessas mulheres mencionadas nas revistas femininas. Com inclinação para o sucesso. Quando ouço essa frase, imagino Michael Jackson fazendo aquele passo de dança no qual ele se inclinava para a frente. Desafiando a gravidade. Então você descobre que os pés dele ficavam presos ao palco e que a manobra não passava de um truque.

Donnacha está sentado num banco alto da bancada do café da manhã, lendo no celular como se nada acontecesse ao redor. O tempo não é um obstáculo. Ele vai deixar as crianças na escola e depois entrar calmamente no estúdio com suas tigelas. Logo que eu chego em segurança à frente da casa, prestes a seguir pela longa entrada cheia de carros caros, onde portões dignos de um palácio protegem a casa e coelhos selvagens fogem quando me veem aproximando, Becky me chama. Fecho os olhos e suspiro. A princípio penso que posso escapar fingindo que não ouvi, mas não consigo. Eu me viro. Ela está na porta da frente. Os mamilos sob o tecido leve endurecem ao sentir o ar matinal. Ela tenta esconder um deles atrás do batente.

— Allegra — chama ela, porque esse é o meu nome. — Você pode cuidar das crianças hoje à noite?

Não é uma noite em que costumo ficar de babá, e também não estou no clima. A semana foi longa e estou mais cansada do que o normal. Passar a noite com crianças que ficam quietas em seus quartos ou sentadas imóveis na frente do computador não é muito cansativo, mas não é igual a relaxar sozinha. Se disser que não posso e eles me virem em casa, eu também não conseguiria relaxar.

— Sei que está em cima da hora — completa ela, me dando uma desculpa.

Mas, antes que eu tenha a oportunidade de usá-la, ela faz questão de lembrar que o dia primeiro de maio está chegando.

— Precisamos discutir o aluguel — diz ela, toda profissional agora. — Eu disse a você que iríamos reavaliar depois dos seis primeiros meses.

Ela está toda assertiva e poderosa, mesmo que esteja escondendo os faróis acesos. Parece uma ameaça. A única vez em que não pude ajudá-la foi quando viajei para ver o papai, e eu a avisei com antecedência. Sempre estou disponível, mas não me dou ao trabalho de dizer isso.

— Sobre a questão do aluguel, tudo bem — respondo. — Mas eu continuo não podendo cuidar das crianças, já tenho compromisso para hoje à noite. — Assim que eu falo, sei que preciso arrumar um plano, o que é irritante.

— Ah, Allegra, eu não quis dizer isso — fala ela com uma expressão chocada diante da minha acusação de que a conversa sobre o aluguel era uma ameaça levemente disfarçada. Nem tão leve assim, mais fina do que o tecido do pijama dela.

Realmente, as pessoas são tão transparentes que eu não sei por que nos damos ao trabalho de trepar.

— Tenha uma boa-noite, seja lá o que for fazer — diz ela antes de fechar a porta, com peitos balançantes e tudo.

Não tenho como pagar um aluguel mais caro, mas também não tenho como não morar aqui. Ainda não fiz o que vim fazer.

Talvez eu devesse ter aceitado ficar de babá.

Para chegar à vila, atravesso o terreno do Castelo de Malahide: árvores grandes e trilhas planejadas. Bancos com placas de bronze em honra aos que caminharam aqui, se sentaram ali e olharam para isso e aquilo. Canteiros de flores imaculados, sem nenhum lixo à vista. Um esquilo cinza de vez em quando. Tordos curiosos. Coelhos travessos. Um melro fazendo seu aquecimento vocal da manhã. Não é um começo de dia estressante. De maneira geral, eu passo pelas mesmas pessoas nos mesmos lugares e no mesmo horário. Se isso não acontece é porque elas estão atrasadas, não eu. Um homem de terno, mochila e fones de ouvido enormes. Uma mulher com um rosto assustadoramente vermelho que corre como se estivesse caindo para o lado. A corredora inclinada. Eu não sei como ela consegue. Continuar de pé, continuar correndo. Nos primeiros dias, ela fazia contato visual comigo, como se fosse uma refém buscando resgate da própria ambição, mas agora ela parece um zumbi, focada, encarando o horizonte e perseguindo algo que a faz continuar, uma cenoura invisível presa a uma linha. Então tem o passeador de cachorro e o dogue alemão, seguido por um velhinho de andador acompanhado de um homem mais novo que parece ser seu filho. Ambos dão bom-dia toda manhã, sem falta.

— Bom dia — diz um.

— Bom dia — diz o outro.

— Bom dia — respondo para os dois.

Meu turno começa às oito horas e termina às dezoito. A vila em si é relativamente tranquila, até que o caos do trânsito escolar começa. Antes disso, vou à padaria da Main Street toda manhã.

Padaria da Vila. Spanner é o dono e o gerente. Ele sempre tem tempo para um papo quando estou lá, porque chego mais cedo do que a maioria dos clientes. O lugar fica momentaneamente cheio quando o trem das 7h58 chega e todo mundo desce e entra correndo para tomar um café. Ele já está lá desde as cinco horas, assando pães e doces. Mal dá para vê-lo por cima do balcão, cheio de dezenas de tipos de pão, torcidos e trançados, estufados, brilhosos e decorados com gergelim, sementes de papoula e de girassol. São os reis da padaria, em posição de destaque sobre a vitrine de bolos. Ele insiste que eu o chame de Spanner, mesmo que seja uma gíria de Dublin para "idiota". Ele fez alguma coisa idiota uma vez na época da escola e o apelido pegou. Talvez mais de uma vez — sei que ele já foi preso. Disse que foi onde aprendeu a fazer pão. Então falei para ele que também já tive um apelido, que na escola me chamavam de Sardas. E ele resolveu começar a me chamar assim. O que não me incomodou. Afinal, depois de me mudar para Dublin, era meio legal ter alguma coisa familiar aqui, como se alguém me conhecesse.

— Bom dia, Sardas, o de sempre? — pergunta ele, mal erguendo o olhar enquanto guia a massa por uma máquina e a dobra. — Folhado dinamarquês — diz ele antes que eu sequer pergunte.

— De maçã e canela, a porra da máquina quebrou essa manhã. Vou terminar só na hora do almoço. Bom o suficiente para eles.

Ele sempre fala dos clientes como se fossem inimigos, como se fossem a sua ruína. Eu sou uma cliente, mas não fico ofendida, me sinto bem por ele falar comigo como se eu não o fosse.

Ele dobra a massa de novo, formando outra camada. Branca e mole. Lembro-me da barriga da Tina Rooney, quando ela voltou para a escola depois de ter um bebê e tinha crescido pele ao redor da cicatriz da cesariana, formando dobras feito massa crua. Eu a observei no vestiário enquanto ela vestia a camisa do time de camogie. Pareceu tão exótica na época: uma garota da nossa idade que teve um bebê. Ela só podia vê-lo nos fins de semana, e o cubículo do quarto dela era lotado de fotos do pequenino. Acho que nenhuma de nós realmente compreendeu como foi difícil para ela. Como passara a levar duas vidas completamente diferentes da noite para o dia. Ela me contou que transou com um cara no Electric Picnic, um festival de música. Na tenda dela. Durante o show do Orbital no palco principal. Ela não sabia o nome todo dele nem tinha o telefone e, por isso, ia voltar no ano seguinte para ver se o encontrava. Eu me pergunto se o encontrou.

— O maldito do Assobio torrou minha paciência sobre os folhados — diz Spanner, me trazendo de volta ao presente. Ele continua, sem olhar para mim: — Vou te contar, é muita cara de pau reclamar comigo sobre o que come no café da manhã. Ele deveria ficar feliz em comer qualquer coisa — diz ele, a última parte com a voz mais alta, relanceando para a porta por cima do ombro.

Eu olho para Assobio, o morador de rua sentado do lado de fora sobre um pedaço de papelão, enrolado num cobertor com café quente numa das mãos e mordendo um bolinho de frutas.

— Ele tem sorte de ter você — falo para Spanner, e ele se acalma um pouco, enxuga a testa, joga uma toalha por cima do ombro e pega um café e um waffle para mim.

— Eu não sei para onde vai essa comida toda — diz ele, salpicando açúcar de confeiteiro no waffle antes de embrulhá-lo em jornal e me entregar.

Ele tem razão, eu como o que quero e meu corpo continua igual. Talvez seja por eu caminhar tanto o dia todo, e todos os dia, durante a minha ronda; talvez seja por causa dos genes da minha mãe. Acho que ela era dançarina. Ou queria ser. Foi assim que conheceu o papai, ela estava fazendo artes performáticas e ele era professor de música. Talvez ela tenha conseguido o que queria por um tempo, pelo menos entre querer ser e não ser. Torço por ela para que sim. Ninguém quer desistir de algo para ter tudo com que sonhou e acabar com nada. Seria bem injusto para o algo deixado de lado.

— Dois euros e vinte por um café e um doce, promoção matinal. Metade do que você pagaria no Insomnia ou Starbucks no fim da rua. — Uma padaria de verdade competindo contra aqueles escrotos de franquia, nem o faça começar. — Eu chego aqui às cinco horas toda manhã... — Mas Spanner está quase sempre animado, é um bom começo para o meu dia, a melhor e mais completa conversa que tenho com qualquer pessoa na maioria dos dias. Ele sai de trás do balcão, pega o cigarro no bolso da frente do avental e vai para rua.

Sento-me na banqueta de frente para a janela, olhando para a Main Street da vila, que lentamente ganha vida. A florista está montando sua vitrine na calçada. A loja de brinquedo, sendo destrancada, com novas flores, coelhos e ovos pintados à mão na vitrine em preparação para a Páscoa. A ótica, a loja de bebida, a papelaria e os advogados ainda estão fechados. Os cafés estão abrindo. Spanner é o mais rápido toda manhã.

Do outro lado da rua, no The Hot Drop, ela coloca um quadro de giz na frente da loja anunciando uma omelete especial e um bolo de cenoura. Devagar e sempre, ela vem colocando mais bolos no cardápio. Antigamente só havia sandubas na chapa. Eu me pergunto por que ela se dá ao trabalho, os dele são melhores. Spanner a encara com olhos semicerrados. Ela dá um aceno nervoso, ele assente de leve enquanto traga, olhos apertados, inalando fumaça.

— Sexta à noite — diz Spanner, soprando a fumaça pela lateral da boca, falando como se tivesse sofrido um derrame. — Você vai sair?

— Vou — respondo, reforçando a mentira que comecei com Becky.

Eu já me comprometi, agora só preciso arrumar um lugar para ir. Pergunto sobre o fim de semana dele.

Ele olha de um lado para o outro da rua, como um ladrão dos anos 1950 reconhecendo o terreno.

— Vou ver a Chloe.

Chloe, a mãe da filha dele; Chloe, a mulher que não o deixa ver a filha; Chloe, a trapaceira do Vigilantes do Peso, a viciada em codeína; Chloe, a ogra. Ele dá uma tragada, sugando as bochechas.

— Eu preciso ir lá e dar um jeito nisso. Só preciso que ela me escute, cara a cara, um a um, sem ninguém se metendo no meio e confundindo tudo com suas opiniões. As irmãs dela. — Ele revira os olhos. — Cê entende, Sardas. Ela vai estar numa festa de batismo no Pilot, então, se por acaso eu estiver lá... Não teria motivo para eu não estar, eu já bebi lá antes, meu parça Duffer mora ali na esquina, por isso eu vou sair com ele, algumas cervejas, na sinceridade, e ela não vai ter como *não* falar comigo.

Eu nunca vi ninguém fumar tabaco igual a ele, longa e profundamente, tragando quase um quarto do cigarro antes de dar um peteleco na guimba. O cigarro passa voando na frente de uma mulher, uma farmacêutica local que dirige um Fiat azul e o para no estacionamento do Castelo. Ela dá um gritinho espantado quando o cigarro quase a atinge e olha para ele com irritação, então, assustada com seu tamanho e aparência, um padeiro com o qual ninguém se mete, continua andando. Assobio assobia negativamente por causa do desperdício de metade do cigarro, então se arrasta até ele na sarjeta e o leva ainda aceso de volta ao assento no papelão.

— Seu porco — diz Spanner para ele, mas lhe dá um cigarro novo antes de voltar para dentro.

— É melhor tomar cuidado, Spanner — alerto-o, preocupada. — Da última vez que você viu Chloe, acabou discutindo com as irmãs dela.

— As três irmãs feias. Parecem uns repolhos atropelados — diz ele.

— E ela ameaçou você com uma medida protetiva.

— Ela nem sabia escrever isso — diz ele, rindo. — Vai ser de boa. Eu tenho o direito de ver a Ariana. Vou fazer qualquer coisa.

Se ser legal é o último recurso, então eu vou ser legal. Posso fazer esse joguinho.

Os passageiros do trem das 7h58 começam a sair da estação de trem e a encher a Main Street. Em breve, o pequeno espaço dentro da padaria estará lotado e Spanner estará servindo cafés, bolos e sanduíches sozinho, o mais rápido que consegue. Termino meu café e o resto do waffle, limpo o açúcar de confeiteiro da boca, jogo o guardanapo fora e vou embora.

— Segue teu caminho, Assobio — grita Spanner. — Você vai tirar a fome de todo mundo e eles nunca te dão um centavo.

Assobio se levanta lentamente, pega suas coisas, seu papelão, e sai arrastando os pés, virando a esquina e descendo a Old Street. A brisa sopra a música desafinada dele na minha direção.

Meus primeiros trabalhos do dia são as escolas locais. Pouco espaço, muitos carros. Pais cansados e estressados parando onde não deviam, estacionando onde não deviam, cardigãs e casacos escondendo pijamas, tênis esportivos com roupas sociais, cabeças aborrecidas suando para deixar os filhos antes de correr para o trabalho, crianças descabeladas com mochilas maiores do que elas, ouvindo ordens gritadas para saírem do carro logo. Pelo amor de Deus, alguém pode ficar com as crianças para eles poderem ir fazer todas as obrigações? Eu ouço desaforo dos mesmos estressados em fila dupla toda manhã. Não é culpa das crianças. Não é culpa minha. Não é culpa de ninguém. Mas eu preciso fazer a ronda mesmo assim.

Primeiro, olho para a vaga livre na frente do salão, a qual vai ser ocupada na próxima meia hora por uma BMW prata, Série 3 2016. Espio o interior do pequeno salão, de luzes apagadas e fechado até as nove da manhã. Enquanto olho pela janela, um carro entra na vaga. Viro-me e encaro o motorista, um homem que está desligando o motor e tirando o cinto. Ele me olha o tempo todo. Abre a porta, coloca um pé na calçada e me encara.

—Não posso parar aqui? — pergunta ele.

Balanço a cabeça, e mesmo que não esteja imitando uma policial, na minha cabeça estou sendo uma. A Gardaí nem sempre precisa dar motivos.

Ele revira os olhos, volta para dentro do carro e, enquanto prende o cinto e liga o motor, olha para a placa, confuso e irritado.

Eu fico parada enquanto ele dirige para longe.

Ainda são oito horas. Só é preciso pagar para estacionar a partir das 8h30. Não há nenhum motivo legal para ele não poder parar aqui.

Mas ela sempre para aqui.

Todo dia.

É a vaga dela.

E eu a protejo.

# QUATRO

A maior parte das infrações de estacionamento acontece das nove horas ao meio-dia. Carros em vagas de carga e descarga atrapalhando as vans de entrega, causando caos nas ruelas da vila. Multas por carros deixados na rua desde a noite anterior; bêbados que pegaram táxis para casa e não voltaram para buscar o carro na manhã seguinte a tempo de pagar a taxa. Estou mais ocupada com isso hoje do que em qualquer outro dia da semana, sendo a noite de quinta um programa popular. O estacionamento é gratuito aos domingos. Então eles podem fazer o que quiserem.

Eu me mantenho ocupada.

Caminho até a BMW prata na frente do salão. Na vaga dela. De nada. Estacionamento pago. Bilhete empresarial posicionado no lugar certo do painel. Veículo certo para o disco certo. Muito bem. A maioria das pessoas se esquece de avisar ao Conselho quando mudam de veículo. O que é uma infração passível de multa. A BMW está completamente regularizada. Seiscentos euros pelo disco anual. Ela está indo bem. Seu próprio salãozinho de beleza. Só tem seis cadeiras, mas está sempre cheio. Duas estações de lavagem, três cadeiras em frente a espelhos e uma mesinha e cadeira à janela, para a manicure. Shellac e gel. Ela está sempre lá. Noto quando seu carro não está na vaga, pergunto-me se ela e a família estão bem, mas presumo que saberia pela expressão dos funcionários caso algo horrível tivesse acontecido. As credenciais de estacionamento estão sempre corretas, mas eu as verifico mesmo assim. Ninguém é infalível. Disco no painel, um assento para criança no banco traseiro.

Isso chama a minha atenção por um momento.

Ao meio-dia estou na James's Terrace, uma rua sem saída de casas georgianas com varanda, agora todas comerciais, viradas para quadras de tênis. Admiro a vista à frente, que dá direto para Donabate, barcos de pesca, veleiros, azuis, amarelos, marrons e verdes, e lembro-me da minha cidade natal. Ela também é uma cidade portuária, não exatamente assim, mas a maresia faz a conexão, e esse é o mais perto que Dublin chega de casa para mim. Cidades grandes me deixam claustrofóbica, e essa vila no subúrbio me deu mais espaço para respirar.

Minha casa fica na Ilha de Valentia, no condado de Kerry, mas o internato ficava em Thurles. Eu ia para casa na maioria dos fins de semana. Papai trabalhava na Universidade de Limerick, como professor de música, até se semiaposentar um tempo atrás. Ele toca violoncelo e piano e, nos fins de semana e durante os verões, dava aulas na nossa casa, mas seu trabalho e obsessão principais eram falar sobre música. Eu podia imaginar suas aulas, com ele cheio de *joie de vivre* sobre seu assunto preferido. Foi por isso que me deu o nome Allegra, que significa divertido e vivaz em italiano, mas na verdade veio do termo musical *allegro*, uma peça musical tocada de maneira veloz e vivaz. O melhor instrumento de todos era o cantarolar do papai. Ele poderia, e pode, cantarolar os quatro minutos e treze segundos inteiros de "As bodas de Fígaro".

Ele trabalhava em Limerick de segunda a sexta, enquanto eu ficava no internato, de onde pegava um trem para Limerick nas sextas à tarde. Então ele me buscava na estação e íamos de carro para casa, em Knightstown, Ilha de Valentia. Devia levar três horas para chegarmos em casa, mas era perigosamente mais rápido com ele atrás do volante, já que limites de velocidade eram só outra forma do governo nos controlar. Assim que eu via nossa cidade na sexta à noite, quando atravessávamos a ponte de Portmagee, sentia a paz me envelopar. Ir para casa me deixava tão animada, se não mais, quanto ver o papai. É a definição de lar, não é? As coisas aparentemente invisíveis que tocam bem na alma. A sensação da minha cama, o travesseiro perfeito, o tique-taque do relógio de pêndulo no corredor, o jeito como um remendo na parede assume uma certa aparência num certo momento do dia quando reflete a luz. Quando você está feliz, até as coisas que odeia podem se tornar coisas que ama. Papai ouvindo Classic FM alto demais. O cheiro de torrada queimada, até você precisar comer a torrada queimada. O rugido do aquecedor toda vez que alguém abria uma torneira. O deslizar dos anéis da cortina no varão do boxe. As ovelhas no campo da fazenda da Nessie atrás da nossa casa. O estalo do carvão na lareira. O som da pá do papai raspando o concreto no depósito de carvão nos fundos. O toc toc toc, três vezes, sempre três, no ovo cozido dele. Às vezes meu corpo dói de saudade de casa. Não aqui, perto do mar, onde sou lembrada dela; mas, na maioria das vezes, dói mais quando não vejo nada ao meu redor que me lembra dela.

Além dos amarelos da areia e da ilha, vejo outro amarelo familiar. A Ferrari amarelo-canário está estacionada na frente do número 8 da James's Terrace. Chuto por antecipação que não há disco regularizado no para-brisa, assim como não havia nas últimas duas semanas. Verifico todos os carros no caminho até ela, mas não consigo me concentrar direito. Preciso chegar ao carro amarelo antes que alguém entre e saia dirigindo sem que eu consiga emitir a multa. Ia me sentir trapaceada. Desisto dos outros carros e vou direto para o carro esportivo amarelo.

Nenhum disco de estacionamento no para-brisa. E também nenhum bilhete no painel. Escaneio a placa. Nenhum estacionamento pago pela internet. Esse carro já está parado aqui há mais ou menos duas semanas, no mesmo lugar, e eu o multei todo santo dia. Cada multa custa quarenta euros, e esse valor aumenta em 50% depois de 28 dias. E, se não for pago por mais 28 dias, inicia-se um processo judicial. Quarenta euros todo dia por duas semanas não é nada barato. É praticamente o valor inteiro do meu aluguel. Não me sinto mal pelo dono do carro. Eu me sinto irritada. Agitada. Como se estivessem tirando uma com minha cara de propósito.

De qualquer maneira, seja lá quem dirige esse carro deve ser um babaca. Só pode ser. Uma Ferrari amarela. Ou poderia ser uma mulher. Uma que teve inclinação demais, caiu e bateu a porra da cabeça. Emito a multa, coloco-a num saco e enfio-a embaixo do limpador de para-brisa.

Na hora do almoço, eu me sento no banco ao fim da rua, atrás do clube de tênis e do clube de escoteiros, com vista para o mar. A maré está baixa e as pedras lodosas ficam à mostra; algumas garrafas de plástico, um tênis e uma chupeta despontam estranhamente da camada escorregadia de algas. Mas ali até mesmo o feio é bonito. Tiro minha lancheira da mochila. Sanduíche de queijo no pão de grãos, uma maçã-verde, um punhado de nozes e uma garrafa de chá quente. Mais ou menos a mesma coisa todo dia e sempre no mesmo lugar, se o tempo estiver relativamente bom. Quando o tempo está feio, eu me protejo embaixo do teto dos banheiros públicos. Dias chuvosos normalmente são mais agitados, pois ninguém quer correr até um parquímetro e voltar para o carro debaixo de chuva. Os motoristas encostam em vagas de carga e descarga e param em fila dupla, pisca-alerta ligado, para entrar e sair da chuva mais rápido. Mas meu regulamento é o mesmo independentemente do tempo.

Às vezes, Paddy almoça comigo. Ele também é guarda de estacionamento, e nós dividimos as zonas dessa área intermediária. Paddy é gordo, tem psoríase, vive cheio de caspa nos ombros e nem sempre chega às zonas nos horários certos. Na maioria dos dias, fico feliz quando ele não aparece. Ele passa o tempo todo falando sobre comida, como a prepara e cozinha, em detalhes excruciantes. Talvez um verdadeiro amante de gastronomia apreciaria o papo dele, mas é estranho escutar sobre marinadas e cozimentos de 24 horas em fogo baixo enquanto ele devora um sanduíche de ovo com maionese e batatinhas Tayto de queijo e cebola do posto de gasolina.

Ouço alguém xingar alto e uma porta bater. Olho para trás e vejo o cara da Ferrari amarela lendo a multa de estacionamento. Então é assim que ele é. Surpreendentemente jovem. Meu sanduíche de queijo cobre minha boca, escondendo meu sorrisinho convencido. Normalmente eu não sinto prazer com essas coisas, emitir multas não é pessoal, é um dever, mas sendo o carro que é... Ele é alto, magro, cara de garoto, vinte e poucos anos. De boné vermelho. Parece um boné "Make America Great Again", mas quando olho melhor vejo que tem um símbolo da Ferrari. Mais broxante ainda. Ele enfia a multa no bolso, todo irritadinho, bufando, e abre a porta do carro.

Dou uma risadinha.

Não existe nenhuma possibilidade de ele ter me ouvido, eu ri baixinho, o sanduíche de queijo serviu para abafar o som e nós estávamos muito longe um do outro, separados por uma rua. Mas, como se sentisse que está sendo observado, ele olha ao redor e me vê.

O sanduíche parece um tijolo na minha boca. Tento engolir, mas lembro com atraso que ainda nem mastiguei. Engasgo, tusso e desvio o olhar para expulsar a comida da garganta. Finalmente ela se solta e eu cuspo num guardanapo, mas ainda sinto algumas migalhas fazendo cócegas. Engulo-as com chá e, quando volto a olhar, ele continua a me encarar. Não parece preocupado, é mais como se estivesse torcendo para me ver engasgando até a morte. Ele me olha feio, entra no carro, bate a porta e arranca. O barulho do motor faz algumas cabeças se virarem.

Meu coração está martelando.

Eu estava certa. Babaca.

# CINCO

Depois do almoço, faço a ronda na costa. Muita gente usa essas vagas para pegar o trem para o trabalho, como se fosse um estacionamento. Ou pelo menos usava; as pessoas aprendem suas lições rapidinho. Acham que vão se safar pagando o máximo de três horas, pegando um trem para a cidade, deixando o carro ali o dia inteiro e voltando às seis da tarde. Talvez se safem com Paddy, mas não comigo. Eu não recompenso tentativas de meia-tigela, um mero gesto de depósito. Você paga pelas horas que usa, sem tratamento especial, nem se você é manco.

Quando estou voltando para a vila, vejo a Ferrari amarela a algumas vagas de onde estava mais cedo e sinto um formigamento de empolgação. É como xadrez. Ele fez a jogada seguinte. Teoricamente, eu já poderia encerrar meu dia; são 17h55. O parquímetro funciona até as dezoito horas. Ninguém pode pagar por exatos cinco minutos nem se tentasse, o mínimo é dez, e, por mais que adore seguir regras, também não espero que as pessoas paguem a mais. Dinheiro não é brincadeira. Olho ao redor e me certifico de que o motorista não está à vista ou observando. Abaixo o quepe sobre os olhos e me apresso para o carro. Relanceio para o para-brisa, com o coração acelerado.

Ele pagou. Pela primeira vez na vida. Minhas multas funcionaram. Eu o derrotei. O interrogatório do suspeito foi um sucesso. No entanto, o bilhete venceu às 17h05. Ele pagou os três euros pelo máximo de três horas às 14h05, e fico irritada por ele ter pensado que, ao fazer isso, levaria a última hora de graça. Não é assim que as coisas funcionam.

Antes de emitir uma nova multa, escaneio a placa dele para ter certeza de que não pagou pela internet. Estava certa.

Faço um muxoxo e balanço a cabeça. Esse cara não se ajuda. Se tivesse mantido a multa anterior no para-brisa, eu não poderia lhe dar outra. Ele claramente não fez nenhum esforço para se ajudar.

Emito a multa.

Então me afasto bem depressa.


Quando encerro o dia de trabalho, não posso ir para casa. Falei para Becky que ia sair, mas não posso ir a muitos lugares vestindo uniforme numa sexta à noite. Compro peixe frito e batatas para viagem, vou para o terreno do Castelo de Malahide e observo uma gangue de adolescentes com mochilas cheias e suspeitas procurando um lugar secreto para beber.

Começa a escurecer lá pelas 21 horas, e eu não posso ficar na rua até muito mais tarde; estão trancando os terrenos do castelo e, além disso, estou entediada, com frio e, sinceramente, não quero arruinar minha noite de sexta só porque me recusei a ficar de babá. Acho que, se eles já tiverem encontrado outra pessoa para o trabalho, não vai dar problema se eu voltar agora.

São 21h30 quando chego na casa. Vejo as crianças aparecendo em várias janelas, mas nenhum adulto, então não sei se Becky e Donnacha ficaram em casa ou arrumaram outra babá. Mantenho a cabeça baixa mesmo assim, torcendo para que não me vejam e digam "olha só, você voltou cedo, podemos sair agora". Estou com frio e cansada, quero tomar banho e vestir meu pijama.

Sei que alguma coisa está errada assim que entro na academia. As luzes estão apagadas, mas tenho a sensação de que alguém está lá dentro. Não fecho a porta só para o caso de ser um invasor e eu precisar correr. Não estou com tanto medo assim, presumo que seja Donnacha. Tem uma porta na academia que dá para o escritório dele e uma escada em espiral que leva ao meu conjugado. O escritório dele fica embaixo da minha casa e é usado para ver pornografia e bater uma. Possivelmente também para emitir notas e fazer contabilidade.

Não tem ninguém no escritório, o som está vindo de cima, do meu quarto. Eu me pergunto por um breve momento se deixei a TV ligada, mas sei que não é o caso. Parece real demais. Respirações e gemidos e grunhidos e suspiros. Alguém está transando na minha casa. De preferência dois corpos. Descobrir um só seria ainda mais constrangedor.

Meu primeiro pensamento: é Becky e Donnacha. Já que não pude ficar de babá, eles vão me punir gozando por todo meu lençol enquanto estou fora, sendo os mimados privilegiados e nojentos que eles são. Dá para ser privilegiado demais, ou será que só privilegiado já basta? Não tenho certeza. Segundo pensamento: é Donnacha. Talvez Becky tenha saído mesmo assim e ele tenha sido obrigado a ficar. Talvez tenha decidido se divertir sem a esposa. O caso chocante da esposa com inclinações e o marido inseguro e traidor. Eu me pergunto, com um arrepio, quantas vezes ele já usou minha casa.

Subo a escada em espiral com cuidado, mas minhas botas, apesar do modelo supostamente leve, são muito pesadas e brutas para entrar de fininho. Estou com o celular a postos. A porta para o meu quarto está levemente entreaberta, o que é um erro bobo de se cometer, então imagino que seja deliberado. Não para ser pego, ninguém quer isso, mas para poder escutar se alguém entrar. Mas ninguém ouviria um invasor enquanto geme tão alto. Cheguei na hora certa. Levanto o celular e filmo, o que é a reação de todo mundo hoje em dia quando alguma coisa violenta, perigosa ou peculiar acontece. Filme primeiro, pense depois. Perdemos nosso bom senso. Nossa compaixão. Nossos instintos de reação. O instinto agora é filmar antes, pensar e sentir depois.

Uma bunda peluda e musculosa martela sem parar entre um par de pernas bronzeadas e flexíveis apontadas para o ar, suas coxas sendo mantidas impressionantemente abertas pelas próprias mãos de unhas feitas. Se é Shellac ou gel, não sei dizer. Que maravilha de flexibilidade, e quanta gentileza da parte dela de se manter aberta. Uma cavalheira na cama. Reconheço aquelas unhas, aquelas pernas. É Becky.

Ah. Então essa deve ser a bunda do Donnacha. Prazer em conhecê-la.

Agora que encontrei meus senhorios, estou um pouco menos convencida por ter conseguido flagrá-los e bem mais enojada. A propriedade é deles, mas aquele é o meu espaço pessoal, e isso é uma violação. Se pudesse, eu multaria os dois. Colaria a multa com força no traseiro peludo dele, torcendo para arder bastante quando a arrancasse. Abaixo o celular, volto silenciosamente para o andar de baixo e espero eles terminarem, o que fazem com muito barulho e satisfação. Tão orgulhosos de sua esperteza. Então eu subo a escada de novo, dessa vez normalmente, apenas um par de pés pesados e cansados após um dia de trabalho duro. Eu dei tempo ao menos para eles se desenlaçarem, então espero que estejam cobertos. Abro a porta, me certificando de expressar surpresa primeiro pelo fato de minha porta estar destrancada e segundo pela minha descoberta.

— Meu Deus, Allegra, achei que você fosse sair hoje à noite — diz Becky, o que acho uma defesa hilária.

Como ouso invadir? Ela está enrolada num cobertor, o meu cobertor azul-turquesa. Pelada e suada. O rosto está vermelho e corado, provavelmente mais pelo sexo do que pela vergonha, que eu acho ser necessária. Para minha própria surpresa, reajo com espanto genuíno ao ver que a bunda não pertence a Donnacha. O homem que não é Donnacha está menos incomodado com a minha presença do que Becky, na verdade não está nem um pouco incomodado. Ele se mexe lentamente, com uma expressão entretida no rosto. Ele se abaixa para pegar suas roupas, o cu peludo e o saco sendo esfregados na minha cara.

— Você pode nos dar um minuto, por favor — pede ela, irritada com a minha presença, como se eu não tivesse o bom senso de sair e lhes dar privacidade.

Eu saio e volto para a academia do andar de baixo. Sento no aparelho de remo. Deslizo para a frente e para trás suavemente, pensando.

O homem que não é Donnacha passa por mim vestido num terno caro, ainda com um sorrisinho presunçoso. Sua loção pós-barba quase me sufoca. Então Becky chega com meus lençóis e capa de edredom embolados embaixo do braço. O tom assertivo de novo.

— Allegra, eu agradeceria se você pudesse guardar isso para si. Tem... coisas... nem tudo é como... é particular — diz ela, enfim, com firmeza, decidindo não continuar.

— Claro — falo para ela, balançando para a frente e para trás no remo. — Então, sobre o aluguel — continuo —, você gostaria de falar sobre isso agora ou em outro momento?

Ela não consegue acreditar que eu falei isso. Simplesmente não consegue. Como se minhas palavras nesse tom, nesse momento, fossem piores do que o ato dela que acabei de presenciar. Ela me olha de um jeito diferente. Com desgosto. Nojo. Fracassada. Esquisita.

— O aluguel continua igual — diz ela, me lançando um olhar determinado, e está tudo resolvido.

Em alto e bom som. O aluguel continua igual e eu não falo nada sobre a bunda peluda que não pertence a Donnacha. Não que eu fosse falar, de qualquer maneira.

— Vou lavar isso — adiciona ela acerca da roupa de cama, saindo com constrangimento da academia, provavelmente ainda dolorida.

Coloco lençóis novos na cama, jogo meu cobertor favorito no canto do quarto. Tenho que abrir bem a janela para me livrar do cheiro da loção pós-barba, mas é tão forte que parece ter penetrado em todas as fibras do quarto. Finalmente vou para a cama, morrendo de frio depois de um dia inteiro na rua e fim de tarde no parque, mas cansada demais para tomar banho agora.

Assisto ao vídeo algumas vezes. Eu filmei primeiro e agora estou tentando entender como me sinto.

# SEIS

Acordo ao som de crianças gritando no jardim. São dez horas de sábado, e fico satisfeita por ter conseguido desligar meu despertador interno de segunda a sexta e dormir até tão tarde. Considerando o que descobri no meu quarto ontem à noite, presumi que Becky me trataria com mais gentileza. Café da manhã na cama, nenhuma criança barulhenta embaixo da minha janela, aluguel reduzido. Talvez esteja tentando se livrar de mim. Cillín, de seis anos, é o mais barulhento. Aposto que está usando seu vestido de princesa agora. Ouço o típico tom na voz dele, o personagem que assume quando está de vestido. Eu me sento e espio o lado de fora. Sim. Vestido roxo da Rapunzel, uma longa peruca loira e capacete de viking. No topo da casa de brinquedo, balançando a espada no ar, anunciando a iminente decapitação dos irmãos.

Jogo as cobertas para longe e derrubo duas garrafas vazias de vinho no chão. Um tinto, um branco. Não consegui decidir qual abrir, então, pelo que me lembro, lá pelas duas da manhã, depois que *Risco total* acabou e *Tootsie* começou, o vinho tinto foi aberto. Estou meio grogue e os acontecimentos da noite passada parecem uma miragem; eu me perguntaria se eles de fato aconteceram se não tivesse o vídeo no meu celular para confirmar.

Normalmente fico de babá no sábado à noite, mas não sei se Becky vai se dar ao trabalho de pedir isso depois de suas atividades extracurriculares; talvez tenha que pedir, afinal seu marido merece sua vez. Tenho certeza de que tudo vai se esclarecer em breve. Enfim, não posso ficar parada, meus sábados são cheios.

Tomo banho, raspo o corpo inteiro e passo hidratante. Coloco roupa. Calça jeans justa azul de cintura alta, rasgada nos joelhos, botas pretas militares e parca verde-militar. Suavizo o look com um suéter rosa-claro. Dou bom dia para as crianças, finjo morrer quando Cillín me ataca com a espada. Quando ele sai correndo e rindo, vejo os sapatos brilhantes de princesa por baixo do vestido. Olho de forma proposital para dentro da casa à procura de Becky. Tenho curiosidade de saber a aparência de uma cena doméstica depois que se trepou com outro homem. Observo a cozinha, tudo parece normal. Tudo dentro dos conformes. Ora, ora, ela é boa. Donnacha ainda deve estar dormindo depois de sair ontem à noite. Talvez ele também estivesse com outra pessoa. Talvez esse seja o combinado. Talvez não. Não julgo, mas não deixo de imaginar. As portas de correr da cozinha estão abertas. Faço contato visual com Becky.

— Vou ficar em casa hoje à noite — exclama ela, sua voz flutuando através das portas abertas. O que para mim significa que escapei de cuidar das crianças hoje. Presumo que ela esteja cansada do exercício da noite de ontem, quem pode culpá-la?

Subo no ônibus 42 na Malahide Road e vou até a cidade, quase o último ponto. Desço na Talbot Street e ando alguns minutos até a Foley Street, antigamente Montgomery Street, apelidada de Monto, que, em seu auge, dos anos 1860 a 1920, era a maior zona de prostituição da Europa. Vou direto para a Galeria de Montgomery, uma galeria de arte que celebra pintores, escultores e criativos irlandeses *nouveau*. Vejo Jasper, metade do casal proprietário, atendendo um cliente, e subo os degraus de madeira respingados de tinta até o segundo andar. É só um cômodo vazio. Desocupado, paredes descascadas, piso sem verniz, tudo reduzido ao esqueleto essencial de uma maneira descolada, estilosa e moderna que a impede de ser uma casa desolada. É um receptáculo para guardar coisas, assim como o trabalho de Donnacha, mas muito mais útil. Eles vendem as tigelas dele, mas nunca o mencionei para os donos, nem esse lugar para ele. Não quero que acabe aparecendo quando eu estiver aqui. Duas grandes janelas deixam a luz banhar o cômodo. O chão range. Parece que o cômodo está desigual. É usado para exposições, festas, lançamentos, exibições e, hoje, para uma aula de arte com modelo vivo com *moi*.

Tem um biombo no canto. Imagens danadinhas de querubins se acariciando. É o tipo de humor de Genevieve e Jasper. Exposições e reuniões avançam até a madrugada, cheias de seus amigos artistas, tudo pode acontecer. Eu mesma já fui testemunha.

Genevieve me recebe no andar de cima. Sua roupa é tão austera que contrasta fortemente com a fluidez interna que há por baixo. Cabelo preto num corte bob reto com franja, óculos quadrados de armação preta grossa, batom vermelho, sempre batom vermelho. Uma jaqueta estilo militar, botões dourados, fechada até o topo, gola alta, um cinto de estilo militar apertado na cintura. Embaixo da jaqueta, um par de peitos enormes se sobressaem. Saia preta de caxemira até o tornozelo e botas estilo militar. Nenhuma pele à mostra. Ela não parece notar ou ligar para o fato de suas botas baterem e rasparem o chão rangente de madeira; Genevieve não veio à terra para ser silenciosa. O cômodo é tão velho que o chão está inclinado. Eu já me diverti vendo cavaletes e bancos de novos artistas deslizarem pelo chão na minha direção. Sua expressão de pavor quando suas pinturas quase batem na mulher nua. Eles precisam prender os cavaletes numa rachadura das tábuas, firmar os pés no chão.

Estremeço. As janelas estão escancaradas.

— Desculpe — diz Genevieve, posicionando os bancos e cavaletes. — A noite foi louca ontem, estou tentando me livrar da fumaça.

Dou uma fungada no ar e digo que não estou sentindo nada. Uma tela tão vazia agora, mas posso imaginar como estava algumas horas mais cedo, com corpos arfantes, suor e sabe-se lá o que mais. Não muito diferente do meu quarto ontem à noite. Ela ergue o nariz no ar para ver se estou falando a verdade.

— Tudo bem, vou fechar — diz ela, pisoteando o chão em direção às janelas, e eu consigo imaginá-la numa vida passada, pegando um rifle, se ajoelhando e atirando em soldados lá embaixo.

No mundo real, ela desliza as janelas para fechá-las.

— Temos doze hoje, sem alunos visitantes — anuncia ela.

Alunos visitantes não são mais permitidos depois da última vez, quando a mão de um deles, em vez de pintar, fez uma visita para dentro da própria calça enquanto me observava. Genevieve, sem rodeios, tinha praticamente o arrastado para fora do prédio pelo pau. Sorrimos uma para a outra com a lembrança.

— Não dá para culpar o cara — digo. — "Foram os mamilos dela!" — exclamo, imitando os gritos reconciliatórios dele enquanto era arrastado para fora, tanto amando quanto odiando meus mamilos pela ruína que lhe causaram.

— Você tem mesmo belos mamilos — diz ela, relanceando brevemente meus peitos.

É um elogio. Ela já viu sua cota de peitos.

Vou para detrás do biombo e tiro a roupa. O chão está gelado e minha pele se arrepia. Preciso me aquecer para a sessão, por mais que os alunos fossem apreciar os mamilos e auréolas duros. Eles não querem beleza, e sim detalhes. Personalidade. Eu massageio óleo na pele, querendo brilhar. Não sou vaidosa demais, mas tenho certos critérios, além disso pele seca, marca de meia e pele arrepiada não se encaixam ali. Não são os detalhes que quero fornecer. Genevieve prefere que eu ocupe meu lugar no pequeno pódio depois que todo mundo já chegou, diz que não tem por que eu congelar os peitos pela demora de outras pessoas. Eu não tiro o robe até me sentar, mas entendo o que ela quer dizer. Um pouquinho de respeito por esse pedaço de carne, por favor.

Por fim, todo mundo ocupou seus lugares, exceto por um banco, mas Genevieve não é de esperar e nós começamos. Não olho para o rosto de ninguém até ter tirado o robe e assumir uma posição confortável. O robe de seda estampado fica pendurado na cadeira de madeira na qual me sento, de estilo *art déco*, que é dura e deixa minha bunda quadrada, mas pelo menos a seda suaviza um pouco. Avalio a plateia. Alguns rostos familiares, alguns olhares encontram o meu em reconhecimento, outros passam direto por mim, como se eu fosse uma cesta de frutas. Buscando sombras e ângulos. Dobras e marcas. Detalhes e personalidade.

Os olhos novos inspecionam as partes óbvias do meu corpo que chamam a atenção. Meu braço esquerdo. Ainda com as cicatrizes da adolescência, quando arranhava constelações na pele, conectando sarda a sarda. Acho que é por isso que Genevieve sempre me chama para voltar. Um traço interessante, aparente automutilação. Uma verdadeira tarefa para os alunos; será que devem ignorá-lo ou explorá-lo? Alguns parecem torná-lo mais óbvio do que é, chamativo e feio, valas profundas na minha pele, retratando o resto de mim como um frágil pássaro ferido. Outros pintam ou desenham como meros traços, arranhões, e há aqueles que me retratam como uma guerreira corajosa. Ninguém as vê como constelações. É claro que há quem nem mesmo as veja, e passe mais tempo destacando sardas e pintas, ou ondulações da minha coxa. Acho que, por mais que seja eu a pessoa pelada no centro da sala, os artistas revelam muito mais sobre si mesmos do que eu. Estou desconectada, no meu mundo. Mas, ao mesmo tempo, me sentindo um pouquinho especial sob aqueles olhares. Sou um quebra-cabeça que eles precisam solucionar. Eles pintam minha concha enquanto suas entranhas estão supurando para a tela, dedurando seus segredos. Incontinência artística. Eu posso estar pelada, mas eles estão revelando a alma. É disso que mais gosto sobre posar nua para artistas, o fato de que, enquanto eles acham que estou à mostra, eu os observo.

Isso e os quinze euros por hora que recebo em dinheiro.

A porta se abre suavemente e alguém entra. Não tenho compostura o suficiente para me impedir de sair da posição e olhar. Alguém faz um "tsc" porque me mexi. Eles podem ir para a casa do caralho.

— Desculpe — diz o jovem atrasado.

Ele é alto e magro, de camisa e jeans, All Star, aparência estudantil. Fica corado por atrapalhar a sessão.

— Tá bom, tá bom — diz Genevieve, irritada. — James, não é? A aula começa às treze horas, tá bom? Sem atrasos da próxima vez, se houver uma próxima vez. Pode se sentar aqui.

Não existe nenhuma posição confortável de verdade quando se está posando nua, algo sempre vai começar a doer em algum momento, mas, no início da sessão, escolhi direcionar meu corpo para o banco vazio para o qual James está indo, com as pernas ligeiramente abertas, não porque tenho vergonha dos outros, mas porque achei divertida a ideia de um artista atrasado ficar de cara com uma vagina. Afinal, tenho que tirar alguma graça disso.

James atravessa a sala, o chão inclinado rangendo a cada passo, senta no banco e arruma seu material, derrubando coisas de uma maneira constrangedora à la Hugh Grant enquanto se prepara. Essa poderia ser a cena de abertura de uma comédia romântica, poderia ser o começo de um novo relacionamento para mim. "Bem, netinhos, eu conheci seu avô quando ele me pintou nua. Ele achou que estava me salvando, mas na verdade fui eu quem o salvei, e olhem para nós agora, depois de todo esse tempo." Estou rindo por dentro. Ele olha de relance para o meu corpo e desvia rapidamente. Espero que olhe para meu rosto. O que não faz. Continua a se preparar. Genevieve explica algumas regras da casa e ele lança um olhar rápido para meu corpo enquanto escuta, coçando o nariz, se remexendo.

Depois da aula de duas horas, as pinturas, desenhos, seja lá qual material que eles tenham usado são todos revelados.

James focou totalmente no meu sexo. Mamilos marrons enormes e eretos, auréolas exageradas e uma carne furiosamente carmesim entre minhas pernas. Sou uma compilação de pigmentos intermitentes na tela dele; telha queimada, ocre amarelo-escuro, fumaça preto-carbono. Não há feições distinguíveis no meu rosto, só um borrão de esboços sobrepostos. Tento não rir. Ele, com a visão mais clara das cicatrizes que ligam minhas sardas, optou por nem mesmo incluir essa peculiaridade na pintura. Não acho que as tenha omitido por gentileza, e não acho que ficou sem tempo para pintar meu rosto. Minha opinião sobre James é a de que, não importa para que mulher olhe, só o que vê é sexo.

Só alguns homens. Nem todos eles. Tsc tsc.

Mas, como escapei do serviço de babá hoje e não tenho mais nada para fazer, acabo transando com ele mesmo assim. Talvez sejamos mais *erotique noire* do que comédia romântica. Mas ao menos a ideia do nosso casinho ser remotamente romântico me faz rir.

# SETE

Manhã de segunda. Acordo às 6h58. Levanto às sete. Coloco minhas roupas cinza e amarelo-fluorescente. Passo pelo empresário arrumado de terno com fones de ouvido. A corredora inclinada. O passeador com o dogue alemão. O velho com o andador e a versão mais jovem dele.

— Bom dia — diz um.

— Bom dia — diz o outro.

— Bom dia — digo para os dois.

Chego à Padaria da Vila às 7h45. Spanner levanta rapidamente a cabeça quando o sino toca e volta ao trabalho de novo.

— E aí, Sardas. O de sempre?

Ele vira de costas para derramar a massa na máquina de waffle e operar a máquina de café. Costas largas para mim, camiseta branca, ombros musculosos e tatuagens pelos braços. Eu nunca tentei entender quais são os desenhos, são tantos, azul e se atropelando. Ele mexe na máquina de café, braços por todo lado enquanto ela sibila e gorgoleja e ele torce e bate, como um professor velho e maluco. Spanner se vira para mim segurando o café.

— Não foi bem como eu planejei, Sardas — diz ele, colocando o copo de café no balcão e indo cuidar do waffle.

A princípio achei que ele tivesse estragado meu café, mas está ótimo, então ergo o olhar de volta para ele. Tem uma linha preta fina ao redor do olho, que está ligeiramente fechado.

— No fim das contas, Chloe está com um cara novo. E, se ela acha que esse cara vai morar com a minha doce Ariana e vê-la quando der na telha, quando o pai sou eu, então ela está muito enganada, e foi isso que eu disse para ela. Na cara dura.

Ele me entrega o waffle, mas esqueceu o açúcar de confeiteiro.

— Sardas — diz ele —, ele era um imbecil magricelo, sem nada na cabeça, cinco anos mais novo do que ela. Poderia ser um pedófilo, até onde eu sei, só pedi pra ele passar pelo crivo da Gardaí, pra checarem a ficha dele. Ele poderia estar de olho na Chloe porque ela tem uma pequena, um pai precisa tomar cuidado, ficar de olho nos pervertidos. Pedófilos estão por todo canto. Um bando de babacas podres.

— Você disse tudo isso para ela? — pergunto, colocando açúcar no meu café. Dois sachês.

Eu me pergunto se consigo salpicar um pouco por cima do waffle enquanto ele não está olhando. Apesar de não ser a mesma coisa que açúcar de confeiteiro. Eu me importo com a vida dele, mas não em detrimento do meu dia.

— Eu disse tudo na cara dele mesmo — diz Spanner, mexendo o pescoço e os ombros como se estivesse se preparando para outra briga, orgulhoso como um pavão. Ele golpeia o ar com o dedo apontado e continua: — Olhe, eu falei pra ele, é melhor você não ser a porra de um pedófilo.

— Então ele te deixou com o olho roxo.

— Eu não estava esperando levar um soco num batismo. Veio do nada. Imbecil de merda. Daí todas as irmãs se meterem. Não enche o saco dele, pó pó pó, feito um bando de galinhas. Eu deveria fazer uma medida protetiva contra ele.

— Não parece uma boa ideia — alerto-o —, já que ele está morando na mesma casa que a Ariana. Você quer poder chegar perto dela.

— É, bem... — Ele joga o pano de prato sobre o ombro e dá a volta do balcão, pegando os cigarros no avental e indo para a porta da frente.

— Sinto muito, Spanner, sei que você está se esforçando de verdade — digo, observando-o tragar profundamente o tabaco, seu olho roxo ainda mais fechado para se proteger da fumaça. — Não é melhor arranjar um advogado, Spanner? — pergunto. — Você tem direitos.

— A grana que custa o merdinha de um advogado, sendo que eu posso muito bem resolver isso, não faz sentido — diz Spanner, esticando as costas.

Assobio, sentado em sua caixa de papelão, enrolado num cobertor imundo, desvia o olhar com uma expressão divertida. Ele pode não ter um centavo, mas sabe das coisas. Assobio pega o cigarro ainda aceso que Spanner jogou na calçada com um peteleco. Ele deixou sobrar mais do que o normal. Não jogou tão longe quanto o normal. Uma gentileza.

Relanceio para meu waffle. Não consigo mais, não consigo ser outra pessoa.

— Spanner — digo —, você se esqueceu do açúcar de confeiteiro.

Eu devolvo o waffle enquanto ele volta para o balcão.


Afasto-me da área escolar, deixando os insultos e olhares assassinos para trás, satisfeita por mais um dia sem chuva. É mais fácil trabalhar sem gotas borrando os para-brisas, distorcendo bilhetes e discos, ou sem condensação e geada tornando os bilhetes ilegíveis. Paddy pode muitas vezes ser preguiçoso para verificar detalhes, mas eu sei que as pessoas apresentam bilhetes de estacionamento velhos pensando que vão se safar. Não basta só ver um bilhete branco no painel; os números importam.

Por mais que minhas manhãs funcionem como um reloginho, não tenho uma rotina fixa. Costumava ter no começo, até que andei mais rápido do que o normal um dia, cheguei numa zona alguns minutos mais cedo e peguei um carro estacionado ilegalmente.

— Eu faço isso todo dia — diz o motorista. — Você normalmente só chega aqui às dez horas.

Foi o maior erro dele me dizer aquilo. Foi quando percebi que as pessoas da vila estavam observando meus movimentos, e eu não quero ser previsível. É preciso mantê-los na linha. Isso não me dá um sentimento de poder absoluto, como alguns gostam de me dizer com desprezo, apenas revela como são idiotas absolutos. Toda essa confusão para não pagar um euro por uma hora de estacionamento. Pode ser só um euro para eles, mas todos esses euros representam uma boa soma para o Conselho. Eles sentiriam nossa falta se sumíssemos. Paddy me disse isso no treinamento.

— Sem a gente, isso aqui ia virar um pandemônio — disse ele.

Eu me vejo andando diretamente para a James's Terrace. Gostaria de dizer para mim mesma que é pela vista reconfortante do mar, mas sei que é por causa da Ferrari amarela. Estou curiosa, estranhamente atraída naquela direção. Mesmo que meu objetivo seja ver o carro, fico surpresa ao vê-lo estacionado ali a essa hora da manhã. Pensei que alguém como ele teria o tipo de trabalho que permite ficar na cama até o meio-dia. Não é só o modelo do carro, mas o amarelo que especificamente me fez pensar assim. É solitário na rua vazia a essa hora. Alguns poucos carros pontilham a rua, mas essas áreas mais tranquilas só ficam cheias depois das nove. Ele poderia estar ali desde a noite passada, mas não acho que alguém deixaria um carro desse sozinho durante a noite.

Os carros da Gardaí estão estacionados em suas vagas especiais. Nem mesmo olho para seus para-brisas, seria um insulto. Puxo o quepe como cumprimento para uma jovem policial pela janela, pensando que poderia ser eu, me perguntando que parte do processo foi uma decepção, sabendo que deve ter sido a entrevista. "Nós não somos como as outras pessoas", disse papai uma vez em que eu estava frustrada com mais uma confusão gerada por uma interação com alguém. Ouvi-lo dizer isso foi difícil, mas também um alívio. Eu sabia que ele tinha razão. Ainda tem. Há alguma coisa errada no meu tempo para as coisas. Tipo o açúcar de confeiteiro e Spanner. A interação humana é uma dança cujo ritmo com frequência não consigo acompanhar.

Não me aproximo do carro de cara. Fico afastada e observo o prédio frente ao qual ele parou. Número oito. Ele passou o ano passado em intensa reforma, desde que comecei a trabalhar aqui, com uma caçamba na frente e vans de serviço ocupando todas as vagas das outras empresas. Vans brancas e caminhões de entrega causavam congestionamento e problemas com estacionamento para as empresas vizinhas. Eu precisava ouvi-los reclamar e multá-los.

É uma rua de construções georgianas. O número oito tem quatro andares, incluindo um porão. Pés-direitos altos, janelas enormes, roda-tetos chiques, vista para o clube de tênis, o mar à esquerda, desenhos detalhados de gesso nos tetos. Um pesadelo para espanar, especialmente agora, sem empregados. De alguma forma, a Ferrari não combina com o prédio. Clássico e elegante contra ostentador e extravagante. O prédio foi comprado por dois milhões de euros; eu procurei na internet, me coçando para ver como era por dentro, e encontrei fotos da propriedade quando estava à venda. Como a maior parte da rua, o prédio tinha sido dividido em empresas por cômodo e andar. Tinha um salão de beleza num andar, um cibercafé, serviços de acupuntura e manicure no andar de cima, e um restaurante chinês no porão. Era encardido e velho. Tiveram que quebrar tudo e modernizar, encanamento novo, aquecimento novo, tudo novo. Reformar um prédio como aquele deve ter sido uma surpresa atrás da outra, vai saber qual foi o gasto final.

A caçamba e os construtores já foram embora, e pelas últimas duas semanas parece que, qualquer que seja o negócio lá dentro, já começou a funcionar, e é só um, com uma placa dourada reluzente na qual se lê Cockadoodledoo Ltda. Que merda é essa? Afundo o quepe sobre os olhos de novo, coloco as mãos nos bolsos e começo a ronda.

Meu coração está saindo pela boca. Não sei exatamente por quê, eu nunca tenho medo de emitir multas. Sou uma guarda de estacionamento, esse é o meu direito, mas talvez possa admitir que deixar uma multa ontem a apenas cinco minutos do fim do expediente foi injusto. Ainda assim. Foi lícito. Foi meu trabalho. Vou direto para o carro, consciente das grandes janelas do escritório viradas para mim. Coração disparado, talvez de medo, talvez de empolgação, mas é diferente de qualquer coisa que já tenha sentido em serviço.

A grande revelação. Olho para o para-brisa. Nada. Não dá para acreditar. Depois de duas multas ontem, ele não se deu ao trabalho de pagar hoje.

Nenhum bilhete de parquímetro no painel.

Nenhum disco ou licença na janela que empresas podem comprar sem dificuldade para estacionar o dia todo, o ano todo.

Escaneio a placa. Ele também não pagou pela internet. Nem usou o aplicativo. Não poderia ser mais mastigado para ele.

Ele está me desafiando, só pode ser. É uma provocação. Bem, a próxima jogada é minha.

Normalmente, nós deveríamos dar quinze minutos de tolerância aos motoristas para substituir o bilhete vencido. Dar tempo para irem até o parquímetro e voltarem ao carro, um tipo de acordo de cavalheiros. Eu o cumpro. Mas não tenho como esperar quinze minutos desde o último bilhete da Ferrari amarela. Ele nem mesmo comprou algum, ponto-final. O estacionamento pago começa a valer às oito horas nessa área. São quase nove já. Até onde sei, ele teve bastante tolerância. Mais tempo do que jamais dei para qualquer um.

Estou prestes a preencher as informações na minha máquina de multas quando me assusto com um súbito barulho de algo se arrastando às minhas costas.

— Aí está você — diz Paddy, sem fôlego.

— Meu Deus, Paddy. — Dou um pulo, assustada, coração disparado com a sensação de ser pega no flagra. Era o traje de chuva dele, emitindo o som do tecido quando as coxas se roçavam.

Ele olha para o carro e assobia. Anda de um lado para o outro, olhando pelas janelas de um jeito enxerido.

— Um Lamborghini, não é? — pergunta ele, praticamente pressionando o rosto contra o vidro, bloqueando a luz com as mãos, deixando digitais e marcas de condensação na janela limpa.

— Ferrari — corrijo-o, desconfortável, olhando para o prédio. Vejo uma figura na janela, com grandes cachos louros. Ele olha para nós e desaparece. Que ótimo, a torre de observação me entregou. Preciso ser rápida.

— Você não recebeu minha mensagem? — questiona Paddy, com o rosto ainda intrometidamente colado à janela do motorista. — Eu mandei uma mensagem para você ontem à noite dizendo que ficaria com essa zona hoje.

— Não recebi, não — respondo, distraída.

Outra pessoa aparece na janela, dois caras jovens agora. Eles parecem fazer parte de uma boy band. Nenhum deles é o meu camarada da Ferrari.

— Deixa que eu tomo conta — diz Paddy.

— Não, pode deixar comigo — retruco abruptamente.

Cadastro a localização, a zona, o modelo do veículo e a infração. Tiro uma foto. Emito a multa. Paddy está falando, mas não escuto uma palavra sequer. Tenho consciência de ouvir uma porta se abrindo às minhas costas.

— Ei — chama um cara.

Não ergo o olhar, só arranco a multa da máquina, embrulho em plástico para protegê-la da chuva e dos elementos climáticos. Meus dedos tremem, meu coração martela, Paddy alheio a tudo. Eu a coloco sob o limpador de para-brisa e dou um passo para trás, me sentindo sem fôlego, ligeiramente tonta. Pronto.

— O que está acontecendo? — pergunta o cara.

Paddy olha para mim.

— Sem bilhete de estacionamento, infelizmente — digo com educação, mas firme.

— Estou aqui desde as seis da manhã, o estacionamento é gratuito, eu não preciso de um bilhete até as nove horas. Ainda tenho dez minutos — diz ele, me olhando como se eu fosse um pedaço de merda no tênis Prada de babaca dele.

Aponto para a placa.

— O estacionamento começa a valer às oito horas nesta zona. — Fico surpresa ao sentir o tremor na minha voz. Essa situação toda encheu meu corpo de adrenalina. Penduro a máquina de multas no ombro como se fosse minha arma no coldre.

Ele me encara. Está usando o boné vermelho. O da Ferrari. Está afundado na cabeça, assim como meu quepe, mal deixando os olhos visíveis, mas consigo vê-los o bastante para saber que estão repletos do mais puro ódio. É difícil odiar alguém que não conhece, mas sinto o sentimento emanando dele para mim. Engulo em seco.

— Que carrão, hein — comenta Paddy, baixinho. — De quem é?

— É meu — retruca o cara com grosseria. — Por que mais eu estaria aqui perguntando sobre uma multa de estacionamento?

— Desculpe — responde Paddy, ofendido e todo sensível, ajeitando o quepe. — Pensei que fosse do seu chefe. — Ele olha para o prédio atrás do cara.

— Eu sou o chefe — diz o cara.

E bem ali está aquele mimimi de homem branco privilegiado que tanto detesto. Pobre riquinho que levou uma multa porque não pôde se dar ao trabalho de verificar as leis e colocar um euro no parquímetro. Agora o mundo todo quer prejudicá-lo. Que peninha. É provavelmente a pior coisa que vai acontecer na porra da semana dele.

Ele levanta o limpador de para-brisa e pega a multa. Então o solta e o deixa bater no vidro. Brevemente olha para a multa, mas não precisa ler para saber exatamente o que diz, afinal já recebeu duas iguais a essa na sexta, com poucas horas de intervalo, e uma por dia nas últimas duas semanas.

— Você tem algum problema comigo? — pergunta ele.

Balanço a cabeça.

— Nenhum, só estou fazendo meu trabalho — respondo.

— Qual é o seu problema? — pergunta ele de novo, com mais raiva, como se não tivesse ouvido minha resposta. Ele se aproxima de mim. Peito estufado. Eu sou alta, mas ele é mais.

— Eu não tenho problema nenhum — digo, me esquivando da situação agora, incomodada.

O clima está tenso demais, ele está com muita raiva e seus níveis de agressividade estão aumentando. Eu deveria me afastar, mas não consigo. Estou empacada, paralisada no lugar.

— Sua aspirante a policial de merda com mania de poder — rosna ele subitamente.

Eu o olho, surpresa. Parte da frase está correta.

— Epa, epa — diz Paddy. — Vamos lá, Allegra.

Mas estou congelada. É como um acidente de carro, eu preciso desacelerar para registrar claramente todos os detalhes grotescos que minha mente não precisa ver. O sangue e as tripas. Treinei para esse momento, para o momento em que alguém fica agressivo. Uma semana de treinamento intenso sobre o significado de linhas e curvas no meio-fio e também sobre como lidar com conflitos. Eu deveria ficar de lado e me preparar para sair andando, mas meu treinamento foi por água abaixo. Estou empacada, de frente para ele, encarando-o como um veado sob os faróis de um carro. Esperando mais.

— Dizem que somos a média das cinco pessoas com quem mais convivemos — continua ele, me olhando com raiva, as narinas dilatadas como um lobo. — Isso diz muito sobre suas companhias, não é mesmo? Esse aqui é uma delas — ele aponta na direção de Paddy. — Eu me pergunto quem são os outros quatro fracassados da sua vida.

E então tira a multa do plástico e a rasga em pedacinhos, que flutuam até o chão, feito uma chuva de confetes. Depois, sobe os degraus de dois em dois de volta para o escritório e bate a porta.

Meu coração está a mil por hora. Eu o sinto bem nos ouvidos. Como se houvesse acontecido uma explosão e meus ouvidos estivessem apitando.

— Meu Deus — diz Paddy, dando uma risadinha nervosa e se aproximando de mim o mais rápido que suas pernas grossas permitem. A parte interna da calça dele se elevou até a linha das meias e está toda amontoada e embolada ao redor da virilha.

Olho para os pedaços de papel no chão. A multa despedaçada.

Leva um tempo para o sangue descer da minha cabeça e voltar para o resto do corpo, para meu batimento acalmar, para a sensação de pânico diminuir, e, quando isso enfim acontece, meu corpo continua tremendo.

— Ela continua parada ali. — Ouço alguém dizer em voz alta, seguido de uma risada. Uma risada debochada. Veio de uma janela do escritório onde alguns deles se reuniram para assistir à cena, sorrindo. Os dois caras familiares e alguns rostos novos. Quando ergo o olhar, eles se dispersam.

— Vou evitar essa área por enquanto — diz Paddy. — Você fica com St. Margaret's e tudo do lado oeste. Tá bom? — pergunta ele quando não respondo.

Assinto.

— Eu normalmente não deixaria ele se safar — continua Paddy —, ou vai achar que pode rasgar todas as multas que receber sem precisar pagar, mas vamos deixar quieto por enquanto. Deixe que ele se acalme. Vou voltar aqui mais tarde para verificar. Vou multá-lo se não tiver aprendido a lição.

Continuo incapaz de me mexer. Minhas pernas estão tremendo.

— Você não levou o que ele disse a sério, né? — pergunta Paddy, me observando.

— Não — respondo finalmente, minha voz saindo toda rouca e engasgada. — Eu nem sei do que ele estava falando.

E é verdade.

Quando ele disse aquilo, nada fez sentido. Só um bando de palavras odiosas, ridículas e forçadas demais para serem um insulto. Mas é por isso que precisei pensar mais nelas, precisei ouvi-las uma vez atrás da outra na minha cabeça pelo resto do dia, e até bem tarde da noite, para entendê-las.

O insulto dele foi como uma música que você não gosta quando ouve de primeira, mas que vai te conquistando a cada vez que a escuta. O insulto não doeu de verdade da primeira vez que o ouvi. As palavras eram complicadas demais para serem poderosas. Não um simples "vai se foder". Mas, quanto mais ouço aquelas palavras, mais elas conquistam espaço dentro de mim. E mais me magoam. Como o cavalo de Troia, suas palavras passaram inocentemente pelas fronteiras, então pá, mostraram a cara, todas as tropas pularam para fora, me atacando com força, repetidas vezes, me atingindo uma vez atrás da outra.

O tipo mais esperto de insulto.

E é assim que ele me deixa. Um caracol gosmento, molengo, esmagado pela sola do tênis dele, pela força das palavras. Espatifada. Achatada. Sem campo de força. Antenas ligadas.

# OITO

Tenho uma noite de sono turbulenta. O mesmo sonho em ciclo. É exaustivo. Fico fazendo a mesma coisa uma vez atrás da outra, tentando solucionar o mesmo problema. Mas sempre acabo numa cabine de banheiro sem paredes ou porta, onde todo mundo pode me ver. Tão ocupada nos meus sonhos que acordo atrasada na manhã de terça.

São 7h34. Meu iPhone mostra que desliguei o despertador às sete horas, mas eu não me lembro. Isso nunca me aconteceu antes. Em choque, e trêmula por ser tirada da minha rotina, tomo uma ducha rápida. Mal me enxaguo, e sinto que o sabonete líquido permanece na pele ao sair do banho. Ainda estou úmida quando me visto. Estou ansiosa e incomodada. Com trinta minutos de diferença, o dia parece errado. A luz está diferente, assim como os sons. Os pássaros estão mais silenciosos. Perdi a apresentação deles. Perdi o tempo para fazer o que normalmente faço. Estou alguns passos atrás. Numa reação contraditória, paro de me mexer por um segundo para tentar alcançar a mim mesma. Estou fora de sincronia.

Havia tanta ordem no internato, todo minuto levado em consideração, nenhum desperdiçado: 7h30 acordar, tomar café e estudar; 9h escola; 13h05 almoço, 13h50 escola; 15h40 jogos/outras atividades/chá; 16h30 – 18h30 jantar; 18h30 – 19h30 recreação; 19h – 21h estudar; 20h55 reza da noite; 21h – 21h30 chá da noite e recreação; 21h30 – 22h15 luzes apagadas. Sardas. Constelações. Uma vida regrada era o total oposto de morar com papai, um espírito livre que parecia existir no próprio tempo, que fazia o mundo se curvar ao redor dele. Eu achava que a vida era normal com papai, mas alguma peça se encaixou na minha cabeça quando cheguei ao internato. A rotina, a disciplina, o conhecimento do que estava para acontecer me tranquilizaram. Nunca me entediaram ou sufocaram, do jeito que faziam com algumas das outras garotas.

Saio de casa atrasada. De cabeça baixa, ignoro a ação dentro da casa. Quando chego ao terreno do Castelo de Malahide, passo pelo homem de terno com fones de ouvidos, que está muito mais longe do que normalmente. Estou muito atrás. Ando mais rápido. Não passo pela corredora inclinada, mas espero passar em algum momento. Não vejo o homem com o dogue alemão em lugar nenhum. Como pode ser, será que fez outro caminho? Onde estão o velho e o filho? Será que a terra saiu do eixo essa manhã? É quarta-feira. Não. É terça. Estou confusa. Que tipo de feitiço o cara da Ferrari colocou em mim?

Chego às 8h15 na padaria, que a essa hora já está lotada, e não consigo entrar. Spanner nem mesmo me vê porque estou de frente para uma fila de costas. Estou atrasada. Meu turno pode até já ter começado, mas tenho uma rotina para manter. Eu me sinto excluída da festa, encarando as janelas embaçadas como uma criança que não foi convidada. Afasto-me, sem saber aonde ir. Venho aqui todas as manhãs pelos últimos três meses. Aonde ir agora?

Continuo andando, me sentindo desorientada, um pouco tonta. Sinto como se todo mundo olhasse para mim porque não sei para onde estou indo. Paro e recomeço. Dou meia-volta e sigo por onde vinha, antes de voltar para o outro lado mais uma vez enquanto minha mente repassa meus possíveis destinos. Sou como uma formiga cuja linha foi apagada. A culpa é dele. Entro na fila do Insomnia e avalio o balcão de muffins e bolos nada familiares. Ouço Spanner falando mal deles. Eles não têm waffles belga. Só latas de waffles holandeses embalados. Não consigo me decidir sobre nada, então vou embora. Do lado de fora encontro Donnacha.

— Bom dia, Allegra.

O SUV dele está bem em frente à loja. O motor ligado, assim como o pisca-alerta, e as crianças estão agitadas do lado de dentro.

Está estacionado em faixas duplas amarelas. As chaves penduradas na ignição. Eu me pergunto como vai reagir quando eu falar para ele sair dali. Não o vejo desde que peguei Becky no pulo. Pergunto-me se ele suspeita de alguma coisa, se preciso tomar cuidado com o que digo. Estou mais preocupada com o carro dele.

— Vi uma raposa ontem à noite no jardim — começa ele.

Meu olhar vagueia enquanto ele fala. As crianças estão gritando dentro do carro, consigo ouvir daqui, e ele continua falando sobre animais noturnos. Caçadores solitários. Carniceiros, não representam ameaça a cachorros ou gatos, então Barley e Rye não devem ter problemas.

— Um ágil focinho, lambe caminhos de pedras e segue cavoucando raízes — diz ele.

Ah, ele já está vomitando poesia logo tão cedo na manhã.

— Heaney. *O ouriço e a raposa* — diz ele.

— Ah. Claro. Nós estudamos esse cara — respondo. — Alguma coisa sobre batatas.

— Esse se chama "Cavar" — diz ele.

— Certo. Eu não lembro. Já faz tempo.

— É sobre trabalho, ritual e o desejo de criar — explica ele.

Um desses olhares intensos para mim, como se eu soubesse que merda é essa. Hoje não dá. Não da maneira que minha cabeça está.

— Só achei que fosse sobre batatas. — Meio que murmuro.

— Sabia que o ouriço era Hume, e a raposa era Trimble.

Ele interpreta minha falta de resposta e de contato visual e meu ar geral de desinteresse como incentivo para continuar.

— John Hume. David Trimble. Unionista do Ulster. Progresso hesitante com movimento confiante.

— Claro — digo, sentindo o suor brotando nas costas. Pinicando contra minha camisa.

Volto a olhar para o carro.

— Não é perigoso deixar as chaves na ignição quando as crianças estão no carro? — pergunto.

Ele leva um momento para entender a mudança de assunto e, quando o faz, dá de ombros de leve.

— Não, eles não vão mexer.

— Não me refiro às crianças, quero dizer que alguém pode entrar e sair dirigindo.

— Seja lá quem for vai trazer eles de volta na hora, pode acreditar. Talvez você possa ficar de olho — diz ele, rindo.

— Em quê?

— Na raposa. Ver se ela volta. Eu estava tentando descobrir de que direção ela veio — diz. E lá vai ele de novo.

Olho para o carro, sentindo um formigamento de irritação, uma coceira na pele e no nariz.

— Donnacha — interrompo-o —, você sabe que eu sou uma guarda de estacionamento e que você está estacionado em faixas duplas amarelas.

— Eu não estou estacionado, meu pisca-alerta está ligado. Só vou levar um minuto.

Ele não sabe o significado de um minuto. Sinto como se todo mundo me encarasse, "essa guarda não está fazendo o trabalho dela direito". Precisa ser gravemente punida por ineficiência. Um carro da Gardaí passa pela rua, e meu batimento acelera. Não quero que vejam que não estou fazendo meu trabalho direito. Assumo uma expressão mais severa. Talvez achem que estou dando um sermão em Donnacha. Estou cuidando da situação.

— Seu carro está estacionado ilegalmente aqui — digo. — E você está me colocando numa posição muito difícil. — Sem falar que sua esposa está trepando com outro. Não digo essa última parte em voz alta. Mas poderia. E talvez ainda possa. Se ele não me deixar ir. Não me soltar de sua armadilha. Está na ponta da minha língua.

— Tá bom, tá bom — diz ele.

Preciso me afastar antes de deixar isso escapar. Viro à esquerda na Townyard Lane para não sentir os olhos dele nas minhas costas. Estou tremendo. É tudo culpa do cara da Ferrari. Ele me desestabilizou. Deixou-me aos cacos. O líquido todo vazado. Comecei com o pé errado, não consigo encontrar um ritmo natural. Sinto-me assustadiça. Com siricutico. Quando me aproximo do salão, noto que a BMW não está estacionada na frente. Confusa, olho em volta para ver se a encontro em outro lugar, mas não há nem sinal. Atravesso a rua depressa sem prestar atenção ao trânsito e quase sou atropelada. Cadê ela? O que houve? Por que não veio trabalhar hoje? Com uma buzina ecoando nos ouvidos, dou uma corridinha até a vitrine do salão e olho para dentro. Ela está bem ali, na janela, fazendo manicure. Fico satisfeita e relaxo um pouco, mas onde está o maldito carro dela e o que está acontecendo?

Ando de um lado para o outro algumas vezes, verificando todos os carros em busca do disco dela. Talvez tenha comprado um carro novo, talvez tenha vindo com outro carro, e, se for o caso, espero que tenha transferido as informações do carro novo para o disco dela, caso contrário terei que multá-la. Mas não acho nada que pertença a ela ou a seu estabelecimento. Encaro através da janela, confusa. Ela ergue rapidamente o olhar e faz contato visual comigo de novo. Sorri, toda profissional, sempre em busca de novos clientes. Eu me viro e então me afasto depressa, com o coração disparado por causa do contato.

Paro na entrada da James's Terrace e olho para o fim da rua. Meu coração está palpitando, martelando. Não sei se quero ver a Ferrari ou não. Sinto-me exausta enquanto passo pelos carros, com uma sensação iminente de ruína, então alguém sai correndo do número oito — não ele, mas o cara de cabelo cacheado. Vestido casualmente, elegante e arrumado de um jeito estiloso com camiseta e jeans, tão pouco profissional para um ambiente de escritório. Eu me pergunto o que eles fazem lá dentro, além de arruinar a existência das pessoas. Ele me olha com um sorrisinho enquanto desce os degraus correndo. Pescando dinheiro do bolso, ele corre para o parquímetro e então de volta para a Ferrari. Abre a porta, coloca o bilhete no painel, pisca para mim como se tivesse me vencido num jogo que não tenho nenhum desejo de fazer parte, ou será que tenho, e assim corre de volta para dentro.

Ah, ele foi promovido a guardião do estacionamento.

Fico satisfeita porque o cara da Ferrari pagou, ou pelo menos mandou um dos seus paus-mandados, mas só pagar porque me vê chegando não é nem um pouco o objetivo. Isso não é um jogo de gato e rato, não é sobre mim, as pessoas deveriam pagar por todas as horas. Fico agitada de novo.

Preciso de uma pausa. Não tomei café nem comi nada de café da manhã, mas talvez eu devesse almoçar mais cedo. Passo pelo escritório olhando diretamente para a frente e desço os degraus para a rua costeira. Sigo em direção ao meu banco, mas começa a chover e eu preciso desviar imediatamente. Está caindo um pé-d'água, grandes gotas geladas. Chuva molhada, como dizemos. Corro para os banheiros públicos na esquina, ao lado do clube de tênis. Belas caixas de flores do lado de fora e cestas penduradas. Como meu sanduíche de queijo em pé, certificando-me de ficar de costas para o número oito. "Olha para ela almoçando na chuva ao lado dos banheiros fedidos", imagino os modelos dizendo enquanto apoiam os tênis Prada em cima da mesa e se inclinam para trás a fim de beber cappuccinos feitos metade de leite de amêndoa, metade leite de lhama.

Para me distrair, observo as janelas da estação da Gardaí, faixas de luz forte escapando por entre as persianas verticais, me perguntando no que estão trabalhando e se minhas multas um dia os ajudarão a solucionar algum caso.

Chove pelo resto da tarde, um dia cinza que se tornou ainda mais cinza, chuvoso e frio. Um vento gelado sopra, mandando a promessa da primavera para longe e nos mergulhando de volta no inverno. Ao fim do dia, chego em casa congelada. Meus pés estão dormentes e meus dedos, tão gelados que mal consigo segurar a chave. Não me importaria de ficar de babá hoje, as crianças seriam uma boa distração. Normalmente, Becky e Donnacha saem nas terças, mas a casa está silenciosa. Ando pelo caminho de pedras lisas através do jardim secreto e até a academia.

A chuva encorajou minhocas e caracóis a saírem de seus esconderijos.

Sinto algo se espatifar sob meu pé. Esfrego o sapato no chão para limpar a gosma do caracol.

Tomo um banho demorado. Leva um tempo para o calor penetrar minha pele e alcançar meus ossos. A névoa e o vapor são tão densos que não enxergo através do vidro e tenho dificuldade de respirar. Estou com manchas de calor por toda a pele, mas aumento ainda mais a temperatura.

Mais tarde, não consigo dormir. Minha mente está muito agitada, não se acalma. Não foca num único pensamento por tempo o bastante, fica indo e voltando para absurdos. Para cinco pessoas.

Ouço um barulho do lado de fora. Algo caindo e batendo. Parece a lixeira de rodinhas. Está ventando, mas não ao ponto de fazer uma lixeira voar. As lixeiras de rodinha da família McGovern ficam reunidas numa área próxima à casa. Separadas por uma cerca pintada de cáqui. Duas lixeiras verdes para reciclagem, uma marrom para restos orgânicos e uma roxa para rejeito. Tenho uma de cada fora da garagem para uso próprio. Sou meticulosa com minha reciclagem. Tudo precisa estar separado, embalagens limpas antes do descarte, rótulos arrancados. Todas as regras precisam ser obedecidas. Sofro quando vejo o que outras famílias fazem depois de todo o meu trabalho duro, quando penso que o lixo deles vai ser misturado ao meu. Imagino aquele redemoinho de plástico no mar. O barulho veio bem do outro lado da minha janela. Olho para fora, mas não vejo nada. Há uma luz de segurança com sensor de movimento, mas a desliguei porque a árvore na frente da minha janela vivia acionando-a toda vez que balançava.

Visto minha calça de pijama e um suéter e corro para o andar de baixo. As luzes estão apagadas no escritório e também na academia. Estou sozinha no prédio. Quando abro a porta e olho para fora, dou de cara com uma raposa, que olha para mim e não pisca. Virou a lixeira verde. Má ideia, minha amiga, não tem comida nenhuma aí, apesar de que ela provavelmente sentiu o cheiro dos restos de comida nas embalagens. Meu coração martela enquanto entramos numa disputa de quem encara por mais tempo. Eu não ouso respirar. Nem piscar. O rabo dela é extremamente volumoso, branco na ponta. Não muito diferente de um cachorro, mas o rabo a entrega.

*Madra rua*, a raposa vermelha.

Não sei por quanto tempo nos encaramos, provavelmente não tanto quanto parece. O olhar dela não é ameaçador, mas será que é perigosa? Talvez se você for uma galinha. Será que você é uma galinha, Allegra? Pó pó pó. Vai deixar o que aquele homem disse quebrá-la, tirar sua estabilidade? Vai, Allegra? Ele chamou você de fracassada. Acha que as cinco pessoas com quem mais convive são fracassadas e que você é uma fracassada, e talvez você seja, porque olha só como você reagiu, Allegra. Ou será que eu devo chamar você de Sardas? Quem você é desde que chegou aqui: Allegra ou Sardas? Vamos lá, decida-se.

Volto para dentro e fecho a porta na cara da raposa, com o coração batendo forte.

Pó pó pó.

Embaixo do edredom, percebo que estou passando a ponta dos dedos da mão direita pelo braço esquerdo. Venho traçando as cicatrizes elevadas perto do bíceps sem parar, como se abrisse uma trilha. Não preciso olhar para saber em qual constelação estou focada porque a reconheço pelo toque. Cassiopeia. Uma constelação de cinco estrelas. Ainda me lembro do nome delas: Segin, Ruchbach, Navi, Shedar e Caph. Enquanto corro o dedo por cada estrela, penso nas palavras que o cara da Ferrari me disse.

Cinco pessoas. Cinco estrelas. De sarda a sarda. De estrela a sarda. De pessoa a estrela. De pessoa a sarda. De novo e de novo até que pego no sono.

# NOVE

Estou olhando para o painel da Ferrari. O bilhete do parquímetro venceu trinta minutos atrás. Fico momentaneamente satisfeita, não porque posso multá-lo de novo, mas porque vejo que ele fez um esforço mais uma vez. Então fico irritada comigo mesma por ter baixado meus padrões. Simplesmente fazer um esforço não é aceitável.

Subo os quatro degraus até a porta do número oito. Eles foram limpos e polidos, restaurados, diferente de todos os outros da rua, que estão irregulares, lascados e quebrados pelo tempo. Não há sinal da minha gosma viscosa de quando ele pisou em mim, me esmagou com suas palavras. A porta georgiana é preta, reluzente, com uma grande maçaneta dourada e um grande oito dourado bem acima. Do lado direito há um só botão de interfone com o nome da empresa, Cockadoodledoo Ltda. Eu o aperto, dou um passo para trás e limpo a garganta.

Leva um tempo e, quando estou pensando em ir embora, a porta finalmente é aberta por uma mulher, provavelmente da minha idade, que, apesar de alta, só preenche um quarto da altura da porta. Parece uma pessoa em miniatura, uma boneca numa casinha de boneca. Sou surpreendida por um grito alto de comemoração masculina, como se um time de futebol tivesse feito um gol. Ela mal reage, e assim eu percebo que o grito não foi às minhas custas, pelo menos até onde posso ver, e isso me tranquiliza.

O rosto belo e mal-encarado me olha.

— Oi — diz ela.

Ela é morena, de pernas longas, com uma calça jeans preta apertada e estrategicamente rasgada na coxa, sandálias de salto alto, camisa xadrez meio para dentro da calça de cintura alta, botões meio abertos, mangas enroladas. Uma regata sexy transparente ou maiô por baixo. Estilosa de um jeito despreocupado. Sexy de um jeito desalinhado. É tudo tão perfeito e bem-pensado. Suas sobrancelhas são abundantes. Lagartas grossas, habilidosamente feitas e penteadas. Brincos de argola. Lábios fartos. Bem fartos. Pele tão lisa que quase não parece real. Nem uma marca, sarda ou pelo. Parece que foi lixada, um bloco novo de manteiga quando a embalagem é arrancada, o chão logo depois de nevar. O branco dos olhos dela é muito branco, e as íris têm um tom âmbar que lembra a resina do arco do violoncelo do papai. A nova espécie feminina. Corpo de Kendall Jenner com rosto de Kylie Jenner. Ou ao menos com a maquiagem da marca dela.

— Olá — respondo —, sou guarda de estacionamento do Conselho do Condado de Fingal. Gostaria de falar com o dono da Ferrari amarela.

Estico um pouco mais as costas do que o normal. Sou mais alta do que ela. Não sei por que isso faria com que me sentisse melhor, mas faz. Olho para o longo corredor atrás dela, de onde os gritos estão vindo. É tudo branco e cinza. Paredes, roda-teto, painéis de madeira, como uma foto numa revista de arquitetura. Um gato desfila pelo corredor na nossa direção. Branco e cinza, como se tivesse sido tingido para combinar com a decoração.

— Galo está numa reunião — diz ela, se abaixando para pegar o gato e dando um beijinho no ar para que o gloss não grude nos pelos.

As unhas dela são do tipo longo e pontudo que poderia causar certo estrago. Falsas, pintadas de um tom rosado. Outro grito de comemoração vem do fundo do corredor.

— Galo — pergunto.

— Galo é o dono da Ferrari — responde ela.

Fico muito decepcionada. Não pelo nome. Isso eu adorei. Que nome seria melhor para o babaca com um carro escroto? Achei que essa seria a oportunidade perfeita para falar com ele de novo. Enfrentar o galo de briga. Perguntar sobre as cinco pessoas, o feitiço, a maldição que lançou em mim. Mas eu não desperdiçaria totalmente a viagem.

Ergo o envelope pardo.

— Quero deixar isso para ele — falo.

— Claro, qual o assunto? — pergunta ela.

Ela se esforça para manter o gato no colo. Suas unhas pontudas parecerem que vão furá-lo e fazê-lo voar pelo cômodo. O gato se liberta e finalmente pula do colo dela, na minha direção. Ele aterrissa no capacho, então dispara para trás como se eu fosse uma ameaça. Merdinha esquisito.

— É sobre o carro dele — explico. — Notei que ele estaciona aqui todo dia e que tem uma empresa. — Faço uma pausa. — Isso é uma empresa? — pergunto.

Ela estreita os olhos âmbar.

— Hum, é, óbvio.

— Eu queria deixar esses documentos com ele — informo, entregando o envelope para ela. — É uma solicitação para uma licença especial de estacionamento. A taxa anual é de seiscentos euros, que pode ser paga de uma vez ou mensalmente. Significa que ele vai ter um disco no para-brisa e não vai precisar se preocupar com parquímetros nem multas.

Dou um sorrisinho ao mencionar as multas, mas ela parece não entender. Nadinha do que falei.

— Espere aí — diz ela, confusa. — Você é uma vendedora?

— Não — suspiro —, sou guarda de estacionamento. — Falo lenta e claramente.

Ela me olha de cima a baixo, outro grito de comemoração vem do fundo do prédio, um último, e as vozes ficam mais altas à medida que um grupo de jovens sai de uma sala e segue pelo corredor. São todos parecidos. Jeans, tênis, camiseta, boné, cabelo, barba. Hidratados e cheirosos. Qual é o coletivo de membros de uma boy band? Um bando? Um enxame? Um buquê? Uma manada?

O guardião do estacionamento me nota.

— Merda, já venceu? — pergunta ele, olhando para um relógio grande com uma pulseira rosa no pulso.

— Sim — começo —, mas eu...

— Galo está numa reunião — interrompe ele. — Há três horas, então não tem como renovar o bilhete. Eu pedi para você renovar — diz ele, olhando para ela.

— Eu não sabia. — Ela dá de ombros. — Enfim, ela está, tipo, vendendo licenças de estacionamento.

— Não, eu...

— Só faz o que ela quiser — diz Guardião do Estacionamento, fazendo um leve gesto de dispensa na minha direção e desaparecendo para o interior do escritório, aquele do qual me observa pela janela como um integrante da patrulha da noite cuidando da muralha. Caras cruzam o corredor de uma sala para outra, além do gato e de um cachorro pequeno. Eles me olham, a princípio com interesse, então desviam o olhar, desinteressados. Eu desisto.

— Tá bom. Tchau.

Dou meia-volta e desço os degraus. Eu deveria verificar os outros carros da rua, mas nem me dou ao trabalho de ficar por perto. Deram sorte hoje. Sinto um calor ao redor dos olhos. Ouço uma risadinha debochada e a porta se fechando. Decido almoçar mais cedo. Assim Paddy não pode me acompanhar e eu não vou precisar conversar sobre o que aconteceu, reviver o episódio.

Tem alguém sentado no meu banco.

— Cacete.

Eu falo isso em voz alta.

O casal idoso sentado no banco me olha. O homem está inclinado para a frente, segurando uma bengala, emitindo um chiado ao respirar com dificuldade.

— Acha que ainda vão ficar aí por muito tempo? — pergunto. Ambos olham para mim.

— Vivos ou no banco? — pergunta ele.

— No banco — respondo.

— Ele precisa descansar — diz ela, na defensiva.

— Vou ser multado? — pergunta ele com uma piscadela, e eu sorrio.

— Vou deixar passar dessa vez.

Eu me recomponho. Mais uma vez está tudo esquisito hoje.

Sento num murinho baixo de pedra de frente para a marina. Nunca me sentei ali antes e me sinto como um cachorro, girando algumas vezes antes de escolher como me acomodar. Estou de frente para uma rampa de barco que leva à água reluzente. Calma e espelhada neste belo dia. Há um homem no meio da rampa, olhando para o nada com as mãos nos bolsos. Eu o observo por um tempo, então a ilha do outro lado. De vez em quando vejo alguns pontinhos se movendo quando jogadores de golfe cruzam o campo da ilha.

Acabei de morder o sanduíche de queijo quando um pé e uma perna aparecem do outro lado do murinho, ao meu lado, rapidamente seguidos pelo resto do corpo. Reconheço os tênis. Prada.

— Posso me juntar a você? — pergunta ele, que fica de pé, esperando um convite.

— Pode ser.

Ele se senta.

— Obrigado por isso — diz ele, com o envelope e as páginas soltas na mão. — Acabei de sair de uma reunião. Imagino que tenha sido você.

— Achei que seria mais fácil para você do que continuar deixando o bilhete expirar e renovando no parquímetro. A maioria das empresas por aqui usam licenças de estacionamento.

— É, faz sentido. Valeu.

Dou outra mordida no sanduíche. Sinto que ele me encara, minha mastigação fica fora de ritmo e artificial. Eu deveria ter falado em vez de comer. Aquele problema do tempo certo de novo. Engulo.

— Olhe, você pode pagar seu estacionamento do jeito que quiser — explico —, mas, se não pagar, eu tenho que multá-lo, é meu trabalho, não é pessoal. Não tenho nada contra você. Eu multo muitos carros. Na maioria das vezes nem conheço os donos.

Apesar de eu ter uma boa memória sobre quem é dono do que por aqui, mas não me dou ao trabalho de falar isso para ele.

— Olhe, eu sinto muito por aquele dia — diz ele. — Por rasgar a multa e dizer aquelas coisas. Fui extremamente desrespeitoso, totalmente fora de mim; eu em geral, ou melhor, eu nunca explodo daquele jeito, e não estava falando sério.

— Estava, sim.

— Bem, eu estava na hora, mas não era... Enfim, me desculpe.

Ele se acovarda na mesma hora. Talvez galinhas possam assustar galos, talvez caracóis possam esmagar pessoas.

— Explique isso melhor — peço.

— Bem... — diz ele, pensando. — Eu estava tendo um dia ruim. E levei uma multa todo santo dia pelas últimas duas semanas. E estava estressado, muito estressado, sabe como é, empresa nova, políticas de escritório... Por que você está sorrindo?

— Eu quis dizer para explicar melhor o que me disse. Você é a média das cinco pessoas com quem mais convive — esclareço. Alto e bom som, do mesmo jeito que venho dizendo para mim mesma desde que ouvi essas palavras. O feitiço. A maldição. O cavalo de Troia.

— Ah, isso. Não. Sério. Eu não estava falando sério.

Ele parece envergonhado. Por ter me insultado ou pela maneira como me insultou, não sei qual. Um insulto meio tosco, se você pensar melhor. Ainda assim, preciso entendê-lo.

— Tá bom — digo. — Mas o que significa?

— Você é a média das cinco pessoas com quem mais convive é uma expressão de negócios — explica ele. — Uma citação inspiradora. Quem a disse foi Jim Rohn. Ele é um palestrante motivacional. Significa que as pessoas com quem você passa mais tempo moldam quem você é.

Ele ergue o olhar para mim, finalmente, para ver se tem minha atenção. Ele tem. Ele tem minha atenção desde que me disse essas palavras. Não de uma maneira *Jerry Maguire*, ele fez o oposto de me completar, mas a frase serviu como gatilho para mim.

— De acordo com pesquisas — continua ele —, as pessoas com quem você normalmente se associa determinam até 95% do sucesso ou fracasso da sua vida. Elas determinam as conversas que você tem. Afetam as atitudes e os comportamentos aos quais você é exposto regularmente. Em algum momento você começa a pensar como elas pensam e a se comportar como elas se comportam. Estou fazendo aulas de administração e acabei de ler sobre isso, acho que estava na minha cabeça quando eu vi você e... sei lá, só deixei escapar.

— Você pensou que eu estava rodeada de fracassados — desabafo. — Que as cinco pessoas com quem eu mais convivo devem ter sido uns zés-ninguém para conseguir se juntar e me tornar uma zé-ninguém. Você chamou Paddy de fracassado. Meu colega. Enquanto rasgava a multa na minha cara. Sua intenção não era me inspirar.

Esperto, realmente. Como uma velha raposa ardilosa. Olho para o pescador na rampa.

— Como já disse, desculpe.

— Pare de pedir desculpa. Já passamos disso. Eu preciso entender — digo.

— Entender o quê?

— Minhas cinco pessoas. Quero dizer, se todo mundo fosse escolher cinco pessoas, não seriam simplesmente seu marido ou esposa, filhos, pais, ou...

— Não, veja bem, não podem ser da família — diz ele, sorrindo.

— Por que não?

— Porque senão as cinco pessoas de todo mundo seriam só a família.

— A minha seria uma pessoa só.

— Ah.

— Mas continue.

— Quando você olha além do grupo familiar, existem outras pessoas influentes na sua vida que estão afetando você sem que você perceba.

Abro meu pote de nozes e ofereço a ele, que faz que não com a cabeça.

— Não acho que você deveria dar tanta importância a isso. O que eu falei foi idiota. Uma coisa meio aleatória de se dizer. Só estava na minha cabeça.

— É, verdade, mas é tipo um chiclete.

— Como assim?

— Sabe aquelas coisas que você não consegue tirar da cabeça, tipo uma música, que fica grudada. Eu não paro de pensar nisso.

— É, é meio assim mesmo. Deve ter sido por isso que passei adiante. Também estava na minha cabeça.

— É aceitável que um membro da família seja uma das suas cinco? — pergunto.

— Acho que sim, se a pessoa for extremamente influente.

Ele é. Papai.

— É seu avô ou seu...

— Meu pai.

— Tá bom. É. — Ele dá de ombros.

— Mais quatro, então — penso em voz alta. — São realmente as pessoas com quem você literalmente convive mais, quer goste delas ou não, ou podem ser pessoas que... — Faço uma pausa. — Pessoas que você nunca nem conheceu?

— Pessoas que você nunca conheceu — diz ele, também pensando alto. — Tipo, como assim, pessoas que inspiram você? — pergunta ele, pegando uma noz no meu potinho e jogando-a na boca enquanto pensa. Ele olha para o mar. — Humm, que gostoso, eu normalmente odeio nozes.

— São caramelizadas.

— Não sei — diz ele, sincero —, você está pensando demais. Sei que é difícil reduzir todas as pessoas que você conhece a cinco. Você poderia ser inspirada pelas ideias e ações de alguém... digamos, da Oprah, mas ela não pode entrar para a sua lista... Você precisa ter interações com as cinco. Elas precisam fazer parte da sua vida.

Ele encara.

Eu encaro de volta.

Ele seria bem bonito se não fosse tão metidinho.

— Explique de novo — peço —, porque ainda não entendi de verdade os parâmetros para uma pessoa entrar para as cinco.

— Cinco pessoas — diz ele lentamente, dessa vez com um sorrisão que revela dentes perfeitos —, com quem você mais convive. É isso. — Ele me encara, sorrindo.

— Qual é a graça?

— Sua cara. Você parece tão confusa.

— E estou mesmo — respondo. — Você faz parecer tão simples. As cinco pessoas. Sejam lá quem sejam. Elas me tornam quem eu sou. Para sempre. Só porque eu por acaso convivo com elas. É isso. Nada a ver comigo ou com a forma como eu fui criada, ou com as decisões que tomo. Ou meus genes ou nada do tipo. Tudo se resume a essas cinco pessoas.

— Sim e não. — Ele se vira para mim, voltando a gesticular. Relógio grande e chique no pulso fino. Pelos loiros em braços pálidos. — Você é quem é, obviamente, mas essa é a beleza da parada. A segunda parte da citação é: escolha com sabedoria. Você pode escolher. Você pode escolher suas cinco pessoas, e isso significa que pode escolher quem molda você, e, desse modo, pode escolher quem você é. Digamos que estivesse formando um time de basquete, você não escolheria as cinco melhores pessoas para o time, com habilidades em áreas específicas? Você tem o armador principal, o ala-armador, o ala, o ala-pivô e o pivô.

— Eu não jogo basquete.

— Não importa. — Ele revira os olhos. — O projeto é você. Quem você precisa no seu time para se tornar quem quer ser.

— Ah, agora sim ficou inspirador — digo. — Por que simplesmente não falou isso antes de rasgar a multa?

Nós dois rimos.

— Trégua — pede ele, erguendo a mão.

Assinto.

— Qual é o seu nome? — pergunta ele.

— Allegra Bird — respondo.

As mãos dele são macias. Mais do que as minhas.

— Allegra Bird. Nome legal.

— Vem de *allegro*. Significa tocar música de maneira vivaz. Papai é professor de música.

— Ele é uma das suas cinco pessoas.

— Ele é meu número um. Mas me diz, elas têm que ficar em ordem? — pergunto.

Ele dá uma risada, um som fantástico que me faz sorrir apesar da minha cabeça girar de pura confusão.

— Algumas pessoas me chamam de Sardas — digo, de maneira bem desnecessária, mas não consigo pensar em mais nada para dizer.

— Sardas — repete ele, sorrindo e analisando meu rosto. Fico constrangida. Como se ele estivesse mapeando-as. Fofo.

— Bem, Allegra-vulgo-Sardas, eu me chamo Tristan.

— Achei que seu nome fosse Galo.

— Não, Galo é meu nome no YouTube.

— Por que você tem um nome no YouTube?

— Porque... Como você sabe que meu nome é Galo se não sabia que eu era YouTuber?

— Sua secretária me disse. Eu entreguei para ela o envelope que você está segurando — explico, confusa. Ele não deve bater bem da cabeça se esqueceu o que o trouxe até mim em primeiro lugar.

Ele franze a testa, olhando para o envelope.

— Eu achei isso no chão ao lado da porta — diz ele. — Achei que você tivesse enfiado pela fresta do correio.

— Não. Seus amigos me disseram que você estava numa reunião.

— É. Eu estava.

— Qual você prefere, Galo ou Tristan? — pergunto a ele.

— Quem eu prefiro ser ou qual nome? — rebate ele.

Eu não tinha parado para pensar nisso direito, mas respondo:

— Ambos.

— Prefiro ser Galo. Mas você pode me chamar de Tristan. E você, qual prefere, Allegra ou Sardas?

Olho para ele. Ele conseguiu de novo. Outro gatilho.

Papai me chama de Allegra. Eu tenho sardas por causa dele. Mas não digo nada disso. Só dou de ombros e nos separamos, ambos precisando voltar ao trabalho.

# DEZ

Vou passar a Páscoa em casa e não poderia estar mais feliz. É uma bela manhã de sexta, e estou no trem das 6h20 de Dublin para Killarney, observando o país passar em velocidade. A vila estava silenciosa essa semana com as crianças de férias, e que diferença que a escola faz no trânsito! A maioria das pessoas passa as duas semanas viajando. As ruas estavam relativamente vazias, muitas vagas, não havia muito para eu fazer, ninguém com quem discutir toda manhã. Eu me diverti na Quarta-Feira de Cinzas contando a quantidade de manchas cinza em testas. Cérebros chamuscados. Quando criança, eu achava que a cabeça da pessoa tinha pegado fogo, e aí ficava aliviada por ela por ter conseguido apagá-lo.

Não sou religiosa. Nem papai, apesar de, na teoria, ele ser da Igreja da Irlanda. Apesar de frequentar um internato católico, eu não precisava participar de nenhum estudo religioso. E não era a única. Algumas protestantes, três hindus e uma muçulmana. E uma garota da Malásia que viera estudar na Irlanda enquanto seus pais permaneceram no país de origem. Ela dizia que era ateia e não tinha religião, então sempre que havia eventos religiosos as freiras nos colocavam juntas e nos davam outro trabalho para fazer. Ensaios, planilhas, tarefas sem sentido, coisas assim. Uma vez fomos levadas para fora num dia ensolarado para fazer tie-dye nas nossas camisas enquanto as outras meninas ficaram presas do lado de dentro aprendendo sobre transubstanciação. Elas tinham inveja do nosso culto não religioso.

Eu continuava gostando da Irmã Ivan mesmo que não curtisse a religião dela. Ela era jovem, uns trinta anos, e acreditava de verdade na causa. Acho que pensava que precisava, sozinha, compensar por todas as coisas odiosas que outras freiras abomináveis tinham feito no passado. Ela se dedicava a todas nós, se esforçava para ouvir nossos problemas, nos mostrar que se importava, resolvê-los.

Tiro o caderno dourado da bolsa, coloco-o sobre a mesa e começo a trabalhar na minha lista. Dos cinco aos onze anos, minhas cinco pessoas foram meus melhores amigos de Valentia: Marion, Cara, Marie, Laura e papai. No ensino médio eram Marion, Irmã Ivan, Bobby, que foi meu namorado por um ano, mas uma obsessão por mais tempo, a ponto de moldar meus sonhos e pensamentos, Viv, que era minha amiga mais próxima da escola, e papai. Depois da escola, quando não passei para a Gardaí e até hoje, eram Marion, meu namorado Jamie, Ciclope, minha tia Pauline e papai. Papai era uma constante.

Faz meses que não venho para casa e estou ansiosa para botar o papo em dia com eles. Com a maioria, pelo menos.

São 10h20 quando desço do trem na estação Killarney. A viagem até a Ilha de Valentia leva uma hora e vinte minutos, ou uma hora se o papai estiver dirigindo. Não é fácil voltar para casa, minha parcela do mundo é pessimamente coberta por transportes públicos. A Ilha de Valentia é uma ilha pequena, de onze quilômetros de comprimento e três de largura, e não fica tão afastada assim, mas, quando se trata da acessibilidade, às vezes sinto que estou tentando chegar à Austrália.

Mesmo que eu conseguisse uma carona até Portmagee, ainda precisaria de um carro para atravessar a Maurice O'Neil Memorial Bridge, que liga o continente à Ilha de Valentia, então para chegar a Knightstown, que é a cidade mais distante da entrada da ponte. Tem uma balsa para carros que vai de Reenard's Point a Knightstown em cinco minutos, mas ela só funciona durante a alta temporada, de abril a outubro, e, se você não estiver em

Reenard's Point às 22 horas, então perdeu a última balsa. Eu trabalhava na balsa para carros depois da escola, foi esse o emprego que larguei para me tornar guarda de estacionamento. Ao menos de abril a outubro; no resto dos meses eu trabalhava na loja de lembrancinhas do Skellig Experience, um museu sobre a história da ilha. Graças a um terreno monástico do século XVI, a região foi declarada Patrimônio Mundial da Unesco. E, quando *Star Wars Episódio VII: O despertar da força* foi lançado, eles precisaram de mais funcionários.

Normalmente contamos com Tom Breen para ir de Cahirciveen para casa. Ele é o taxista local, mas joga muito golfe e, por isso, nem sempre é útil quando atende ao celular no quarto buraco em Kinsale e pergunta a você se pode esperar algumas horas. Sem falar que ele é lento. Tanto quanto a direção do papai me deixa apavorada, a direção de Tom Breen desperta em mim desejos assassinos.

Esquadrinho o estacionamento da estação de trem. Papai não está ali.

Ligo para ele.

— Allegra, meu amor, estou em casa, não pude ir buscar você — informa ele.

— Você está bem? — pergunto.

— Eu estou, mas o carro, não.

Olho ao redor e me pergunto quais são as opções. Não tem ônibus para Cahirciveen no sábado, e mesmo se tivesse eu teria que ligar para Tom Breen e, meu Deus, acho que eu chegaria mais rápido se fosse andando. E quando foi que esse problema com o carro aconteceu? Ele podia ter me avisado antes. Levaria uma hora para ele chegar aqui, deveria ter saído de casa há uma hora. Por que não ligou ou mandou mensagem? Por que descobri isso agora ao ligar para ele?

Tento controlar minha irritação enquanto serpenteio pelo meio dos carros e tento descobrir como sair de Killarney.

— Mas não se preocupa — diz ele —, eu arrumei uma carona para você.

Sinto um buraco no estômago. Vejo um carro familiar entrar no estacionamento e peço a Deus para não ter vindo me buscar. É o carro de Tom Breen.

— Papai, diz que você não ligou para o Tom Breen, por favor.

— Não é o Tom — diz ele.

Que bom, ele deve ter vindo buscar outra pessoa, penso com alívio, mas então me pergunto que carona o papai arranjou para mim. Meu tio Mossie, talvez, ou minha tia Pauline, apesar de que ela estaria ocupada com a pousada e não teria tempo de me buscar. Ela não ficaria nada feliz com um pedido em cima da hora assim, por mais que me ame.

O carro de Tom avança lentamente pelo estacionamento. Dou meia-volta e ando na direção oposta, só para garantir que ele não se aproxime nem insista que eu divida a corrida com outra pessoa. Ele dirige devagar na minha direção e me segue que nem um pervertido.

— Tom não estava disponível — diz papai. — Porque, com tão pouca antecedência, estava jogando golfe, mas disse que mandaria o filho dele, Jamie.

O filho dele, Jamie, como se eu nunca tivesse ouvido falar do Jamie na vida. Jamie, que foi meu namorado por três anos, que fez parte da minha lista de cinco pessoas. Eu acabei de escrevê-la no trem, não posso negar. Mas era ele a pessoa que eu não estava tão ansiosa assim para ver.

Jamie. Cacete.

Quando paro de andar, o carro freia. Olho para dentro, Jamie olha de volta. Nenhum dos dois sorri. Eu abandonei a Ilha de Valentia, abandonei Jamie. Não em bons termos. E agora vou ficar presa num carro com ele por uma hora e vinte minutos.

Ele sai do carro e abre o porta-malas, mas eu digo que prefiro ficar com a minha bagagem e ele o fecha com força, voltando para dentro do carro. Respiro fundo e me pergunto brevemente se tenho outra opção, mas sei que não tenho, e evitar essa situação poderia piorar ainda mais as coisas, então sento-me no banco traseiro, atrás do passageiro, o que parece estranho, já que nós sempre sentávamos lado a lado.

— Espero que você dirija mais rápido do que o seu pai — falo para ele, brincando.

Todo mundo sabe que o pai dele é lento, nós dois sempre ríamos disso, Jamie ficava maluco. Mas talvez eu tenha esquecido de usar um tom amigável e ele não tenha percebido que se tratava de uma brincadeira. Ou ele percebeu e não quis fingir que está tudo bem quando não está, porque ele me olha pelo retrovisor e responde:

— E eu espero que você não seja uma pervertida que nem o seu pai.

Ele bate a porta, aumenta o volume do rádio e dirige.

Mais rápido do que o pai.

# ONZE

Seu pai é um pervertido.

Eu já tinha ouvido isso antes. Quando estava no ensino fundamental, devia ter doze anos.

Ela mandou essa um dia, Katie Sullivan, depois que a derrubei no treino de camogie e marquei um ponto. Ela sempre foi uma má perdedora, explosiva e maliciosa. Normalmente isso vinha em forma de chutes, arranhões, empurrões e até uma mordida. Não em mim. Nos times opostos, normalmente. Eu não estava esperando que ela dissesse aquilo. Dei uma risada a princípio. Pareceu um insulto tão estranho, aleatório, e a raiva dela era engraçada. Narinas dilatadas, rosto vermelho, uma veia no meio da testa, o tipo de raiva de desenho animado. Ela tinha uns dilemas. Essa é a mesma garota que escrevia cartas raivosas para a mãe por trair o pai. Ouvi um boato de que ela flertou perigosamente com o novo namorado da mãe e depois o acusou de dar em cima dela. Ela era problemática. Feita de raiva.

A imagem que eu tinha de um pervertido não batia com a do papai. Um velho de cabelo sujo e oleoso num sobretudo manchado mostrando o pau para pessoas no parque. Foi isso que tornou a acusação tão engraçada. Mas ninguém mais riu. Disso eu lembro bem. Foi quase pior do que o insulto. Elas não sabiam que Katie só estava inventando isso para me constranger, para me magoar do mesmo jeito que fiz quando a derrubei e venci a partida.

— É verdade — gritou ela enquanto era levada para fora da quadra pela Irmã Ivan. — Pergunte para Carmencita.

Eu tinha rido de novo, com nervosismo dessa vez. Mas o nome me deixou calada. Abalada. Fez meu corpo tremer por dentro. Porque esse era o nome da minha mãe, e ninguém além de mim, papai, tia Pauline, tio Mossie e meus dois primos sabiam sobre Carmencita. Achei que talvez ela tivesse lido o nome em um dos meus cadernos nos quais o rabisquei uma vez ou outra, mas pareceu improvável que, mesmo que tivesse lido, ela soubesse ligar o nome à pessoa.

Quando o choque passou, quis descobrir mais, mas ela tinha recebido uma punição tão severa pelo que dissera que tinha medo até mesmo de olhar para mim. Foi suspensa do time de camogie pelo resto da temporada, o que foi uma punição para a escola inteira, já que ela era nossa melhor jogadora. Todo o resto do time botou a culpa em mim. As garotas se amontoavam ao meu redor e diziam para eu perdoar a Katie. Tentavam me convencer de que ela não tinha me magoado nem um pouco. Como se eu tivesse qualquer controle ou poder sobre a punição dela.

É claro que presumi que ela tinha mentido. Por que eu acreditaria naquilo? Mas mesmo assim queria descobrir o que ela sabia e como. Katie viajava no mesmo trem que eu para Limerick nas sextas à tarde, onde papai me encontrava. Um dia, quando ela estava sozinha, reuni coragem para me sentar ao lado dela e perguntar:

— Por que você falou aquilo do meu pai?


Jamie Peter, JP, dispara pelas estradas costeiras o mais rápido que consegue no trânsito de sábado de manhã, com a música nas alturas. Fico um pouco enjoada de todos os trancos e tento abrir a janela, mas está travada e eu não sou capaz de me forçar a quebrar o tenso silêncio mesmo que não consiga respirar e precise de ar. Ele para numa loja de conveniência e sai sem falar nada. A música finalmente cessa. Eu exalo devagar. Uso a oportunidade para comprar algumas coisas para o papai, tipo pão, leite, bacon, mingau, suco, peras, o básico que ele nunca parece ter. Não sei à base de que ele sobrevive. Presunto, tomate e caixas de sopa de legumes.

Jamie está atrás de mim enquanto pago, e sinto os olhos dele me perfurando. Há um momento constrangedor, mais um, quando terminei de pagar e não sei se devo esperá-lo na loja ou não. Espero, meio como se estivesse olhando o estande de livros. Ele paga e sai, e eu o sigo, desejando não ter me dado ao trabalho de esperar. Ele não volta a ligar o rádio quando entramos no carro, e eu me pergunto se vai dizer alguma coisa, mas ficamos em silêncio. Eu o ignoro, tentando fingir que ele é só um taxista qualquer, abaixo a janela, que agora está destravada, fecho os olhos e inspiro o ar. Quase em casa.

Quando abro os olhos, ele está me observando no retrovisor. Pego no flagra, ele não tem outra opção a não ser falar.

— Como está a cidade grande? — pergunta ele. — Agitada, imagino.

Seu tom carrega um quê de amargura. Às vezes as pessoas que são deixadas para trás ficam com um sentimento de que os outros partiram para algo melhor. Que devemos estar olhando com superioridade para tudo e todos quando voltamos. Um complexo de inferioridade que não combina, porque a ilha é muito melhor do que Dublin e qualquer outra cidade do mundo. Se ele pudesse ver onde eu moro agora, em cima de uma garagem num subúrbio, a imagem provavelmente não combinaria muito com as ideias que talvez tenha de mim lidando sozinha com todo o trânsito de Dublin. Não sei bem se quero que ele saiba a verdade.

— É. Está bem — respondo, acabando por me decidir que "bem" não é nem metida nem coitadinha demais. — Esse é o seu novo trabalho ou você só está ajudando? — pergunto.

— Assumi o negócio em janeiro. Meu pai se aposentou.

— Sério? — questiono. — Achei que você tivesse dito que nunca entraria para o negócio da família.

— Eu não entrei — diz ele —, eu assumi. Meu pai teve um ataque cardíaco em fevereiro.

Eu não fazia ideia, papai não me contou.

— Sinto muito, Jamie.

— Ele está ótimo agora. Foram algumas semanas difíceis — diz ele.

Novamente aquele tom, como se estivesse com raiva de mim por não saber, por não entrar em contato.

— Mas ele nunca esteve mais feliz — continua ele. — Está jogando golfe praticamente todo dia. Vive fazendo drops e vencendo torneios.

— Você gosta? — pergunto.

— De quê.

— De dirigir.

— Eu sempre gostei de dirigir.

Não foi o que eu quis dizer, mas nós de fato fazíamos longas viagens o tempo todo. Só nós dois. Era a nossa parada, ir para longe. Knightstown é um lugar pequeno, assim como a Ilha de Valentia. Passávamos horas dirigindo, encostávamos, transávamos no carro — não neste carro, ele dividia um Beetle com a irmã, na época. Ele odiava que o carro não fosse másculo, mas foi a irmã que escolheu, só que ele o usava mais vezes. Eu me pergunto se ele está pensando no mesmo agora. Eu o observo. Ele não era um namorado ruim, era um dos bons. Ficamos quase quatro anos juntos. Então fui embora.

Eu fui a primeira pessoa com quem ele transou. Ele não foi a minha. A minha primeira vez aconteceu quando eu estava numa viagem de férias de verão com papai aos quinze anos. Ele vivia me deixando num clube infantil, para o qual eu era velha demais, enquanto explorava a ilha que eu não tinha nenhum interesse de ver porque tinha quinze anos e estava no auge da aborrecência. Então acabei ajudando os professores do clube. Nós fazíamos a dança matinal no palco perto da piscina às onze horas para dar as boas-vindas para as crianças com Geluk, o mascote, um peixe azul gigante com pernas amarelas magrelas.

Às vezes eu conseguia ver quando Geluk estava com um celular no bolso, uma vez, quando ele estava dançando o "Agadoo" na boate das crianças, eu vi um maço de cigarros por baixo da lycra amarela. Um dia, pedi um cigarro para Geluk e pronto. Transei com Geluk, que na verdade era Luuk, de Amsterdam. Enfim, não tirei a virgindade do Jamie enquanto estávamos namorando, foi antes, quando eu tinha 16 anos. Nós éramos amigos há anos, então começamos a namorar sério quando eu tinha 19 anos, e durou até eu me mudar para Dublin.

Eu avalio o perfil dele. A acne desapareceu. Suas espinhas gigantes e inflamadas e aquelas nojentas com a ponta branca tinham sumido do rosto dele, restando só um vestígio no pescoço. Deve ter finalmente encontrado o creme certo depois de tentar um diferente a cada semana. Está mais bem-vestido, menos esculachado, corte de cabelo novo. Tom Breen é mais do que uma companhia de táxi. Para torná-la uma empresa de verdade, ele agia como *chauffeur*, levando jogadores de golfe estadunidenses ricos de um campo ao outro pelo país. Não consigo imaginar Jamie agindo como guia turístico, apontando lugares para estadunidenses, fingindo se importar com ruínas velhas e repetindo as histórias que o pai dele sabia contar mesmo dormindo. Talvez ele fosse bom. Mas, fora isso, era o mesmo Jamie de sempre. Eu me flagro sorrindo carinhosamente para ele, que me flagra pelo retrovisor.

— O que foi? — pergunta ele.

— Nada.

— O que foi?

— Só lembrando de coisas.

Mantemos contato visual pelo retrovisor.

Killarney para Killorglin, então a N70 para Cahirciveen. Ele pega um desvio para Reenard's Point.

— É abril — digo, como se tivesse acabado de perceber.

— Uhum.

Temporada da balsa para carros. Jamie e eu trabalhamos por anos como comissários de bordo durante a alta temporada. Eu amava aquele emprego. Gostava tanto da sensação de chegar em casa quanto de sair da ilha. Observá-la desaparecer às minhas costas para poder vê-la em toda sua glória, mas nunca a deixando para trás totalmente, só sentindo um gostinho de como seria, antes de voltar de novo. Duas das minhas sensações favoritas a cada dez minutos de manhã à noite. Nunca ficava entediante, sempre acontecia alguma coisa, pelo menos um incidente por dia.

— Ainda está cheia? — pergunto a ele.

— Aham. Páscoa.

Bem nessa época, todo mundo começa a trabalhar em dois ou três empregos até novembro. A temporada de turismo começa e você precisa aproveitar enquanto o sol está brilhando, porque, a partir de novembro, tudo fica morto, sem graça e silencioso.

— Lembra da vez em que o touro ficou preso quando o trator estava descarregando? — pergunto. — No meio do verão, segurando o tráfego de ambos os lados.

Dou um sorriso quando me lembro de Jamie correndo de um lado para o outro com o fazendeiro, tentando pegar um touro que se soltou na balsa. Foram precisos alguns passageiros corajosos para se voluntariar e cercar o animal, guiá-lo de volta para a caixa e prendê-la de volta no jipe. Enquanto eu ficava de longe e quase me mijava de tanto rir.

— Lembra da vez em que eu organizei a caça aos ovos de Páscoa na balsa para você? — pergunta ele, e eu consigo ouvir o sorriso na voz dele sem nem precisar olhar.

— Trinta ovinhos com recheio de creme. Eu quase vomitei — digo.

— Você ainda é chocólatra? — pergunta ele.

— Estou numa fase de waffles.

— Congelados?

— Belgas. Um cara da padaria do bairro os faz fresquinhos toda manhã — conto a ele, que faz uma cara como se isso fosse muito chique e eu tivesse mudado, assumido um jeito sofisticado de outra ilha.

Entramos na fila de carros em Reenard's Point. Não tem muitos na nossa frente. Talvez dez, vamos pegar a próxima viagem. A balsa está se aproximando, boiando calmamente. Sinto frio na barriga. Meu lar. Solto o cinto de segurança e me posiciono no meio do banco, entre os da frente, que nem uma criança empolgada. Mais perto de Jamie.

— Você parece feliz por estar em casa — diz ele.

— Estou. — Até eu ouço o alívio na minha voz.

— Dublin não era como você pensou? — pergunta ele.

Dou de ombros.

— Você fez o que se decidiu a fazer? — pergunta.

— Sim e não.

— O que isso quer dizer? — pergunta ele, e então se vira para mim.

Eu me sinto emotiva do nada, como se fosse chorar. Se fossem os velhos tempos, eu contaria para ele sobre Becky nos meus lençóis, invadindo meu espaço. Contaria sobre Tristan e como ele rasgou a multa e me chamou de fracassada. E a gente detonaria os dois, o que faria com que eu me sentisse melhor. E talvez eu até contasse a outra coisa que está na minha cabeça. Da citação sobre as cinco pessoas. Como está na minha cabeça e o que significa. O porquê de eu não conseguir esquecê-la. E, sabe, talvez eu conte. Porque ele está me olhando como se se importasse.

Um carro buzina às nossas costas e Jamie dá um pulo, assustado. O carro à nossa frente já está na balsa, nós estamos bloqueando todo mundo. Um cara que eu não conheço gesticula loucamente para entrarmos. Jamie e eu também guiávamos os carros para dentro das balsas. É entrar e sair, nada complicado. Só tem espaço para duas fileiras. Então nos revezávamos para recolher o dinheiro.

Oito euros só ida. Doze ida e volta. Não mudou. Mas o que eu esperava? Não faz nem um ano.

Assim que Jamie estaciona, eu saio do carro. Fico atrás da corrente, observando Reenard's Point se afastar, então, quando estamos no meio do caminho até a ilha, vou para o outro lado e observo enquanto nos aproximamos do píer de Knightstown. Em um dia perfeitamente aberto, as Ilhas Skellig estariam visíveis em toda sua glória, vistas espetaculares intermináveis, vistas com as quais eu cresci, mas das quais nunca me cansei. O Royal Valentia Hotel domina o píer, um prédio branco construído nos anos 1800, a torre do relógio vermelha em sua posição proeminente, o relógio da cidade, um lugar de encontro para praticamente tudo.

Os avós do papai se mudaram para a Ilha de Valentia para trabalhar na estação do cabo transatlântico, a qual foi inaugurada no final dos anos 1800. Passei toda a infância sendo lembrada de como, quando o cabo foi puxado de Valentia para uma minúscula vila de pescadores em Terra Nova chamada Heart's Content, meu avô foi responsável pela primeira mensagem bem-sucedida da Rainha Vitória para o presidente dos Estados Unidos depois que o tratado de paz foi assinado entre a Áustria e a Prússia. Só os ricos tinham condições de usar o cabo, a um dólar por letra, pagos em ouro. A ilha era um lugar próspero na época, levando em conta a estação do cabo e a extração de ardósia, mas competições excessivas de satélites causaram o fechamento da estação em 1966. Sem trabalho, a família do papai se mudou para o que chamamos de "a outra ilha". Irlanda. Quando nasci, papai voltou para sua terra natal.

À medida que nos aproximamos do píer, aqueles que saltaram do carro para respirar ar puro voltam para dentro a fim de se prepararem para sair da balsa. Eu me obrigo a me mexer e volto para o táxi sentindo uma onda de euforia.

— Queria eu me sentir assim ao voltar para casa — observa Jamie com delicadeza.

— Eu sempre gostei dessa parte, mesmo a fazendo dez vezes por dia.

— Eu sei. Eu lembro. Foi por isso que fiquei surpreso quando você foi embora.

— Eu precisei.

Ele grunhe, liga o motor e segue os carros à frente. Mais dois minutos e vou estar fora do carro.

— Desculpe por ter ido embora, Jamie — digo.

Ele me olha com surpresa e responde:

— Eu entendo os seus motivos. Entendi na época. Não me ressinto por você ter ido embora — diz ele. — Eu fico magoado pela maneira como você foi. Sem aviso. Só... você sabe.

— Sei.

— Eu tinha planos.

— Que tipo de planos?

— Planos para nós dois.

— Eu não sabia.

Ele desvia o olhar com raiva, contraindo o maxilar.

— E você nem me chamou para ir com você — revela ele. — Eu teria ido.

— Você odeia Dublin — respondo. — Você odeia dublinenses.

— Eu amava você.

Não respondo. Não é uma surpresa. Ele dizia isso o tempo todo. Não tinha medo. Nem vergonha. Sempre foi bom demais para mim. Ele me amava mais do que eu o amava. Dizia isso o tempo todo, como se tentando me convencer. E eu acreditava nele, mas toda vez que ele o dizia, meus sentimentos diminuíam um pouco. Como um daqueles caras na frente de restaurantes turísticos. "Entrem, entrem, eu faço o melhor preço." Quanto melhor o preço que eles fazem, quanto mais alto chamam, quanto mais extravagantes seus gestos, menos você quer entrar. Você percebe o desespero. Presume que a comida deve ser uma porcaria. Vai a outro lugar. Para o lugar agitado e cheio onde o cara mal olha quando você entra e o faz esperar por uma mesa.

Ele para na frente da casa e eu desço do carro. Ele também sai, mas deixa o motor ligado, um pé dentro do carro e o outro para fora, debruçado sobre o teto.

— Então, eu só fico até segunda-feira, mas você quer sair para beber alguma coisa no fim de semana? — pergunto, olhando para ele. — Eu deveria me divertir um pouco enquanto estou aqui. Talvez isso compense a maneira como fui embora.

— Estou namorando a Marion — diz ele, do nada. Bem, não do nada, a frase veio de algum lugar para ele, mas foi do nada para mim. Como se a tivesse tirado do cu. Senti vontade de enfiá--la de volta.

Marion. Minha melhor amiga. Marion e Jamie, duas das minhas cinco pessoas. Papai é minha terceira, mas, na verdade, é minha primeira.

Marion e eu frequentamos a mesma escola montessoriana, só nos separamos porque tive que ir para o internato, mas continuamos melhores amigas. Não tenho notícias dela há um tempo, ela ia me visitar em Dublin alguns meses depois de eu me mudar, mas não conseguimos concretizar os planos por motivos diversos. A vida sendo irritante. Ligações viraram mensagens. Mensagens se tornaram menos frequentes, mas ela continua sendo minha melhor amiga.

Não consigo me controlar: eu sorrio. É um sorriso nervoso. Aquele que dou quando ouço notícias horríveis, como quando alguém morreu e eu não sei lidar com a pressão de ter que fazer uma expressão séria, com a pressão de ter que agir da forma esperada. Se eu fosse médica, sorriria ao dar um diagnóstico de câncer. Se fosse carregadora de caixão, sorriria por todo o caminho pelo corredor da igreja. Numa peça, eu dou risada das partes silencio-sas e constrangedoras. Sou esse tipo de pessoa. Nem um pingo de sincronia entre acontecimentos e minha expressão. Disfunção não verbal, talvez tenha sido isso que o relatório da entrevista da Gardaí dizia. Talvez eles não pudessem permitir que eu aparecesse na casa da família de uma vítima às três da manhã com um sorriso na cara. "Foi mal, gente, a filha de vocês morreu."

Jamie fica com raiva do meu sorriso. Ele já estava com raiva de qualquer maneira, ofendido, talvez, foi por isso que me contou sobre o relacionamento com Marion. Para me magoar. Não estou rindo dele, mas se ele se lembrasse de mim da maneira como sempre me conheceu, por dentro e por fora, melhor do que a maioria, saberia que estou com esse sorriso bobo agora porque me sinto constrangida, nervosa, assustada pelo que ele me contou. Mas é isso que acontece quando duas pessoas se separam, os segredos que vocês sabiam um sobre o outro se dissolvem em nada. Como se as partes mais importantes que formam uma pessoa não fossem mais relevantes. O feitiço que fora lançado sobre nós se quebrou quando fui embora da ilha. Ele não se lembra de mim. Não da maneira como deveria.

— Aliás, ela está grávida de oito semanas — adiciona ele, e então entra no carro e vai embora, me deixando plantada na frente da casa, no meio-fio, com um grande sorriso num momento de desespero.

# DOZE

A porta da frente está destrancada, como sempre. Sou recebida por um cheiro de umidade, mofo, torrada queimada, algo velho e esquecido e algo novo e indistinguível. Há aromas familiares escondidos entre os novos, aromas bons e reconfortantes. Eles vêm e vão à medida que os respiro. Largo as malas no corredor e corro para a sala da frente, a sala de TV, onde imagino que papai esteja me esperando. O cômodo está frio e escuro. Papai se esforça para se levantar da poltrona. É uma poltrona de couro vinho com um apoio de pé que salta do fundo quando você o empurra. Escolhemos todos os móveis na Corcoran's, em Killarney, antes de eu ir embora. Um certo ritual de partida, foi como pareceu. O cômodo ainda cheira a couro novo, o que é aconchegante por cima daquele cheiro indistinguível de ranço.

— Não se levante, não se levante — digo, me aproximando para abraçá-lo, mas ele se levanta mesmo assim, se erguendo acima de mim, um homem alto, não tanto quanto era, não tão nada como era, e sou pega de surpresa.

Escondo minha preocupação num abraço, satisfeita por ele não conseguir ver meu rosto, me perguntando por que não pude usar essa expressão para Jamie e usar o sorriso agora. Quanto tempo faz que não o vejo, tento lembrar. Três meses, provavelmente; muito mais do que eu devia ter esperado, mas estava esperando pela Páscoa e não podia tirar mais dias de férias. Eu devia ter vindo para casa em alguns finais de semana. Ele parece mais magro em meus braços, o rosto está mais fino, emaciado; os olhos, mais escuros e afundados. O cabelo está laranja em alguns lugares, mas grisalho, muito mais grisalho. Ele não se barbeou, e eu odeio admitir, mas alguma coisa cheira a sujeira, alguma coisa rançosa deixada na roupa dele. Ou talvez seja ele a coisa rançosa que deixei. Talvez por egoísmo, talvez não. Tem uma mancha no suéter e na calça dele. Alguma coisa grudenta que se agarrou ao tecido e não solta.

— O que aconteceu com o carro? — pergunto, tentando desviar a atenção do rosto dele, um pouco atônita com a aparência.

— Ah, deixa isso pra lá. — Ele faz um gesto de dispensa. — Vem dar uma olhada — continua ele, me guiando do corredor para a cozinha com vista para os campos, que não fazem parte da nossa propriedade, mas são bons de admirar mesmo assim. — Quero te mostrar uma coisa — fala ele, se esforçando para destrancar a porta dos fundos que nunca foi trancada. — Eu o encontrei hoje de manhã, balindo para a minha porta, deve ter se perdido da mãe, e por que minha chave não está girando? Puta merda... Ah, é isso, nem estava trancada, ora, isso não é muito seguro, né? Eles poderiam ter entrado pelos fundos, os ladrões e os vagabundos, mas nunca pela frente, ou seriam vistos. É o que estão fazendo agora, só pela porta dos fundos. Roubaram as ferramentas do Laurence no mês passado. O idiota não devia ter deixado tudo exposto, mas eles entrarem pelos fundos. Muito bem, logo aqui, você vai amar, Allegra, uma coisinha fofa.

Ele sai para o quintal, fazendo um barulho de psiu-psiu. E perambula por ali fazendo psiu-psiu enquanto eu continuo na soleira da porta. Mesmo que o tempo esteja bom, aberto e ensolarado, até quente, há partes molhadas e lamacentas no solo, onde o sol nunca bate e a grama nunca cresce direito, e ele está afundando os tênis velhos de um lado para o outro, espirrando grandes salpicos de lama na panturrilha, por cima das manchas secas da última vez que esteve aqui fora fazendo psiu-psiu. Papai pressiona dois dedos da mão direita, esfregando um no outro, como se tivesse algo além de dedos grossos para oferecer. Eu o observo até perceber que está chamando alguma coisa, então olho ao redor também, esperando que ela apareça.

— É um gato? — pergunto.

— Psiu-psiu-psiu.

— Papai, é um gato? — pergunto.

— Vem aqui, pequenino, está tudo bem, não tenha medo. Psiu-psiu-psiu. — Ele se vira na minha direção e eu vejo que está com uma expressão furiosa porque as coisas não estão saindo como ele queria.

— Papai, se você me disser...

— Psiu-psiu-psiu....

— O que é, então...

— Psiu-psiu-psiu....

— Eu posso te ajudar...

— Que se dane. Ele foi embora — diz ele, endireitando as costas. Está respirando com dificuldade, arfando. Não faz contato visual comigo. — Era um cordeirinho. Está na época de cordeiros, sabe? — Sim, eu vi um monte deles pelo caminho.

— Deve ter se perdido da mãe, chegou aqui ontem. Eu estava alimentando e cuidando dele — diz papai, dando mais voltas e procurando de novo, pisando em mais lama.

Os sapatos envoltos em lama agora, mumificados para sempre, a serem escavados daqui a milhares de anos pela próxima espécie, o sapato ortopédico com salto amortecedor para prevenir impacto no corpo ao andar, o sapato mais célebre da humanidade. O pé do papai será estudado em museus por seres do futuro.

— Papai, você está se sujando.

— Eu não o deixei sozinho nem por um segundo o dia todo. Psiu-psiu-psiu.

Uma última tentativa.

Engulo em seco, sentindo o peito se encher de ansiedade, o estômago se revirar. Ouço o tremor em minha voz. O comportamento dele é perturbador.

— Deve ter voltado para a fazenda da Nessie — digo. — E aí, o que houve com o seu carro? — pergunto.

Ele para de dar voltas no quintal e olha pra mim.

— Eu não pude dirigir por causa dos ratos. Me segue — diz ele, gesticulando como se fosse um fazendeiro guiando um rebanho, por mais que papai não tenha um pingo de sangue de fazendeiro no corpo.

Ratos. Eu o sigo. Primeiro cordeiros, agora ratos.

— Papai, seus sapatos... — Eu o alerto enquanto ele faz uma trilha de lama pelo chão barato de linóleo da cozinha, por toda a casa até o quintal da frente. Ele ergue o capô do carro e encara o interior, olhando para um monte de fios, e eu acho que olho para ele do mesmo jeito. Alguma coisa errada com a fiação.

— Olha.

— Não sei o que devo olhar.

— O motor.

— Bem, isso eu sei.

— Ora, então você sabe mais do que parece. Eu tentei dirigir e o motor começou a soltar fumaça. Gerry veio aqui e disse que ratos haviam feito um ninho e comido todos os fios. Já era. Ele não tem como consertar.

— Ratos? — pergunto.

— Foi o que ele disse. Eles roeram todos os fios.

— O seu seguro cobre isso? — pergunto.

— Não, eles disseram que eu preciso de provas de que os ratos comeram os fios. Então eu disse que levaria um deles para dar um testemunho, mas que não sabia se eles eram bons em fazer acordos.

— Meu Deus. — Eu me inclino para a frente. — Que nojo. Então eles fizeram esse estrago da noite para o dia ou você estava dirigindo por aí com eles aí dentro? — pergunto.

— Não sei. Acho que, se eles estivessem aí dentro enquanto eu dirigia, eu teria queimado todos, mas não tem nenhum morto, até onde consigo ver. Mas isso não explica o que eles estão fazendo dentro do piano.

— Tem ratos no piano? — pergunto, de olhos arregalados. Por mais que esteja enojada, fico aliviada por ele não estar ficando maluco. Se Gerry foi uma testemunha dessa história, quer dizer que ele não a inventou. Mas o cordeiro continua aberto para investigação, Detetive Sardas.

— Não, não ratos — diz ele quando me junto na sala de música. — Eu diria que esses são camundongos. Camundongos domésticos.

Ele tem um lindo piano com um quarto de cauda. Deu aulas aqui durante toda a minha juventude, aulas particulares para crianças e adultos, horas e horas nos sábados. Eu brincava no quintal ou no meu quarto, no andar de cima, ou via TV enquanto escutava notas erradas e músicas lentas enquanto ele os orientava pacientemente. Sempre tão paciente.

Ele ergue um dedo para que eu preste atenção.

E é o que faço.

O cômodo está silencioso e não ouço nada. Só um rangido no chão de tábuas quando mudo o peso do corpo.

— Shhh — diz ele, irritado com a minha perturbação.

Ele olha para o ar, com um ouvido apontado para a frente. Alguma coisa o faz mexer a cabeça. Ele me olha com esperança.

— Ouviu isso? — pergunta.

— Eu — respondo, limpando a garganta — não ouvi nada.

Ele encara o piano.

— Bem, não está tocando direito — diz ele.

— Talvez precise ser afinado. Toque alguma coisa para mim.

Ele se senta. Move os dedos suavemente por cima das teclas enquanto pensa no que tocar, enquanto tenta encontrar o lugar certo.

— Concerto para piano número 23 de Mozart, segundo movimento — diz ele, mais para si mesmo, e então começa a tocar.

Eu já o ouvi tocar esta peça muitas vezes. É linda, emocionante mas assustadora. Uma vez ele comprou uma bailarina de cerâmica que tocava essa música quando girava. Você precisava torcê-la, dar corda, então ela começava a tocar rápido até desacelerar. Às vezes, durante a noite, emitia uma nota, me assustando, e enquanto girava sozinha eu me escondia embaixo das cobertas, evitando os olhos azuis frios da bailarina. É linda quando papai a toca, mas sempre me assustava.

Ele toca uma nota errada e bate com força nas teclas. De maneira barulhenta e dramática. As notas graves ecoam por um momento.

— Camundongos — diz ele, arrastando o banco para trás e se levantando. — Vou colocar outra ratoeira. — Ele abre a tampa. — Assim eles vão parar.

E sai da sala, deixando o cheiro de cecê comigo.


Katie está no trem. Está sentada sozinha, sem ninguém ao lado. Eu a segui sem nem tentar disfarçar até esse vagão e observei o assento vazio ao lado do dela por vinte minutos, ansiosa. Faz umas duas semanas desde que ela disse aquilo sobre o papai ser um pervertido, e eu não consegui mais pensar em outra coisa, tem me deixado acordada até tarde da noite, arranhando ainda mais do que o normal a minha pele, de sarda em sarda, e para completar as meninas da escola estão me pressionando para recuperar a nossa melhor jogadora. Uma coisa ruim foi dita sobre mim e sou eu quem deveria pedir desculpas. Às vezes seria mais fácil ser humana se não houvesse outros humanos. Finalmente crio coragem de me sentar ao lado dela, e, quando o faço, ela me olha com o rosto cheio de medo. Nunca a vi com essa expressão, e me pergunto se é porque está com medo de mim ou por causa do papai.

Ela arregala os olhos e espia ao redor, como se tentasse pedir ajuda para alguém.

— O que você quer? — pergunta ela com raiva.

— Eu quero saber o que você quis dizer sobre meu papai.

— Seu papai — diz ela, revirando os olhos. — Sardas, eu não devia ter falado nada. Já pedi desculpas, tá bom?! Fiquei com raiva e deixei escapar, e não deveria ter deixado.

— Se você me contar, eu falo para a Irmã Ivan que perdoo você e peço a ela para deixar você voltar para o time.

Ela ajeita a coluna ao ouvir isso. Estamos chegando à estação Limerick, quero que ela se apresse.

— Foi só um negócio que eu escutei — diz ela, enfim.

— De quem?

— Da minha prima Stephanie. Ela reconheceu seu pai quando ele estava buscando você na estação há algumas semanas. Ela disse: esse é o Sr. Bird, ele é um pervertido. Transou com uma garota da minha sala. Bird, o pervertido. Eles tinham até uma música: Bird Bird, olha o pervertido do Bird.

Meu coração está disparado. Eu me preparo. Mas ela para de falar.

— Continue — peço.

— Bem, é basicamente isso. Ele era professor, ela era aluna. É nojento. Elas foram para um pub uma noite com outros professores e os dois começaram a conversar, e, quando a minha prima estava indo embora, a amiga dela não quis ir junto, então imaginou que ela estava em boas mãos e a deixou. Enfim, eles transaram. Ela disse para a minha prima depois que se arrependeu pra caramba. Então ninguém teve notícia dela por meses antes das provas finais, simplesmente sumiu do mapa. É tudo o que eu sei — conclui ela, dando de ombros.

— Você sabe onde essa aluna está agora? — pergunto.

— Porra, como eu iria saber?

— Quer dizer, sua prima ainda é amiga dela? — pergunto.

—Não, isso foi tipo um milhão de anos atrás, Sardas. Antes de você nascer, não na semana passada. Não fica surtando sobre isso.

Ela não ligou os pontos. Que Carmencita é minha mãe. Que o nome espanhol bate com a minha pele espanhola e meu cabelo espanhol. Mas só o que ela vê são as sardas que batem com as do papai.

— E nem foi na Universidade de Limerick — adiciona ela —, foi em Dublin. Stephanie fazia faculdade com ela lá. Disse que ele não devia ter permissão para dar aula em Limerick. Que a escola devia tomar uma atitude. Tipo que nem acontece com os padres, que só são transferidos para lugares diferentes. Olhe, é só isso que eu sei, tá bom?

O trem para na estação e ela se levanta, voltando a ser metida. Pendura a bolsa nas costas.

— Pode pensar o que quiser, mas minha prima não mente. Seu papai é um professor pervertido que transou com uma aluna, o que é de verdade totalmente nojento, mas enfim. Você vai me colocar de volta no time agora. Contei o que você queria.

Eu a sigo para fora do trem e pela estação. Papai normalmente espera do lado de fora, no carro, mas dessa vez está na estação, numa máquina de vendas.

— Ah, Allegra, aí está você, meu amor. E quem é essa?

Eu não sabia que Katie tinha parado ao meu lado, e ela o encara como se ele fosse um pedaço nojento de cocô, todo o ódio perturbado de volta à sua carinha de merda anteriormente assustada. Eu a odeio.

— Essa é Katie. Da escola.

— Prazer em conhecê-la, Katie da escola — diz papai com uma risadinha.

Katie lança um olhar de nojo para ele e se afasta o mais rápido que consegue.

— Garota interessante, eu falei alguma coisa errada? — pergunta ele ao observá-la se afastar, e então volta a olhar para a máquina de venda. Eu o observo enquanto insere as moedas, contando-as cuidadosamente, e aperta o número. Observo seus dedos, suas mãos, as mãos que Katie acha nojentas, as mãos que me pegavam no colo e que eu vejo se mexer sobre as teclas do piano e do violoncelo tão belamente.

— Ela não é minha amiga — digo, enfim.

Papai me olha por cima da armação dos óculos, preocupado.

—É mesmo? Então considere-a desconvidada de quaisquer eventos futuros. Aqui, peguei uma Pringles de sal e vinagre para a viagem, mas acho bom dividir comigo.

Ele beija o topo da minha cabeça e passa o braço ao redor dos meus ombros, me guiando para o carro.

Katie não me contou nada que eu já não soubesse. Eu sabia que papai era professor da universidade e sabia que minha mãe era aluna. Nós conversamos abertamente sobre tudo em casa. Ele não era professor dela, mas não me dei ao trabalho de dizer isso. Não acho que teria feito diferença. Também sabia que ele não era nenhum pervertido, mas a parte interessante dessa história toda foi em relação a mim.

Eu queria descobrir onde minha mãe estava.


Papai e eu passamos o resto da tarde na sala de TV depois do incidente do camundongo. Ele não se mexeu nem uma vez. Eu limpei a lama do chão e me juntei a ele, que está assistindo a documentários sobre natureza, um fluxo constante de um após o outro. Era por isso que eu ansiava, relaxar com uma companhia agradável, mas, depois da cena de boas-vindas, eu não estou nada relaxada. Estou tensa. Observando-o. Talvez ele tenha passado tempo demais sozinho. Talvez seja isso que acontece com uma pessoa quando fica isolada por tanto tempo. Faz três meses desde a minha última visita, mas, mesmo assim, ele tem seu trabalho, seus colegas.

— Acho que vou beber alguma coisa — digo, finalmente; estava de olho no relógio, esperando que ele marcasse dezessete horas. Um horário aceitável para começar a beber.

Ele se empertiga.

— Hora da minha receita caseira.

— Eu não estava pensando em chá, papai. Preciso de alguma coisa mais forte.

— Ah, não, não estou falando de chá. É uma receita muito melhor. Está na lavanderia. — Ele se levanta num pulo, com um olhar travesso.

— Na lavanderia? — pergunto. Ai, meu Deus, o que é agora?

Ele abre a porta da lavanderia, e ali, entre suas toalhas e roupas que estão secando, há grandes baldes de plástico e um cheiro pungente de álcool e queijo estragado.

— Aí está, meu próprio barril de cerveja — diz ele, pegando um dos baldes. — Está fermentando aqui dentro há algumas semanas.

Olho para dentro do balde. Cerveja doce e espumosa fermentada num vaso de plástico entre roupas de cama, toalhas, cuecas, calor, gases e líquido.

Sentamos no jardim de inverno dos fundos da casa, bebendo a cerveja, observando a paisagem, relaxados pelos vislumbres de vacas e ovelhas na fazenda adiante.

— Não acredito que você está fazendo a própria cerveja — digo, dando uma risadinha e um gole. Tem um gosto rançoso. De meias velhas e plástico derretido.

— Você vai se acostumar — diz ele, notando minha reação. — A primeira leva explodiu em cima de todas as minhas roupas e lençóis.

Sinto uma onda de alívio. Isso explica o cheiro nele. Talvez papai esteja bem, no fim das contas. Minhas preocupações se perdem numa névoa de cerveja.

— Bom ter você em casa, meu amor.

— Bom estar em casa, papai.

Ficamos sentados ali, conversando de vez em quando, mas passamos a maior parte do tempo num silêncio pacífico e confortável, observando o pôr do sol e, quando ficou muito mais tarde, olhando as estrelas, até que os dois baldes ficaram vazios e eu não tinha uma única coisa com que me preocupar.

Acordo no meio da noite ao som de batidas. Papai está na sala de música, de samba-canção larga e regata branca. Está debruçado sobre o piano aberto como se examinasse o motor de um carro.

— Papai, o que você está fazendo?

— Eles estão aqui dentro.

— Quem?

— Os camundongos. — Ele pressiona uma tecla uma vez atrás da outra, a mesma tecla.

Ele não está brincando. Sinto como se estivesse numa festa do chá com o Chapeleiro Maluco, com a diferença de que não é nada do que eu esperaria. Para começar, é real. E é com o papai. Balbucios sem sentido. Eu me pergunto se ele sequer está acordado ou se é um episódio de sonambulismo. Seu rosto tem uma expressão confusa e sonolenta, como se não estivesse ali de verdade.

— Papai, só volte para a cama. Está tarde. Podemos cuidar disso de manhã. Ligar para o serviço de dedetização.

— Eu consigo ouvi-los andando — resmunga ele, mas então volta para o quarto.

Assim que acordo, às dez da manhã, eu me levanto e saio de casa em busca de comida. Apesar das minhas compras básicas de ontem, a geladeira está vazia de qualquer coisa adequada para um café da manhã, e eu estou morrendo de fome. Minha cabeça está latejando, não por falta de comida, mas por conta da cerveja caseira malfeita e da noite mal dormida. Passei horas acordada depois do episódio noturno do papai e, de alguma forma, acabei adormecendo ao canto dos pássaros. Normalmente eu pegaria o carro do papai, mas não posso fazer isso por causa da história da infestação de ratos. Penso em tentar ligar o motor para ver se é verdade, mas não quero arriscar. Minha segunda missão é visitar Gerry e perguntar a ele sobre o carro e os ratos. Detetive Sardas. Se papai tiver inventado isso, eu realmente tenho um problema nas mãos.

Papai sempre foi empolgado e dramático. Excêntrico talvez seja a palavra. Ele não se compara ao comportamento ou à expectativa de mais ninguém, e isso é bom; sempre teve a liberdade de pensar de maneira independente, única, interessante, na minha opinião, e compartilhar seus pensamentos sem constrangimento. Mas o comportamento atual é diferente. Ratos no motor e camundongos no piano não são uma nova teoria interessante, é baboseira sem sentido.

Nossa casa fica a dez minutos a pé da Main Street, e a manhã está clara e enevoada, a neblina pairando sobre a ilha. A cortina de fumaça vai se erguer, feito o lenço de seda de um mágico, revelando a beleza da ilha em um grande tcharam. O ar está leve e me deixa mais úmida do que eu imaginava. Garoa, como chamamos. Não me importo, gosto de andar na chuva, esse tipo de chuva invisível sempre me deu uma sensação de liberdade. Refresca minha cabeça latejante, resfriando o cérebro borbulhante, mesmo que acabe deixando meu cabelo cheio de frizz.

Já tem uma fila de carros no porto, esperando a balsa voltar para a costa, provavelmente a primeira viagem do dia e já está cheia. Temporada de turismo. A época favorita de todos os donos de comércio. A ilha está agitada para o fim de semana da Páscoa, e a área em frente ao Hotel Royal Valentia está tomada por preparativos para uma meia-maratona e uma corrida de dez quilômetros.

Compro comida suficiente no mercado para hoje e o jantar de Páscoa de amanhã. Não somos religiosos, mas gostamos de comer e apoiamos todas as ocasiões marcadas por comida. Papai comprou o cordeiro diretamente da Nessie, a fazendeira que mora atrás da

nossa casa, e eu me pergunto se foi por isso que seu querido ami-
guinho cordeiro desapareceu. Se é que havia qualquer cordeiro.

Com bolsas de compras nas mãos, continuo a curta caminhada até a oficina do Gerry. O problema é que a empresa fica
na casa dele, onde a filha, Marion, mora. Marion, aquela que
recentemente abriu um salão de beleza e engravidou do meu ex-
-namorado e primeiro amor. Eu preferia me manter longe dela,
mas preciso confirmar a história do papai, e, com alguma sorte,
não vou encontrá-la.

Ando até a entrada da garagem. Casa à direita, oficina à esquerda. Carros em vários estágios de vida estacionados ali, alguns
enferrujados e sem rodas que parecem que ficarão ali por muito
tempo. Ninguém diria que Gerry tem dinheiro; ele age e fala como
se não ligasse para nada, mas papai sempre me disse que ele é tão
mão de vaca que seria capaz de descascar uma laranja dentro do
bolso. Tudo parece igual; é a mesma casa onde brinquei quase
todos os dias durante a infância. Onde ia passar a noite. Marion e eu amávamos ter aventuras ao redor dos carros. Andando
abaixadas, ziguezagueando para dentro e para fora com walkie-
-talkies numa nova aventura, nos sentando ao volante e fazendo
perseguições velozes e imaginárias, rolando por cima dos capôs
quando éramos atingidas. Alguns dos carros ainda devem ser os
mesmos com os quais brincávamos, ainda longe do ferro-velho.
Está tudo igual exceto pela placa na frente: salão da Marion. Ela
conseguiu. O sonho dela.

Evito a casa e sigo para o celeiro onde fica oficina. Dois
cachorrinhos da raça westie vêm me receber. Presunto e Queijo
ou Manteiga de Amendoim e Geleia, algo assim. Eles também
não se lembram de mim e latem enquanto me seguem, batendo
a cabeça nas sacolas de mercado oscilantes ao tentarem pular
em mim. As persianas da oficina estão fechadas, o que é uma
decepção. Eu devia ter imaginado que ele não ia trabalhar no
feriado de Páscoa.

Vejo uma figura na janela do andar de baixo da casa de Marion. Merda, me viram. Dou meia-volta e sigo pelo meio dos carros enferrujados em direção à saída, com os latidos dos cachorros me entregando.

— Allegra Bird, é você? — Ouço a voz da Marion e tenho vontade de deitar no chão e morrer feito os carros dilapidados. Afundar minhas raízes, desistir e não precisar enfrentá-la.

A verdade é que eu parei de amar Jamie muito antes de partir para a outra ilha, se é que aquilo era amor, mas mesmo assim odeio os dois por sequer ousarem.

— Sai, Ruibarbo — diz ela, se aproximando. — Vai para lá, Creme.

Marion desce a varanda na minha direção e serpenteia pelo labirinto de carros. Saio do meu esconderijo, me sentindo boba.

— Ah, Marion. Oi.

— Mas o que é que você está fazendo?

Ela segura o cardigã com força ao redor do corpo, cruzando os braços sobre a barriga. Vejo uma barriguinha de grávida onde não há nenhuma, não tem como haver, ela só está de oito semanas, o neném provavelmente é do tamanho de um comprimido de ecstasy. Ciclope costumava arranjar alguns para a gente, ele tomava quando trabalhava como DJ, os fornecia também. Nunca senti muita coisa; uma leve euforia, acho, mas Jamie sentia mais prazer ao toque físico, então amava. No máximo eu tinha momentos de extremo foco, e em alguns desses momentos, enquanto estava com a mão dentro da calça de Jamie, eu conspirava e planejava minha partida de Valentia. Focada no meu próximo objetivo. Eu nunca o mereci.

— JP me disse que você estava na cidade. Veio para a Páscoa, é? — pergunta ela.

Não consigo parar de olhar para a barriga dela, e me pergunto se eles falaram sobre mim. Devem ter falado. Mesmo que não tenha sido na malícia, devem ter falado sobre tudo. Conversas na cama, sussurros sobre características minhas que os incomodavam. Sei que eu fazia isso com Jamie em relação a Marion. Então me pergunto se ele contou coisas que comentei sobre ela. Coisas inocentes, na verdade, mas que magoam quando você as ouve sobre si. Coisas que você remoeria e cogitaria mudar para consertar. Dividindo uma cama com nós duas. Sinto calor e raiva, meu coração disparado. Criando laços a partir da frustração compartilhada em relação a mim. Como eles ousam? Eu tenho tanto a dizer para ela, mas não quero dizer nada. Não ajudaria em nada.

— Queria que você tivesse me contado que estava voltando — diz ela.

Ela muda o peso de um pé para o outro. Com frio. Constrangida. A garoa está mais densa agora, espirrando em nossos rostos. Intensificando-se dramaticamente antes de se retirar. Meu cabelo deve estar uma beleza. Grosso demais para esta ilha. Eu fui feita para o calor da Catalunha e para as montanhas. Ela olha para a casa às suas costas, verifica se a barra está limpa, talvez se a barra está limpa para ela, então de volta para mim.

— Olhe, JP me contou que falou para você sobre a gente, e sobre, você sabe. Quase o matei. É cedo demais. Ainda não contamos para ninguém, você sabe como qualquer coisa pode acontecer, então nem teria por que contar nada, para começo de conversa.

— Ah, sim, tipo um aborto espontâneo — digo, e ela se arrepia.

Novamente, tem tanta coisa que quero perguntar a ela, mas não me dou ao trabalho. Não quero soar desesperada, nem quero escutar a amargura que vai pingar das minhas palavras quando sei que não tenho esse direito. Meu ex-namorado e minha melhor amiga. Ex-melhor-amiga agora, provavelmente. Não nos falamos há meses. Quando foi que as mensagens pararam? Ela ia me visitar. Alguma coisa aconteceu. Ela nunca foi. Talvez tenha sido o pau do Jamie que apareceu. Mas não voltei a convidá-la. Não sei por quê. Eu não planejava ficar em Dublin por tanto tempo... bem, sim, talvez por todo esse tempo, mas não para sempre. Meus amigos deveriam estar aqui quando eu voltasse, fosse lá quando isso acontecesse. Não trepando um com o outro e fazendo um bebê. Deviam apenas ficar aqui, como se estivessem em pausa. Ele na balsa para carros, ou trabalhando no bar do hotel; ela no hospital comunitário e fazendo bicos como cabeleireira quando podia.

— Nós não planejamos, Allegra — explica-se ela. — Foi um acidente. Ciclope e eu terminamos. Ele mudou, ficou estranho por causa das drogas. Tipo, ainda mais estranho do que o normal. Ele passou a fabricar as próprias merdas agora. Sobramos só JP e eu. A gente sentia sua falta. Quer dizer, eu sentia sua falta.

Não consigo não imaginar as coxas gordas dela enroscadas na cintura magrela dele. Ela sempre foi pesada na parte de baixo, com formato e aparência de pera, sua pele pálida com manchas roxas e azuladas, pontilhada de celulites. Odiava usar roupa de banho. Sempre vestia um shortinho por cima. A virilha vermelha por usar gilete todo dia porque tinha alergia à cera. Eu me pergunto o que ele pensou dessas pernas quando as viu pela primeira vez. Suas pernas de pera cheias de celulites.

Ela continua falando.

— Nós nos demos melhor do que eu imaginava. Nunca chegamos a nos conhecer direito antes. Quando éramos nós quatros, sabe? Enfim, JP me encorajou a parar de ter medo de fazer as coisas que eu sempre quis. O salão foi ideia dele. Quer dizer, foi minha, mas eu nunca teria conseguido sem ele.

Ela volta a olhar para a casa. Não sei por que fica fazendo isso, talvez tenha uma cliente sentada lá dentro com descolorante queimando a cabeça. O salão fica na sala da frente, consigo ver alguns equipamentos, eles também reformaram a fachada da casa e adicionaram uma nova porta na varanda, uma entrada exclusiva para o estabelecimento. Apenas um cômodo na casa dos pais. O cômodo onde assistíamos a desenhos animados. Mal era um estabelecimento. Mesmo com os letreiros meia-boca colados por toda a ilha, eu me pergunto quem iria até ali para fazer o cabelo, tendo que passar pelo ferro-velho no jardim. Bem, talvez eu fosse.

— Eu consegui — diz ela, cheia de orgulho, com um sorrisão que revela suas covinhas profundas e um toque de medo que é fofo. — E talvez seja mais fácil trabalhar de casa com o bebê e todo o resto — completa ela.

Toda essa informação, e tudo o que eu consigo me perguntar é por que ela o chama de JP. Só a mãe o chama assim. Os amigos o chamam de Jamie. É bizarro.

A maioria das pessoas precisa sair da ilha para fazer alguma coisa da vida. A maioria das pessoas com quem crescemos foi embora. *Dizimada pela emigração*, diz uma propaganda de wi-fi para as Ilhas de Aran num esforço de atrair as pessoas de volta. Eu fui embora. Mas Marion não. Ela fica, abre um salão, tem um bebê. Sonhos realizados. Por conta própria. No lugar de onde achei que precisava sair para ser alguém.

— Você a viu? — pergunta ela, mudando de assunto. — Allegra, fale alguma coisa — pede ela, agora séria.

O cabelo dela está encharcado agora, colado à cabeça, com gotas de chuva presas à lã do cardigã. Ela está tremendo. Eu imagino o bebê do tamanho de um comprimido de ecstasy tendo arrepios. Ele é provavelmente do tamanho de um arrepio.

— Eu vim aqui querendo falar com seu pai — digo, finalmente.

Ela me lança um olhar de surpresa. Então mágoa. Então desprezo. Um toque de raiva. Eu me sinto idiota, mas ela já deveria me conhecer a essa altura. Eu nunca digo a coisa certa. "Sei que não digo a coisa certa", costumava falar isso para ela. Contava para ela todas as coisas idiotas que eu dizia para outras pessoas quando fazíamos noite do pijama, e ela ou ria e dizia que tinha sido inofensivo ou era paciente e me ensinava a falar algo melhor da próxima vez, mas é como se tivesse esquecido todos esses papos de incentivo; assim como Jamie, ela esqueceu quem sou. A aceitação e paciência que vêm com a amizade não existem mais.

106

Você precisa merecer essas merdas. Eu não mereço mais. Ela dá meia-volta e sai andando, com Ruibarbo e Creme a seguindo, o queixo dos dois erguidos como se num acesso de raiva pomposo. Para longe do cemitério de carros e para dentro da casa. Não tenho certeza se ela vai passar a mensagem para o pai dela ou não. Se seria tolice esperar.

Ando para lá e para cá ao lado de um carro verde com uma porta lateral amassada, chutando uma pedra e outra. As sacolas de compra começam a ficar pesadas, talvez eu devesse ir embora, talvez tenha entendido tudo errado. A porta se abre e o pai dela, Gerry, aparece de camisa e calça. Sem uniforme de trabalho.

Espero perto dos carros e tento ler a expressão dele, mas não sou boa nisso, então, seja lá qual for a expressão, não sei o que significa. Ele poderia estar prestes a me dar um soco ou um beijo. Duvido que Marion tenha contado a ele qualquer coisa; se tivesse, precisaria explicar sobre a gravidez e não teria feito isso por medo do aborto espontâneo. Além disso, ela não teria contado tão rápido e ele não estaria andando na minha direção desse jeito, não se tivesse acabado de ouvir *a* notícia.

— Allegra — diz ele.

— Vim falar com você sobre o papai, Gerry.

— Ele está bem? — pergunta.

— Você que me diga. Ele me contou que você disse que tem ratos morando dentro do carro dele.

— É — diz ele, o que me deixa aliviada.

Solto a respiração que nem reparei que estava prendendo.

— Eles subiram pelo escapamento e fizeram um ninho na parte elétrica — explica. — Roeram os fios. Sorte que ele não estava dirigindo quando o fogo começou e que isso aconteceu na ignição.

— Então, você já viu isso antes? — pergunto.

— Não muito. Já vi aqui no meu quintal, mas até que é bem frequente em carros que ficam parados há muito tempo.

— O que você chama de muito tempo? — pergunto.

Ele olha ao redor em busca de inspiração e diz:

— Meses.

— Mas papai dirige todo dia.

Ele me lança um olhar estranho. Dá um passo para trás com um só pé e fica na diagonal. Assim como em meu treinamento de resolução de conflito. Ele pensa que estou prestes a ficar agressiva, está se preparando para ir embora. Eu não entendo.

— É, eu não saberia dizer — diz ele.

— Tudo bem, não todo dia, mas certamente na maioria deles — digo. — Ele toca órgão na missa e violoncelo nos funerais. E tem as aulas de música em Killarney. E o coral... — Eu me interrompo porque ele está me olhando de uma maneira que me diz para calar a boca. Descanso as sacolas de compra no chão. Mal consigo dobrar os dedos, o tecido estava ficando pesado demais.

— O que foi, Gerry? Só fale. — E assim me preparo para o que mais está por vir.

— Eu já não sei direito sobre hoje, mas ele não está mais frequentando os eventos da igreja.

— As missas ou os funerais? — pergunto.

— Nenhum dos dois. Nem está dando aula. E ele não aparece no coral há um tempo.

— O quê? Por quê?

— É melhor você perguntar...

— Se ele me contasse, eu não estaria aqui, Gerry.

Ele olha para o chão, para meus pés, na verdade, ao dizer:

— Alguma coisa envolvendo uma mulher que trabalha lá. É Majella o nome dela? — pergunta ele, erguendo o olhar por um segundo para ver minha reação ao nome.

— Não sei — respondo. — Que mulher? Onde?

— Uma administradora da igreja em Cahirciveen. Parece que seu pai se interessou por ela mais do que tinha direito.

Levanto a mão para impedi-lo de continuar, mesmo que ele provavelmente não fosse dizer mais nada. Já foi uma frase longa o bastante para ele. Agora entendo por que Jamie disse que papai era um pervertido. Não estava só desenterrando insultos antigos para me magoar. Era algo novo. Recente.

— Quanto tempo faz isso? — pergunto.

— Um mês ou dois, eu acho. Fiquei sabendo logo que aconteceu. Não por ele.

Volto a pegar as sacolas, enjoada.

— Tá bom, obrigada, Gerry.

— Não quer entrar, Allegra? — pergunta ele.

— Não. Não, obrigada. — É tudo que digo.

Quando começo a me afastar, lembro-me da outra coisa que queria perguntar e me viro. Ele continua me olhando.

— E os camundongos? — pergunto.

Ele revira os olhos.

— Os malditos camundongos. Seu pai pediu que eu olhasse dentro do piano. Ele me chamou lá duas vezes no meio da noite. E eu tenho cara de dedetizador, perguntei para ele. Enfim, montei umas ratoeiras lá.

Ele balança a cabeça e dá de ombros.

— Não sei o que dizer, Allegra. Talvez seja o estresse. Pode fazer coisas estranhas com um homem.

Apenas saio andando.

# TREZE

Eu me acomodo na poltrona do jardim de inverno, em casa. Troquei as roupas molhadas por um conjunto de moletom velho que deixei aqui, que me conforta ao entrar em contato com a minha pele mais uma vez. Algo antigo e familiar. Papai está no quintal dos fundos, fazendo psiu-psiu atrás do cordeiro. O sol deu as caras de novo, o dia está claro e belo, mas a grama está molhada por conta da chuva. Ele está ficando enlameado e não me dá ouvidos. Coloquei na máquina de lavar tudo dele que consegui encontrar, em especial as toalhas e os lençóis encharcados de cerveja. A máquina de lavar está ligada, o cordeiro está no forno, as panelas borbulham no fogão. Tudo no esquema.

Eu chamava esse cômodo de cômodo estrela. Foi construído quando eu tinha uns dez anos, e eu o achava tão glamoroso e mágico; um jardim de inverno, uma sala de vidro do lado de dentro que nos fazia sentir do lado de fora. Logo que ficou pronto, nós sempre nos sentávamos aqui, sentindo o cheiro da tinta fresca, comendo todas as refeições com o prato no colo e olhando para os campos da Nessie. E, é claro, nas noites dos fins de semana em que eu vinha do internato para casa. Eu não arranhava minha pele aqui, é claro, pois papai ia ver e intervir. Isso acontecia no andar de cima, no meu quarto, com a porta fechada. O cômodo estrela era e continuava sendo feito para admirar o disco da Via Láctea, a Galáxia de Andrômeda, aglomerados estrelares e nebulosas. Papai usa um telescópio, mas sempre preferi a olho nu. A região onde moramos, sudoeste de Kerry, foi recentemente nomeada uma entre as pouquíssimas Reservas Internacionais de Céu Escuro de classificação ouro da Terra, com o Grand Canyon e a savana africana. Vamos conseguir ver Júpiter hoje, segundo um aplicativo no meu celular.

Corro a ponta dos dedos da mão direita delicadamente sobre minhas cicatrizes. Constelações de cinco estrelas. Cinco pessoas. A frase volta para me assombrar.

Papai entra e tira os sapatos, como eu o avisei para fazer.

— Nem sinal do cordeirinho — informa ele.

— A lã dele era branca como a neve? — pergunto.

— Era, sim, espertinha. E eu espero que não seja ele que está dentro do forno. — Ele me olha. Vê que estou mexendo no braço.

— Cinco — digo. — O número do ser humano. Quatro membros e a cabeça que os controla. Cinco dígitos numa das mãos, cinco dedos num pé.

Ele se senta, interessado.

— Cinco — diz ele, se juntando a mim. — Cinco sentidos: visão, audição, olfato, paladar, tato. Cinco, o número do Mercúrio.

— Leão é o quinto signo do zodíaco — adiciono.

Nós dois pensamos. Ele chega lá primeiro.

— Cinco vogais no alfabeto inglês — diz ele.

— Bate aqui — digo com a mão erguida, um gesto de celebração com os cinco dedos.

Ele bate na minha mão.

— Cinco versos num limerique — diz ele. — Cinco braços numa estrela-do-mar, e uma minhoca-da-terra tem cinco corações.

Dou uma risada.

— Cinco jogadores num time de basquete.

— Cinco músicos num quinteto. — Contra-ataca ele.

— Cinco anéis olímpicos simbolizando os cinco continentes.

Ele suga o ar.

— Boa, Allegra.

Estou com tudo.

— Cinco era o número favorito da Coco Chanel. Ela sempre lançava sua coleção no quinto dia do quinto mês.

— Disso eu não sabia — revela ele, se recostando na cadeira e pensando. — No jantar — conclui finalmente —, vou comer cinco batatas.

Sorrio.

Noto papai observando meus dedos se movendo sobre a cicatriz em forma de W no meu braço. Nomeio as estrelas em voz alta enquanto sigo de sarda em sarda:

— Segin, Ruchbach, Navi, Shedar, Caph.

— Qual é essa? — pergunta ele.

— Cassiopeia — respondo. — A rainha sentada. Na mitologia grega, ela era a rainha da Etiópia. Era mãe de Andrômeda, que se gabava de que ela e a filha eram as deusas mais belas do mar. Como punição por sua vaidade, Poseidon a acorrentou ao trono no céu.

— Pesado — diz ele.

Papai se inclina para a frente com os cotovelos nos joelhos, desviando o olhar do meu braço. Talvez o angustie me ver assim. Ele sabe que estou angustiada quando passo os dedos sobre as cicatrizes, mas pelo menos é melhor do que fazer novas cicatrizes.

— Você vai me dizer por que estamos falando sobre o número cinco? — pergunta ele.

Paro de esfregar minha pele.

— Tem um cara — digo com um suspiro.

— A-há! — diz ele com um sorriso.

— Não, não nesse sentido. Ele foi grosseiro comigo. Eu o multei e ele perdeu a cabeça. Disse para mim, "você é a média das cinco pessoas com quem mais convive".

— E isso foi grosseiro? — pergunta ele, confuso.

— Ele não quis dizer isso de uma maneira boa, papai. Disse que eu era fracassada, rasgou a multa na minha cara.

— Ah. Dublin é assim mesmo — diz ele, e se cala.

— Então, o que você acha? — pergunto.

— Eu diria que esse cara é um tipo estranho.

— Somos todos tipos estranhos.

— Verdade. Você é a média do que mesmo? — pergunta ele.

— Das cinco pessoas com quem mais convive — respondo.

Ele remói a informação.

— Interessante — diz ele. — Um jogo de lei das médias.

O forno apita, o cordeiro está pronto. Tiro-o do forno, enchendo a cozinha com cheiros ainda mais deliciosos. A pele está borbulhando, os caldos correm para o fundo da travessa. Perfeito para fazer um molho. Ramos de alecrim e lascas de alho amolecido se projetam da carne cortada. Deixo-o descansando. Esvazio a água das batatinhas, sentindo o vapor no rosto, e as lambuzo com manteiga. Misturo o molho de menta com as ervilhas, fatio a carne e imediatamente como as partes macias e delicadas que se soltam.

— Que lei das médias é essa, papai? — pergunto.

— Um tipo de baboseira da lei de Murphy, que não tem qualquer princípio matemático.

Ele vê minha expressão decepcionada e volta atrás.

— Não, meu comentário foi cínico. Posso ver que está levando isso a sério, Allegra, me desculpe. Talvez seja mais na linha das leis da atração, do poder dos seus pensamentos para manifestar seus desejos — diz ele. — Que o ambiente em que vivemos afeta quem somos, as características que apresentamos e a maneira como nos comportamos.

— É, papai. É bem isso — digo, mexendo o molho e o observando intensamente. — Foi isso o que ele quis dizer. Que eu era cercada de... de fracassados, o que me torna uma fracassada.

Papai balança a cabeça e carrega a bacia de vegetais para a sala.

— Por que você daria atenção a uma filosofia dessas? — pergunta ele.

— Não tem jeito. Está na minha cabeça.

Ele pensa. Adora um bom enigma.

— Quem são suas cinco pessoas? — pergunta ele, indo pegar mais da sua cerveja caseira.

— Não, tudo menos isso, por favor — digo com um tremor, ainda com dor de cabeça. — Eu comprei vinho tinto.

Ele examina o rótulo e procura um abridor de garrafa na gaveta.

— É de rosca — digo. — Então, eu não sei. Quer dizer, eu sabia. Mas agora não tenho tanta certeza. — Derramo o caldo da travessa numa molheira e misturo.

— Deve ser por isso que está incomodando você, então. Deixe-me tentar adivinhar — diz ele, se sentando. Servindo o vinho e bebendo. — Marion, é claro. Jamie, mesmo que... Ciclope, Pauline e talvez eu?

Sua pergunta é tão cheia de esperança que tenho vontade de esmagá-lo até a morte num abraço, mas estou carregando o molho.

— Com certeza você. Você é minha única certeza. — confirmo, colocando o molho na mesa. Nós nos sentamos.

— Allegra, isso está uma delícia. — Ele ergue as mãos de maneira cerimoniosa. E fico feliz por ele ter voltado a ser ele mesmo. — E aí, como eu me saí com os seus cinco?

— Na mosca.

— E ganho algum prêmio?

— Jamie e Marion vão ter um bebê — digo.

— Juntos? — pergunta.

Assinto, mas não olho para ele. Poderia chorar se o fizesse.

— Ah, bem. Seria uma coincidência surpreendente se não fosse.

Corto o cordeiro, a batata na manteiga, junto algumas ervilhas com menta no meu garfo.

— Não tenho notícia do Ciclope desde que fui embora da ilha — digo, antes de enfiar tudo na boca.

— Eu o vejo dirigindo por aí numa van com um alto-falante no teto, vestido de monstro — diz papai.

— Chewbacca — digo com uma risada cínica. — DJ Chewy. De *Star Wars*. Ele leva as pessoas de barco até as Ilhas Skellig vestido de Chewy para elas verem o esconderijo Jedi.

— Mais dessa baboseira de *Star Wars*.

— Está gerando empregos para as pessoas. Atraindo turistas. Nós precisamos deles.

— Está nos transformando na Disney, isso sim. Quando menos esperarmos, teremos um McDonald's.

— Qual é a diferença se eles vêm pelos papagaios-do-mar ou por *Star Wars*?

Ele grunhe uma resposta vazia.

— Perdi contato com Pauline — conto. — Ela me visitou em Dublin duas vezes, mas só para passar o dia, e nós mal tivemos tempo de fazer qualquer coisa antes de ela ter que voltar para a estação de trem.

— Está dando espaço para você, imagino. Deixando você seguir com a vida.

— Ela não me ligou desde a última visita. Também não trocamos mensagens.

— Não depende só dela — diz ele. — E em Dublin? — pergunta.

Empurro a comida pelo prato, porque sinto uma sensação horrível na boca do estômago e um nó na garganta; sinto como se fosse chorar diante da conclusão de que não tenho cinco pessoas, nem em Dublin nem aqui. Em Dublin, eu poderia ter fingido que eles ainda eram meus e que eu estava tentando, apesar do incômodo, mas aqui não tem como fingir. É por isso que a frase mexeu comigo. Porque algum instinto primitivo dentro de mim sabia, antes da minha cabeça saber, que eu não tenho cinco pessoas.

— Está abrindo o tempo agora — diz ele, olhando para fora, mudando de assunto.

— É.

— Virando um dia bonito.

Pigarreio.

— Houve uma maratona hoje de manhã. De dez quilômetros, até Chapeltown e dando algumas voltas.

Ele olha para o céu como se estivesse imaginando a jornada para os pobres coitados, então espeta uma batata, a esfrega entre as ervilhas tentando capturar o molho de menta e a enfia inteira na boca. É uma batatinha, e ele tem uma boca grande.

— Jantar delicioso, Allegra, obrigado — agradece ele assim que engole.

— De nada. Feliz Páscoa, papai — digo, feliz e triste ao mesmo tempo. Devastada por não ter cinco pessoas. Exultante e abençoada por ter uma.

— Feliz Páscoa — diz ele com um sorrisinho. — Seja lá o que essa expressão signifique.

Brindamos com as taças de vinho.

— Gerry me disse que o seu carro não está funcionando há semanas.

— Você encontrou Gerry?

— Hoje de manhã.

— Na cidade? — pergunta ele.

— Ele estava em casa.

Com o garfo, papai pesca um dente de alho assado no mar de molho, o espreme para tirá-lo da casca e o come inteiro.

— Você foi ver Marion? — pergunta ele, lambendo os dedos gordurosos.

— Fui ver Gerry.

— E o que ele disse?

— Que o seu carro está parado há semanas. Talvez meses.

Ele continua comendo.

— Você não tem ido ao trabalho — digo.

— Eu sou aposentado.

— Mais ou menos. Você é o aposentado mais ocupado que eu já conheci.

— Você é nova demais para conhecer pessoas aposentadas.

— A escola de música, os funerais, a missa, o coral. Você não trabalha há meses, papai.

Ele bate a faca e o garfo contra o prato, o que me assusta.

Prendo a respiração.

— Você não pode nem olhar de canto de olho para uma mulher sem ser taxado de pervertido.

Meu coração está martelando.

— O que aconteceu? — pergunto.

— Nada! Esse é o problema!

— Alguma coisa aconteceu, ou você não teria perdido o emprego.

— Foi isso que Gerry te contou, né? Bem, ele está errado. Ele pode levar as malditas ratoeiras dele de volta porque, assim como ele, elas são uma porcaria. — E então bate com os punhos grossos e fechados na mesa, fazendo os pratos e talheres tremerem. — Eu não perdi o emprego. Conversei com o Padre David, e nós combinamos que eu sairia por conta própria. Não houve demissão.

Olho para esse homem. Esse homem em declínio. Seu vivaz *joie de vivre* perdido. Escorrendo pelo rosto e se soltando dos seus ossos feito sua pele. Ele recupera o fôlego e se recosta na cadeira.

— Majella… Ela trabalha na igreja. Na administração. Sempre me informa os horários dos funerais, as músicas que as famílias querem. Sempre nos demos bem. Sempre trocamos piadas e risadas — diz ele enquanto tento esconder meu pavor diante do que pode estar por vir. — Perguntei a ela se gostaria de vir aqui e experimentar minha cerveja caseira; isso faz alguns meses, você tinha ido embora havia algumas semanas e seria legal ter companhia. Que bom que ela não veio, porque as primeiras levas ficaram horríveis, ainda piores do que agora. Mas ela disse que não queria, então eu deixei para lá e no dia seguinte eu estava me preparando para o funeral, nenhum sinal de Majella, e o Padre

David me chamou na sala dele para conversar e disse que Majella estava muito chateada. E foi isso.

— Não entendi. Foi só isso? — pergunto.

— Foi só isso.

— Você não tocou nela.

— Eu não toquei nela — diz ele. — Eu me estiquei e dei um tapinha na perna dela.

— Ah, pelo amor de Deus, papai, você não pode deixar isso de fora, precisa me contar tudo.

— Que caralho, como eu vou contar tudo a você do que eu considero nada? Se isso não significasse nada para mim, eu contaria, porque saberia que é alguma coisa. Não sei o que mais eu posso ter feito. Talvez eu tenha coçado a sobrancelha do jeito errado e ela não tenha gostado.

— Coçar a sobrancelha e tocar na perna dela não são a mesma coisa.

— Eu não passei a mão na droga da perna dela. Não rocei nela que nem um cachorro. Eu dei um tapinha. Assim — diz ele, dando um tapinha na mesa. — Um único tapinha. Nós estávamos sentados, na distância que estamos agora, e eu me inclinei para a frente e fiz assim.

Sinto a mão do papai na minha perna por baixo da mesa, um tapinha.

— Pronto — diz ele. — Perdoe-me, sua honra. Pode me mandar para a prisão por tocar numa perna. Eu não apalpei a bunda dela nem nada do tipo. Uma leve mão na perna, só isso, não uma passada de mão abusada.

— Quantos anos a Majella tem?

— Não sei. Quarenta e poucos? Solteira, tem uma filha. Divorciada. Solitária que nem eu. Achei que pudéssemos tomar uma bebida, só isso, já aprendi a nunca mais convidar. E a nunca mais encostar um dedo em droga nenhuma enquanto for vivo.

Ele fica quieto, e noto que está envergonhado. *Eu* estou envergonhada por ele. Papai admitiu que está solitário. Não sei se está mais envergonhado por admitir isso ou por ter precisado largar o emprego. Por mais que eu saiba que não tivesse más intenções, consigo entender o ponto de vista de Majella. Uma mão na perna dela. Uma mão de um velho na perna dela. Uma mão indesejada de um velho na perna dela. Ela provavelmente estava sendo gentil com ele e o tiro saiu pela culatra.

— As mulheres nunca foram tão ranhetas — diz. — Você é assim, Allegra? — pergunta ele.

Penso nos homens com quem já transei durante a vida, depois de aulas de arte, logo na semana passada, e ranheta não é uma palavra que eu usaria para me descrever. Nem temperamental. Mas não entro nesse assunto com ele, pois não entenderia.

Em vez disso, digo:

— Chama-se autonomia, papai.

— Mas ela só precisava dizer não e pronto. Ela não precisava sair correndo e contar para o Padre David.

— Ela estava mostrando a você os limites dela.

— Nós estávamos numa igreja, Deus do céu. — Ele cobre o rosto com as mãos e balança a cabeça, e vejo que está constrangido. — Eu dei um tapinha no joelho dela, Allegra, eu estava mostrando para ela que estava tudo bem, para ela não ficar constrangida, que estava tudo ótimo.

— E esse foi o limite dela.

Ele abaixa os olhos para o prato. Um pedaço de gordura de cordeiro deixado num canto, raspas de molho de menta misturadas com molho de carne começando a endurecer. Uma ervilha solitária que nunca chegou a ser comida.

Ficamos em silêncio.

— Vou tentar acionar o seguro do carro para você — digo, enfim, minha mente girando com todas as coisas que preciso fazer para o papai antes e depois de ir embora. Girando e girando, assim como a máquina de lavar com as roupas e cuecas dele às minhas costas. — Passe para mim os detalhes e eu cuido disso. Se eu não conseguir, Gerry talvez consiga vendê-lo para o ferro-velho. Não faz sentido deixá-lo parado ali se você não pode usá-lo.

Ele grunhe uma resposta.

— Pauline sabe? — pergunto.

— Sobre o quê?

— Essa história toda.

— Não.

— Vou pedir para ela passar aqui de vez em quando. Você não está se cuidando.

— Quem conseguiria depois de ser acusado de algo assim? Você sabe como as pessoas falam. É nojento. E não ouse ligar para Pauline. Ela está ocupada com o Mussel House, especialmente essa semana, com os turistas de abril. Sem falar que ela está logo na outra margem, se eu precisar dela.

— Você não tem como ir até ela, você não tem carro.

— Tem a balsa para carros, até onde eu sei é permitido pegá-la a pé. E temos uma ponte também, uma nova invenção, não sei se já ouviu falar.

— E se for uma emergência?

Ele não responde. É como falar com um adolescente.

— Sendo sincera, papai, o mundo é um lugar mais seguro sem você nas estradas, mas você não pode ficar preso aqui. — Isso o faz rir. — Você consideraria tentar dar aulas em casa de novo? — pergunto.

Música está no sangue dele. Falar sobre ela, ensiná-la e tocá-la são as cartilagens que o mantêm inteiro.

— Isso é, se você conseguir tirar os camundongos lá de dentro — adiciono, mais como uma piada para mim mesma.

Apesar de eu estremecer ao pensar em qualquer pessoa deixando o filho vir aqui para ter aulas, levando em conta como a casa ficou acabada em poucos meses. Um professor cujas roupas cheiram a sua própria cerveja feita na lavanderia, um homem acusado de assediar a administradora da igreja. Um excêntrico que acha que tem camundongos dentro do piano porque ele não está soando bem. Porque *ele* provavelmente está tocando as teclas erradas. Porque seus dedos estão mais nodosos do que o normal. Com manchas marrons que não são sardas. Porque talvez ele tenha artrite e não saiba, ou saiba e não queira me contar nem admitir para si mesmo e, por isso, prefira culpar os camundongos pelo som estranho do piano.

— E quem viria ter aulas de música? Todo mundo está indo embora.

— Não é verdade. Estão atraindo mais gente da outra ilha, gente estressada com hipotecas pelas quais não conseguem pagar.

— E então digo a ele o que Jamie me disse: — Pessoas sonhando em viver numa ilha. Com isolamento e natureza, porque isso está na moda agora.

Ele sorri.

— Viver numa ilha — diz ele, pensativo, revirando as palavras na boca como se fossem uma bala dura. — Isso é um oximoro.

— Talvez você possa ficar com Pauline — sugiro.

— Eu seria um incômodo.

— Você é irmão dela.

— É por isso que eu seria um incômodo. Ela tem os negócios. Os netos. Eu já coloquei peso demais nela.

Nós dois sabemos o que ele quer dizer.

— Talvez Mossie precise de ajuda com a criação de mexilhões — falo, tentando de novo.

— Estou muito velho para trabalho braçal.

— Então você pode trabalhar no bar do Mussel House. Cortando ostras e servindo chopes para pessoas chiques que chegam em seus iates chiques. Ela sempre precisa de ajuda extra para o verão. Você trabalharia até de graça só para se manter ocupado, eu conheço você. E imagine só as histórias que poderia contar para eles. Você poderia ter uma plateia nova todo dia. Sangue novo prestando atenção a cada palavra sua.

— É abrir ostras — corrige-me ele, mas seus olhos brilham com a ideia.

— Você poderia até produzir a própria cerveja. Mexilhões com cerveja artesanal, olha aí uma nova para o menu. O que acha? — pergunto.

— Ah, não.

— Pense no assunto.

— Vou pensar.

Sei que ele não vai.

— Sua vida não acabou, papai — digo. — Não fique parado aqui como se tivesse.

— Tá.

— Sinto muito que você esteja solitário.

— Acho que talvez você também esteja — diz ele.

Olho para baixo.

— Cinco pessoas, hein? — diz ele.

— É. Quem são as suas?

Ele não me ignora, mas também não responde. Está perdido em pensamentos. A frase mexeu com ele também. Ou eu acho que mexeu, até que ele levanta a mão direita como se estivesse pedindo um bate aqui.

— Bach — diz ele, abaixando o dedão. — Mozart. — Ele abaixa o indicador. — Handel, Beethoven. E você. — Ele mantém o punho no ar.

— Estou em boa companhia.

— Não se sinta mal, Allegra — diz ele, me confortando. — Você tinha as suas cinco. Você as tinha. Mas abriu mão delas para encontrar o seu número um.

— Você é meu número um — digo, rapidamente, quase sem fôlego com as palavras dele. — Eu nunca vou abrir mão de você.

Ele pega minha mão por cima da mesa.

— Eu diria para você voltar para casa, mas sei que quer ficar em Dublin. É só chamar que eu vou correndo. Ou Pauline, se você não me quiser lá. Pode achar que ela não está por perto, mas ela está pronta, sabe, a postos, se você precisar. Caso as coisas não deem certo.

Não posso pensar demais nisso. Não posso desistir de tudo por algo para, no fim, não conseguir esse algo. Não seria justo com o tudo.

— Tem torta de maçã de sobremesa — digo, me levantando e tirando nossos pratos.

Raspo os restos de comida para dentro do lixo, de costas para ele, antes de colocar os pratos na lava-louça. Sinto os olhos dele me perfurando. Não quero mais falar sobre esse assunto. Não quero que ele pergunte. Mas é o que ele faz.

— Você já falou com ela?

Balanço a cabeça.

— Vou querer a minha torta com sorvete — diz ele, suavemente.

# QUATORZE

Minha última noite em Valentia. Às 21 horas, papai está cochilando em sua poltrona e eu estou inquieta. Especialmente depois da nossa conversa sobre as minhas cinco pessoas, ou, no caso, a falta delas.

— Quer sair para beber comigo, papai?

— Não, não, estou bem aqui.

É feriado, o clima vai estar ótimo. Provavelmente música ao vivo no Royal ou no Ring Lyne. Mas, não, ele nem me dá ouvidos. O homem que vive pela música não quer escutar nadinha, mas insiste que eu saia, me divirta. Ligo para Ciclope. Não sei se o número dele é o mesmo, mas imagino que nunca vá mudar se isso significar correr o risco de perder clientes.

Ele atende na hora.

— E aí.

— Sou eu, Allegra.

— Sardas — diz ele, me fazendo sorrir.

Entre Jamie, Marion e Ciclope, ele era o único que me chamava pelo meu apelido da escola quando eu vinha passar o fim de semana em casa. Marion ficava irritada. Odiava que outras pessoas achassem que tinham o direito de inventar um nome idiota para mim sendo que ela me conhecia havia mais tempo. Jamie nunca se lembrava do apelido. Talvez Ciclope se lembrasse e ainda se lembre, porque ele entende como é não apenas ter um apelido, mas *ser* seu apelido.

Ciclope é chamado assim por causa do sobrenome dele. Ó *Súilleabháin* é O'Sullivan em irlandês, mas soa muito parecido com *súil amháin*, cuja tradução é "um só olho". Ele vem de uma família de seis irmãos e todos têm o mesmo apelido. Os gigantes irmãos mais velhos parecem fazer mais jus ao apelido do que o meu amigo, musculosos jogadores de futebol gaélico. O irmão mais velho jogou para o time sênior de Kerry e é chamado de o Ciclope. É isso, ele é o verdadeiro. Então tem o Pato Ciclope, chamado assim porque é depenador de aves. O pai deles é o Chefe Ciclope, devido ao envolvimento de trinta anos no futebol local e do condado. Então tem o Nixie Ciclope, porque o nome dele é Nicholas. O Tinteiro Ciclope, porque ele publicou um livro de poesia e escreve para o jornal local, e o Picadinho Ciclope, o fazendeiro de ovelhas. Alguém um dia me disse que meu amigo Ciclope era o mais fraco do bando. Ficávamos nas arquibancadas, vendo ele ser golpeado por todo mundo. Ele não era bom em futebol, não como os irmãos. Tentou porque tinha que tentar, não podia decepcionar o pai e os moradores locais, mas carros e música sempre foram a parada dele. Customizar os carros, como um tipo de carro dos muppets, com luzes no fundo iluminando o chão. Foi assim que se aproximou de Marion, ele ficava pedindo para o pai dela fazer as modificações. Ele se autodeclarou o Chewy Ciclope, porque ele é o DJ Chewy, mas, ao contrário dos irmãos, o nome não pegou; ele próprio o inventou, e não é assim que apelidos funcionam. Você tem que os merecer. As pessoas os dão a você, feito uma medalha de honra. Os locais o chamam de Ciclope *jr*, que é tipo Ciclope jovem ou meio como dizer júnior.

— Então, você já está sabendo? — diz ele, e sei que se refere a Marion e Jamie. — Traíras — completa. — Vai ser bom te ver para afogar as mágoas, ou comemorar, ou seja lá o que quiser.

— Ambos — digo, e por ele está de boa. Ciclope vai estar livre em uma hora, tem um set hoje à noite, vai nos levar de carro.

Ele aparece todo orgulhoso de si mesmo numa van com alto--falantes no teto. DJ Chewy decorou os painéis laterais com uma imagem de naipes, notas musicais e um Chewbacca que parece mais um macaco com raiva, além de uma frase sobre ser a onda do Wild Atlantic Way. Algum espertalhão tinha adulterado a palavra "onda".

— Sou a bunda do Wild Atlantic Way — leio.

— Ignore essa parte. É caneta permanente, está levando uma eternidade para sair. O Papai está aí, posso entrar pra dar oi? Ele é hilário. Fiquei sabendo do que aconteceu com a administradora da igreja, ela que se foda. Ele não deveria se deixar afetar.

— Nem se dê ao trabalho, ele está dormindo — digo, dando a volta na van. — Achei que esse negócio de Chewy fosse mais para turistas. Por que não DJ Ciclope? — pergunto. —Será que não passa uma imagem melhor?

— Meu irmão mais velho não deixa. O filho mais velho dele se chama DJ.

— Ah. — Entro na van. — E aí, aonde estamos indo?

— Para a boate The Syndicate Rooms.

Fica em Tralee, a uma hora e meia de distância, mas não me importo, fico feliz em ir para longe, distrair a cabeça. Ciclope acende um baseado, liga a ignição e vai direto ao ponto.

— E aí, o que você acha de Jamie e Marion?

Não sei se ele já sabe sobre o bebê, provavelmente não, tenho certeza de que nem Jamie nem Marion iam querer que ele soubesse. Vai saber o que ele faria.

— Não sei — respondo honestamente. — É estranho, mas a vida é deles.

— Estava rolando pelas minhas costas — diz ele. — Enquanto eu trabalhava por aí, eles mandavam ver. Babacas nojentos.

Avalio o perfil dele. Parece mais magro do que nunca. Sempre foi magro, mas agora parece doente. O rosto dele está cadavérico. Pálido. Um branco-azulado.

— Você está parecendo bem acabado — digo.

— Não me vem você com esse papo também. Minha mãe vive me empurrando Kimblerley Mikados sempre que estou em casa.

Eu odeio aquele biscoito. Se ainda fossem aquelas tortinhas de cereja ou algo assim, mas quem foi que inventou que misturar marshmallow com geleia era uma boa ideia?

— Eu gosto desse biscoito.

— Claro que gosta. Você come que nem uma criança de cinco anos numa festa de aniversário.

— Talvez você possa parar de comer tortinhas de cereja e começar a comer ferro — sugiro.

— Isso tem no quê?

— Carne, vegetais.

Ele faz uma careta.

— Você parece anêmico — digo, avaliando-o.

— Eu não vomito o que como.

— Não foi isso que eu quis dizer... Então você saiu de casa? — pergunto.

— Arrumei um trailer retrô maneiro em Portmagee com um camarada chamado Tinny. Só não estou comendo direito.

— Por causa da Marion?

— Nem fodendo. Estou pouco me fodendo pro que ela faz. Estou superocupado, cheio de trabalho. Tenho um negócio de barco turístico agora, ficou sabendo? — pergunta ele.

Faço que sim com a cabeça.

— Pois é, fico no mar durante o dia, toco durante a noite, sem parar. Enfim, espero que fiquem presos um ao outro para sempre, aqueles dois. Não têm visão, não como eu e você. A gente sempre teve sonhos.

— Eu tinha? — pergunto.

Nunca pensei em mim mesma como uma sonhadora. Sou pragmática. Prática.

— Você sempre quis ser da Gardaí — diz ele. — Sempre. Desde que eu te conheci.

Eu nunca considerei isso um sonho. Nunca pensei nas coisas desse jeito volátil. Era um emprego que eu realmente queria.

E Marion sempre quis ter um salão de beleza, por que o dela é um sonho e o meu não?

Em vez disso, só respondo:

— Eu não passei.

— Você se mudou para Dublin, não foi? — pergunta ele em tom afirmativo. — Está fazendo coisas. Não dirigindo o táxi do seu pai ou brincando de salão de beleza na casa dos pais. Nós estamos fazendo nossa própria parada, asfaltando nosso próprio caminho. Próxima geração dessa ilha, criando nosso próprio nome.

Não sei. Olho pela janela e observo as montanhas passando depressa. Ele dirige ainda mais rápido do que o papai. Está me deixando enjoada.

— Quem é Tinny? — pergunto.

— Um cara de Cahirciveen. Separou da esposa, tem zumbido no ouvido. Ele é ótimo, a gente nunca está em casa no mesmo horário. O que é bom, porque só tem uma cama. E aí, você fez o que foi fazer em Dublin? — pergunta ele, passando o baseado para mim.

— Não. Ainda não.

A boate está lotada no domingo de feriado. O set do Ciclope começa às 23 horas, e eu o vejo se preparar e aceitar as bebidas que a equipe entrega para ele, mas cujas quais repassa para mim em vez de beber. Ele me impressiona com essa sobriedade, está realmente levando isso a sério, mas então concluo que usou outras coisas. Começa com músicas divertidas dos anos noventa, então fica pesado. Luzes estroboscópicas e fumaça, suor e garotas bêbadas de saias curtas e saltos enormes caindo por cima do equipamento para chegar até ele e pedir para tocar Beyoncé, o que ele não faz. É divertido de assistir. Com a cabeça girando, levanto-me para dançar algumas vezes, me sentindo feliz e livre, dançando com completos desconhecidos, garotas que se tornam minhas melhores amigas pelo período de uma música. Ciclope me passa um comprimido em algum momento e eu não sei que porra é aquilo, mas tomo mesmo assim. De repente, deixo de estar altinha e feliz e fico tonta e letárgica. O chão se mexe sob meus pés e eu preciso sair dali. Arrasto-me para fora da cabine do DJ, viro um copão de água e vou para o lado de fora, ao lado dos seguranças.

— Está bem, querida? — pergunta um deles, e eu faço que sim, me sentindo segura ali enquanto inspiro o ar fresco misturado à loção pós-barba forte demais dele. Sinto como se pudesse dormir bem aqui e agora.

Últimas rodadas às duas da madruga. A música para às 2h30 e eu descanso a cabeça nas caixas de som enquanto Ciclope guarda os equipamentos. Sinto que as pessoas estão rindo de mim enquanto arrumam as coisas ao meu redor, mas não me importo, não consigo manter os olhos abertos.

— Vamos lá, Sardas — diz Ciclope, finalmente. — Vou levar você para casa.

Eu deixo que ele me levante e abro os olhos. Quando o faço, ele está me encarando intensamente, nariz com nariz. Opa.

— É bom, não é? — pergunta ele. — A onda.

— Que merda foi essa que você me deu?

— Eu chamo de Jetlag. Desenvolvi com alguns parças.

— Foi você que fez isso? Meu Deus, Ciclope, você poderia ir pra cadeia para sempre. O que tem nessa porcaria?

— Shh, eu não vou contar. Mas é maneiro, não é?

— Eu preferia estar bêbada, sinto como se fosse dormir.

— Mas essa não é a melhor sensação, logo antes de dormir, todo lerdo e sonolento e aconchegado? — Ele balança o corpo ao meu lado. Não gosto da sensação. Pontudo, ossudo. Errado.

— Quando eu estou na cama, sim, mas não quando estou na rua.

— Então vamos para a cama. Eles têm quartos aqui. — Ele segura minha cintura com firmeza.

— Não, não, não. — Eu me afasto, afrouxando o aperto dele. — Não é uma boa ideia.

— Por que não? — pergunta ele. — Jamie e Marion devem estar trepando loucamente agora, dando risada da nossa cara.

Ele diz isso para me chatear, para eu me sentir vingativa. E posso até estar me sentindo como se tivesse acabado de sair de um voo para a Austrália e deixado minha alma na escala de Singapura, mas sei o que ele está fazendo.

— Você só quer dar o troco neles, Ciclope — digo.

— E daí, você não quer? — pergunta ele. — Não foi por isso que me ligou?

— Não. Eu te liguei porque você é meu amigo.

Ele dá uma risada.

— Sardas, eu não tenho notícias suas desde que você foi embora.

— Eu também não lembro de você ter me ligado.

— Porque nós não somos amigos — diz ele em tom brincalhão, me cutucando na lateral do corpo para enfatizar.

Dou um passo para trás.

— Escute, eu realmente não ligo para eles — digo. — Jamie e eu já tínhamos terminado. Ele não fez nada errado. Preciso me concentrar na minha própria vida.

Pego minha bolsa, pronta para ir embora. Eu não deveria ter vindo. Ele tem razão. Ciclope e eu nunca fomos amigos sem Jamie e Marion, nós éramos um quarteto, mas só por causa de duas de nós. Marion e eu trouxemos Jamie e Ciclope para o grupo. Marion tem razão, o fato de que ela e Jamie sentiram algo um pelo outro sem mim e Ciclope por perto é, sim, especial. Vou para o estacionamento do lado de fora e espero por ele ao lado da van enquanto ele recebe o pagamento. Os seguranças ainda estão na porta. Uma garota vomita atrás de um carro. A amiga segura um sapato e dá tapinhas distraídos nas costas dela enquanto olha para o nada. Um cara está sozinho, separado dos amigos, com a cabeça entre as mãos como se a vida dele tivesse desabado.

— Não importa o que você diga, sei que se importa — cantarola Ciclope em tom de implicância, se juntando a mim na van com seus equipamentos, continuando de onde paramos. — Você e Jamie tinham uma parada séria. Ele ia se casar com você, ele me contou.

— Nós nunca iríamos nos casar. Nunca.

— Bem, ele tinha planejado tudo, aliança comprada e tudo, aí você simplesmente foi embora.

— Ele não comprou a aliança — falei, irritada.

— Tá bom, talvez não. Mas levava a parada a sério. — Ele ri.

Ciclope abre a traseira da van, guarda as coisas lá dentro. Está fedendo a peixe. Peixe estragado.

— Puta merda — falo eu, tampando o nariz.

— Minhas coisas do barco estão aqui dentro. E aí, tá a fim? — pergunta ele.

— O quê, aí dentro?

Ele dá de ombros.

— Mais fácil do que pegar um quarto, e eu não quero gastar o dinheiro que acabei de ganhar. Vamos lá — diz ele, vindo para cima de mim de novo, mãos na minha cintura, me puxando para perto. — Só uma rapidinha, eu te dou outro comprimido.

— Nem fodendo, Ciclope. Vamos para casa.

Ele bate as portas da van com raiva.

— Meu Deus, você não tem problema nenhum em trepar com todo mundo que vê pela frente, Allegra, mas comigo não quer. Quantos dos meus irmãos? Dois ou três?

— Um — respondo, mas na verdade foram dois. Tinteiro também, em segredo. Ele escrevia poesias para mim. — E eu não transo com todo mundo que vejo pela frente, me respeite. — Sinto minha voz estremecer de ultraje.

— Claro que não — diz ele, entrando na van e ligando a ignição antes de eu sequer entrar.

131

Eu aceitaria de bom grado qualquer outra maneira de voltar para casa, mas ele é minha única opção. Ele, sua van Chewbacca com fedor de peixe e seus comprimidos Jetlags, cujo efeito já passou. Estou bem acordada agora, com medo de que ele vá encostar a van e tentar vir pra cima de mim de novo. Então viro de costas para ele, apoio a cabeça na janela fria e finjo dormir enquanto ele dirige a toda velocidade para casa, com a música nas alturas, fumando loucamente, sem emitir mais uma palavra sequer durante todo o caminho.

Sem Jamie. Sem Marion. Sem Ciclope. Outro excluído da minha lista.


A Páscoa acabou. No feriado da segunda-feira é hora de voltar para Dublin, e quanto a isso tenho sentimentos contraditórios. Sou programada para odiar ir embora da minha casa. Talvez a recém-nascida dentro de mim, bem no fundo, se lembre do abandono depois do corte do cordão umbilical. Talvez seja porque não sei para o que estou voltando. E ainda não fiz o que me mudei para fazer. Fui embora com fogos de artifício. Fui mandada para minha viagem de exploração com boas graças e esperança, mas as pessoas que deixei para trás raramente recebem notícias minhas, e eu não fui bem-sucedida. Nada a relatar. Eles seguiram em frente e eu meio que fiquei entalada.

Estou preocupada com papai. Com deixá-lo e com lhe fazer companhia. Ele estava acordado quando cheguei em casa, às quatro horas da manhã, vasculhando o piano e o relógio de pêndulo, procurando pelos camundongos. Fiquei sentada na cama, escutando-o ir do depósito no quintal dos fundos para o corredor e o relógio, de um lado para o outro, de um lado para o outro em busca de ferramentas e ratoeiras.

Vou ficar feliz em sair desse caos.

Vou ficar com medo de sair desse caos.

Ele sempre foi excêntrico. Dirigia rápido demais, mas estava sempre atrasado para tudo. Deixava eu dormir até meio-dia e me dava sorvete à meia-noite. Fazia eu acordar no meio da noite para me mostrar uma aranha tecendo sua teia numa janela à luz da lua, ou ao nascer do sol para caminhar na praia, observar caranguejos e levantar pedras para descobrir criaturas. Ele organizava sua própria corrida de caranguejos, numa pedra, onde escolhíamos nosso caranguejo e torcíamos por ele, então voltávamos para casa andando de lado, pinçando o ar, para a diversão de quem passasse por nós. Ele era tão bom em me mostrar maravilhas, o que ficava por baixo de todas as superfícies, e não queria me ouvir dizer "eca" ou temer qualquer coisa do mundo natural.

— Veja bem, Allegra, o mundo está bem aqui, ao alcance dos seus dedos. Você só precisa virar uma ou duas pedras e tudo será revelado. Nada é só como parece ser. Sempre existe algo a mais, mas é sua função descobrir o quê.

Mas, sem a orientação dele, tudo era exatamente como parecia ser. Sozinha, eu virava pedras e não encontrava nada, só pedrinhas e poças. Poderia andar por uma hora numa praia e não ver nenhum caranguejo. Ele era minha visão, mas não só isso, era minha imaginação.

Deixá-lo para frequentar um internato aos cinco anos foi como aterrissar num planeta diferente. Ah, então é assim que outras pessoas vivem. Eu não precisava ficar chateada por virar pedras e não encontrar nada se mexendo embaixo, estava com pessoas que pisavam em cima e por cima de pedras, que nunca pensariam no que estava por baixo. Pessoas como eu. Senti-me acomodada no internato. Disciplina. Horários. Ordem e rotina.

Quando saí da escola e não fui aceita pela Gardaí, em vez de ir para Tipperary e treinar na faculdade de Templemore, como tinha planejado, dando continuidade à vida estruturada e regimental, eu voltei para casa. A ilha da qual senti saudade se tornou mundana de novo. A maioria das pessoas da minha idade tinha ido para a universidade ou se mudado para Cork ou Limerick ou Dublin ou até Austrália e Estados Unidos para trabalhar. Os que ficaram tinham motivo para ficar. Qual era o meu motivo? Eu fiquei porque fracassei. Não sabia o que mais queria fazer.

Até o dia em que estava folheando o jornal e a resposta ficou clara.

Não tenho nenhuma intenção de pedir a Jamie para me levar de carro até a estação de trem, e depois da noite passada Ciclope definitivamente é um não, nunca mais. Os ônibus não servem para mim. Ligo para minha tia Pauline, que sei que está atolada de trabalho numa segunda-feira de feriado com os clientes do Mussel House, especialmente num dia como hoje, com sol de rachar e cara de meados de agosto. Ela teria largado tudo por mim antes, o que provavelmente também seria injusto na época, mas não o faz agora. Em vez disso, manda meu primo Dara, que é uma escolha interessante e decepcionante, já que nós dois nunca fomos próximos. Ele sempre foi grosseiro com papai, um tipo debochado de atitude cínica e sarcástica. Eu ficaria feliz em ver o irmão dele, John, mas ela não mandou John. Eu me pergunto se ela mandou Dara por um motivo.

Passamos o caminho todo num bate-papo meio educado sobre seus filhos estranhos, sua esposa estranha e sua vida estranha do seu jeito desdenhoso estranho. Ele faz uns bicos, atividades diferentes dependendo da estação, ajudando em fazendas durante a época de procriação de ovelhas, dirigindo caminhões quando um cara que ele conhece precisa de alguém que dirija caminhões, cortando feno durante a estação de colheita de feno, trabalhando como bartender em um bar diferente todo ano. Mas nunca trabalha com a família, nem ajudando Mossie na criação de mexilhões, nem Pauline no Mussel House ou na pousada. Eu sempre achei que ele não suportasse a família, mas nunca se desgruda; quer ficar longe, mas não consegue ir embora. Ele quer se sair melhor do que os outros, mas não tem habilidade ou mentalidade para isso, então mantém a distância mesmo estando ao lado deles. Ele é desequilibrado, dá para ver nos olhos. Eu conto sobre Dublin e meu emprego, e ele responde a praticamente tudo o que eu digo com piadas sarcásticas, e não vejo a hora de sair do carro, acabar com esse fingimento e limpar esse sarcasmo e amargura gordurosos da minha pele.

É quando estamos nos aproximando da estação, dirigindo por Killarney, que começo a me sentir mais confiante. O fim está à vista. Quando ele para no estacionamento, eu estou pronta; não quero que essa viagem tenha sido um desperdício, então abro a porta, sinto o ar fresco na pele, sinto que a liberdade não está longe e pergunto:

— Dara, o que você fez com ela naquelas duas semanas? Aonde vocês foram?

Ele dá um sorrisinho presunçoso como se estivesse esperando a pergunta, e eu imediatamente desejo não ter perguntado.

— Isso cabe a ela saber e a você descobrir. — É a resposta dele.

E na mesma hora eu sei que vou. Não vou voltar para casa de novo, não vou botar um pé nesta ilha até fazer o que eu deveria fazer.

# QUINZE

Estou no trem das 17h39 de Killarney para Dublin. Vou chegar no meu destino às 21h02, de onde vou pegar o trem das 21h33 para Malahide, então, com horas à frente e uma mente carente que precisa de companhia, coloco meus fones de ouvido e busco por Galo no YouTube. Espero ter que buscar por uma quantidade copiosa de resultados não relacionados a Galo, mas fico surpresa ao descobrir dezenas, possivelmente centenas de vídeos de um adolescente chamado Galo que se parece com Tristan. Tristan desde os dez anos de idade até dois anos atrás. Galo jogando videogames e fazendo comentários, com os mesmos gestos exagerados e irritantes que usa quando suas mãos não estão segurando controles. Saio de um vídeo para entrar em outro e encontro a mesma coisa. Galo fica no canto superior da tela enquanto o jogo ocupa a maior parte da tela. Falando, falando e falando num sotaque irritante. Eu o vejo crescer. Tudo na própria conta dele do YouTube. Ele começa sua introdução com um canto de galo. Uma produção Cockadoodledoo. A placa de bronze no número oito de repente faz sentido. O cartão de visitas dele. Um link encoraja o telespectador a comprar produtos oficiais. Clico nele e vou parar num site com canecas, moletons e artigos de papelaria estampados com a marca. Um sofisticado Galo.com, completo com links para vídeos — Cockadoodledoo Ltda.

Enquanto assisto ao adolescente empolgado jogando, lembro que este é quem Tristan prefere ser. Um garoto confiante, um pouco irritante, precoce, que fala sem parar, não faz pausas para respirar, usa vozes toscas. Atuando sozinho num jogo de computador. O site anuncia que novos jogos serão lançados em breve, criados por Galo.

Meu celular está quente na minha mão, então eu o guardo. Passei quase duas horas nesse vórtice e estou na metade do caminho para Dublin.

Não foram exatamente palavras de despedida, mas, quando estávamos comendo ovos mexidos na manteiga, fatias grossas de bacon com calda doce e chouriço, papai disse que pensaria nisso. Na teoria das cinco pessoas.

— A teoria que eu imagino, Allegra — diz ele —, é que, se você se cercar de pessoas que amam *Star Wars*, você vai saber muito sobre *Star Wars*, não é? E se você se cercar de pessoas felizes, Allegra, então você pode ser feliz. Então não se preocupe sobre Marion, Jamie e Ciclope e esse merdinha que foi grosso com você em Dublin, está tudo no seu controle.

O que foi provavelmente a coisa mais positiva que ouvi nessa ida para casa, mesmo que papai só estivesse sendo educado sobre uma teoria com a qual não concorda. Pego meu caderno de novo e começo a escrever.

*Cara Amal Alamuddin Clooney,*
*Meu nome é Allegra Bird e eu estou escrevendo para você na esperança de que se torne uma das minhas cinco pessoas. Deixe-me explicar o que isso significa. Aprendi essa frase recentemente com um cara que rasgou uma multa na minha cara. Veja bem, sou guarda de estacionamento, e ele queria que a seguinte frase servisse como um insulto: você é a média das cinco pessoas com quem mais convive. Agora que estou escrevendo isso para você, percebi que ele também pretendia insultar as pessoas presentes em minha vida, porque não gostou do que viu em mim. Já nos entendemos desde então. Sim, foi cruel, mas*

*não se preocupe, não estou buscando conselhos jurídicos.
No entanto, a frase acabou me forçando a olhar com mais
atenção para as cinco pessoas da minha vida. Quem são
essas cinco pessoas.*

*Imaginei que seria fácil. Mas estou voltando de uma
viagem recente à minha cidade natal, na verdade estou
escrevendo isso num trem, e percebi que minhas cinco
pessoas pertenciam à minha vida passada. Eu me mudei
para longe, estou meio que numa missão, e atualmente me
encontro sem uma lista de cinco pessoas. É constrangedor,
até triste, acho, mas estou tentando ver isso de maneira
positiva agora. Posso fazer a curadoria da minha vida.
Posso buscar por pessoas que me inspirem, por pessoas
que colocariam meu pé no chão, ou me ergueriam, ou me
orientariam, que seriam honestas comigo e, ao escolher
as pessoas à minha volta e quem me influencia, posso
escolher quem eu quero ser.*

*Você é uma mulher incrível, Amal. É uma legisladora
internacional que defende a justiça criminal. Já li todos os
seus artigos que consegui encontrar na internet, admiro
como representou a vencedora do Prêmio Nobel da Paz,
Nadia Murad, o jornalista Mohamed Fahmy, o ex-presi-
dente das Maldivas, Mohamed Nasheed, os jornalistas da
Reuters em Myanmar, e o fato de que representou Julian
Assange na luta dele contra extradição a torna uma heroína aos olhos do meu pai. Além disso, você é mãe, ícone
da moda, e nós temos cabelos parecidos, apesar de nossas
semelhanças acabarem aí. Sei que ninguém tem tudo na
vida, mas você parece estar fazendo um ótimo trabalho
em pelo menos passar essa impressão. Às vezes a vida
é meio como um tribunal arbitrário, não é?! E eu acho
que preciso de alguém que saiba reconhecer um tribunal*

*arbitrário quando vir um. Alguém que consiga restaurar a justiça e a esperança na minha vida.*

*Obrigada por ler isto,*
*Allegra Bird*

*PS: Estou mandando uma réplica desta carta para Lago de Como, ONU, Universidade de Columbia, Doughty Street Chambers e sua casa em Sonning Eye na esperança de que você receba pelo menos uma delas. Espero que não me considere uma stalker. Rs.*

*PS2: A questão é mais do que ser inspirada por pessoas, a ideia é que passemos tempo juntas para que você possa me influenciar diretamente, então tenho disponibilidade para ligações regulares pelo Skype ou Zoom.*

Ainda tenho uma hora no trem.

*Cara Katie Taylor,*

*Oi, meu nome é Allegra Bird e eu sou da Ilha de Valentia, Condado de Kerry, Irlanda. Já assisti a todas as suas lutas, ou a maioria delas, e meu pai e eu até vimos você vencer as Olimpíadas de Verão em Londres, 2012, quando derrotou Sofya Ochigava, levou o ouro para a Irlanda e se tornou a primeira campeã olímpica peso-pena da história. Nossa, que momento, papai e eu fomos à loucura.*

*Estou escrevendo está carta na esperança de que você possa ser um tipo de mentora para mim. Não no boxe, mas como pessoa. Sei que você é incrivelmente ocupada com treinos e competições, mas seria uma honra se você pudesse se tornar uma das cinco pessoas que me influenciam e moldam quem eu sou.*

*Estou buscando pessoas em diferentes áreas da vida para me ajudarem a me tornar a pessoa que eu deveria ser, e você com toda certeza marca o quadradinho do esporte! Se pudéssemos nos encontrar alguma vezes seria ótimo, mas uma carta com conselhos e orientações também serviria (de preferência algumas cartas ou Skype ou Zoom, porque a ideia é que nós precisamos passar tempo juntas). Não precisa ter a ver com esporte; conselhos gerais de vida seriam muito bem-vindos. Meus endereços para correio e e-mail encontram-se no fim da página.*

*Com admiração,*
*Allegra Bird*

Finalizo minha última carta assim que o trem entra na estação Connolly.

*Cara Ministra Ruth Brasil,*
*Meu nome é Allegra Bird, tenho 24 anos. Sou da Ilha de Valentia. Estou mandando esta carta para o gabinete do seu distrito eleitoral, seu escritório dos Edifícios do Governo e sua casa de veraneio na Baía de Kenmare. Também estou mandando uma cópia para minha tia, Pauline Moran, que mora em Waterville e é dona do Mussel House, no píer Ballymacuddy. Ela me disse que você aparece de vez em quando durante o verão quando está velejando com seu marido, e também que os mexilhões cozidos com vinho branco e alho são seu prato favorito.*

*Não venho de uma família politizada; vai acontecer uma eleição para um membro do parlamento em algumas semanas, mas, como eu já fui passar a Páscoa em casa, não posso tirar mais dias de férias. E, sem ofensa, mas viajar para votar num membro do parlamento não parece muito um descanso. Mas sou sua admiradora. Fiquei encantada quando o Taoiseach a nomeou como Ministra da Justiça e Igualdade. Queria entrar para a Gardaí quando me formei na escola e teria muito orgulho de tê-la como líder, inspecionando a lei e a ordem na Irlanda. Gosto de ouvir seus discursos e a considero forte e firme, mas justa. Também a considero uma pessoa empática, o que deve se explicar pelo fato de que sua família tem um escritório de advocacia que você gerenciou por muitos anos. Acho que seria uma juíza muito justa.*

*Há pouco tempo escutei a frase: você é a média das cinco pessoas com quem mais convive. Se for verdade, e ao analisar as pessoas que passaram pela minha vida eu acho que é, então eu quero que as minhas cinco sejam um misto das melhores e mais inspiradoras pessoas nas quais consigo pensar. Não estou buscando uma amizade íntima, isso seria estranho, mas qualquer coisa nos seus termos que a deixe confortável. Sugiro cartas, e-mails, chamadas no Zoom ou Skype, mas fica a seu critério.*

*Recentemente, chamaram a minha atenção para o fato de que eu tenho controle sobre essas cinco pessoas, que elas não são simplesmente aquelas que acabaram parando na minha vida. Então meio que posso formar a pessoa que eu quero ser. Vamos ver no que vai dar.*

*Adoraria saber quem são suas cinco pessoas. Elas devem ser muito especiais para você ser do jeito que é.*

*Espero receber notícias suas.*

*Tudo de bom,*

*Allegra Bird*


Caio na cama assim que chego ao apartamento, às 22h30. Os McGovern ainda estão em Marbella, e a casa está escura e trancada. É sinistro ficar de frente para essa enorme mansão vazia. Eles deixaram algumas luzes noturnas acesas para fazer as pessoas pensarem que eles estão em casa.

Penso ver Barley farejando pelo gramado, mas então me lembro de que ele foi mandado para um hotel para cachorros, e, quando a criatura se aproxima de uma luz do jardim, sua cauda peluda se revela. *Uma madra rua.* A raposa. Desligo as luzes para enxergar melhor. Ao perceber a mudança na iluminação, ela para e olha para mim. Prendo a respiração. Ela me encara. Eu não quero piscar. Não quero desviar o olhar. Não estou com medo dessa vez.

Silenciosamente, vou até a geladeira e pego um pacote de presunto. Saio para o jardim secreto, torcendo para que não tenha ido embora. Ela continua farejando pelo gramado. Não é um filhote, é uma raposa adulta, experiente, bem-alimentada e saudável.

Separo as fatias de presunto e as coloco no chão. A raposa me observa de longe, pela entrada do arbusto caprichosamente podado.

— É para você — digo, sussurrando.

Eu me afasto lentamente, ficando longe o bastante para ela não se sentir ameaçada, mas perto o bastante para conseguir enxergar no escuro. Ela me olha como se me avaliasse. Julgasse. Será que sou de confiança? Ela decide que sim e se aproxima depressa, direto para o presunto. Então o abocanha e dispara para longe.

Satisfeita comigo mesma, dou meia-volta para entrar na garagem, mas então o alarme da casa dispara, tão súbito e estridente que me assusta a ponto de eu largar todo o presunto e correr para dentro.

Quando entro no meu quarto, o telefone está tocando.

É Becky.

— Oi, Allegra.

— Oi, Becky.

— Você está sem ar, onde você está? — pergunta ela.

— Em Dublin.

— Engraçadinha— diz ela, seca. — Onde exatamente?

— Eu não estava brincando, fui passar a Páscoa em Valentia — respondo, confusa. — Achei que você quisesse dizer... enfim, eu já voltei. Cheguei não faz muito tempo.

— Ah. Entendi — diz ela. — Então, como você sabe, o alarme da casa disparou. Consigo ouvi-lo no fundo. Nossa, como é alto. Não deve ser nada, mas a empresa de segurança acabou de me ligar para avisar... eles entraram em contato com a polícia, que vai chegar já, já. Allegra — diz ela, devagar, e então faz uma pausa. — Você não entrou na casa, não é?

— Por que eu entraria? — respondo com uma pergunta, correndo pelo cômodo para vestir um moletom. Polícia, ela disse, polícia. Detetive Sardas.

— Tem certeza de que não chegou perto da casa ou encostou nos sensores...

Paro e franzo a testa, percebendo que a pergunta soa como uma acusação.

— Não — respondo bruscamente.

Pego a lanterna tática que fica ao lado do extintor de incêndio. Anunciada como a lanterna mais forte do mundo, deve chegar a quase 4.100 lúmens. Lembro de apontá-la para morcegos com Marion, Jamie e Ciclope.

— Você é tão esquisita — dissera Marion com uma risada ao me observar fazendo as malas para ir embora. — O que vai fazer com esse troço em Dublin? É uma cidade, vai ter luz para todo lado. Parece que mal dá para ver as estrelas de lá.

Bem, Marion, quem é a esquisita agora?

— Então tá, bem, eu não queria assustar você — diz Becky, toda gentil de novo, como se não tivesse acabado de me acusar de invadir a casa dela. Mas eu não me importo, estou empolgada porque a polícia está chegando.

Quando fecho a porta da garagem às minhas costas, a lanterna ilumina o jardim inteiro. Não sei se o estúdio do Donnacha tem alarme. Considerando que ele cobra quinhentos euros por uma tigela pequena que não cabe nada, aquele cômodo é bem valioso. Está trancado. Nenhuma janela quebrada. Aponto a luz para dentro e vejo todas as obras dele em vários estágios de produção e completude. Tudo tranquilo.

— Ei, você. — Escuto um homem chamar.

Eu me viro e vejo dois policiais entrando no jardim pelo portão lateral. Meu estômago se revira de empolgação. O homem carrega uma lanterninha minúscula, a minha deixa a dele no chinelo. Aponto o feixe na direção deles, não no rosto, eu não sou idiota, e me aproximo. Quando chego mais perto, os reconheço da estação local. A policial é aquela estilosa que eu vejo pela vila. Ela usa muita maquiagem e seu cabelo loiro está preso para cima. Não é muito mais velha do que eu. Poderia ter sido eu, penso toda vez que a vejo. Sempre digo oi e aceno quando passo pelo escritório. Sorrio para eles agora, mas eles não sorriem de volta e eu fico um pouco decepcionada, na verdade muito decepcionada, por eles não me reconhecerem como a guarda de estacionamento. Afinal, meu trabalho é basicamente ajudá-los.

— Sou Allegra Bird — digo, apresentando-me, com a mão estendida. — Inquilina dos McGovern. Moro em cima da academia. — Aponto a lanterna para o meu quarto a fim de mostrar a eles. — Becky me disse que vocês estavam a caminho. Eu estava preocupada com o estúdio do Donnacha, ele tem umas coisas valiosas lá dentro, então dei uma olhada. Nenhum sinal de entrada forçada. Não verifiquei a casa ainda.

Viro a lanterna para o estúdio, e eles dão alguns passos naquela direção. O guarda se aproxima da janela. Olha para dentro. Verifica a maçaneta da porta. Mesma coisa que eu fiz. Observo todos os movimentos dele. Poderia ter sido eu.

— Você viu alguém? — pergunta ele.

— Ninguém — grito em resposta. O alarme ainda está tocando, meus ouvidos doem.

A policial me avalia, então eles seguem para a casa, verificando janelas e portas.

— Disseram que foi o sensor do quintal dos fundos — diz ela para ele.

— Ah, então é aqui — digo, mostrando a área ao redor do pátio logo atrás da parede dos fundos da casa. — É protegido por sensores, então identifica qualquer um que se aproxime da casa.

— Será que não foi você quem acionou? — pergunta ele.

— Não, eu entrei pelo mesmo caminho que vocês. Os sensores não protegem aquele portão, de forma que eu posso entrar e sair sem incomodá-los. — Aponto a lanterna para o portão de pedestres pelo qual eles entraram e ilumino o caminho que eu pego pelo jardim até a construção dos fundos. — Cheguei em casa às 22h30 em ponto, então não poderia ter sido eu, de qualquer maneira.

Tenho certeza de que eles estão impressionados com meus detalhes. Estão prestando atenção em mim. Arruma um emprego para mim, tenho vontade de dizer, mas sei que eles não podem simplesmente fazer isso.

— Eu estava ali no jardim secreto quando o alarme disparou — digo.

— Onde?

Mostro com a lanterna.

— Por que você estava aqui fora?

— Tinha uma raposa. Ah, deve ter sido a raposa que acionou o alarme — digo, concluindo subitamente.

— Qual é o seu nome mesmo? — pergunta ele.

— Allegra Bird. Sou guarda de estacionamento na vila.

— Ah, sim — diz a policial, e fico aliviada por ela me reconhecer.

— Eu aceno para vocês de vez em quando, quando vocês estão no escritório — digo.

— É mesmo — diz ela.

— Eu me inscrevi para a Gardaí depois que me formei na escola.

— Bem, você fez um bom trabalho aqui, Allegra — elogia ela. — Vamos só dar mais uma olhada.

— Deve ter sido a raposa — digo, seguindo os dois. — Devia estar indo para as lixeiras. Ela normalmente vem por aqui, de algum lugar ali atrás... — Uso a lanterna. — E dá a volta por aqui. As lixeiras ficam ali. E as de reciclagem não foram esvaziadas desde que eles saíram de férias. Ela deve ter sentido cheiro de comida.

O alarme finalmente para, mas ainda ouço o apito nos ouvidos.

— Você tem uma chave extra? — pergunta ele.

— Não. Mas o vizinho tem. Ou então a assistente de Becky vem para levar pacotes e entregas para dentro quando eles estão viajando.

— Espero que você consiga voltar a dormir, Allegra — diz ela.

— Obrigada, guarda. Vejo você pela vila, na minha ronda. Talvez você me reconheça com meu uniforme da próxima vez. Vou levá-los até o carro. — Eu acompanho os dois, iluminando o caminho até o carro. — Aliás, se algum dia vocês precisarem de informações sobre multas para ajudar a localizar alguém ou algo assim, podem contar comigo. A gente tira fotos dos carros agora, nunca se sabe o que aparece nas fotos.

— Nós normalmente conseguimos essas informações com o conselho do condado — diz ele, e eu brocho um pouco.

— É claro.

— Obrigada, Allegra. Boa noite — diz ela. Mais amigável. A tática do policial bonzinho e do policial malvado.

— Vocês têm um cartão ou algo assim? — pergunto.

Ele nem se mexe. Ela vasculha o bolso e me entrega o cartão dela.

Laura Murphy.

Observo o carro deles até a luz do freio desaparecer, então sorrio, não consigo parar de sorrir, me sentindo flutuar enquanto volto para a cama.

Eu gosto dela. Guarda Laura Murphy. Uma pessoa ideal para a minha lista.

# DEZESSEIS

Estou de pé. Vesti o uniforme, o colete refletivo, as botas. Os pássaros estão cantando. Parece que vai ser um dia glorioso. Não preciso de capa de chuva. O almoço está embalado. Queijo holandês com pão de grãos, sem manteiga, maçã-verde, nozes caramelizadas e uma garrafa de chá. Saio da casa dos McGovern, olhando ao redor em busca de qualquer sinal de ações criminosas à luz da manhã, mas tudo continua intacto após o intruso da noite anterior. Ando pelo terreno do Castelo de Malahide, passo pelo homem de terno com fone de ouvido e ar confiante, passo pela corredora inclinada. O passeador com o dogue alemão. O velho com o andador de rodinhas e sua versão mais jovem.

— Bom dia.

— Bom dia.

— Bom dia.

Estou de volta.

A viagem para casa me ajudou. Afastou pessoas de mim, sim, mas também me devolveu algo. Uma missão. Mais uma. Como se estivessem conectadas. Ando com um passo animado. Carrego comigo as cartas que escrevi no trem, assinadas, fechadas, esperando serem seladas e enviadas. Apesar de serem mais de três cartas, levando em conta as cópias que fiz para mandar para o máximo de endereços que consigo, na minha mochila há um total de dezesseis envelopes para quatro pessoas. Não preciso escrever para o papai, ele é um dos meus cinco quer ele goste ou não, e eu planejo entrar em contato com a quinta pessoa pelo Instagram. Guarda

Laura Murphy é uma nova candidata à lista, mas eu gostaria de fazer uma amizade com ela pessoalmente. No fim, estou buscando oito pessoas, mas sou realista; as chances de Katie Taylor, Amal Alamuddin Clooney e Ruth Brasil escreveram de volta para mim são baixíssimas. Talvez só duas respondam.

De volta à Padaria da Vila pela primeira vez em um tempo. Assobio está comendo um donut do lado de fora, com um café quente no chão ao lado. Ele me cumprimenta com a cabeça quando entro. Tem uma mulher sentada ao balcão da janela, de fone de ouvido, perdida em seja lá qual vórtice de rede social. Ela enfia o resto do croissant na boca e dá um gole no café. Já a vi por aí. Ela dirige um Mini Cooper. Teto preto. Duas portas. Sempre estaciona na St. Margaret's Avenue. Nunca tive que multá-la, e por isso ela ganha meu respeito e um bom-dia enquanto agradece ao Spanner e sai.

— Sardas, minha camarada, quanto tempo — diz Spanner. — Eu estava começando a pensar que você tinha virado a casaca. Torta de maçã desconstruída hoje, como o quadro de giz revelou essa manhã. Desconstruído é o meu cu, Sardas, o ponto todo de fazer doces não é construir? — pergunta ele. — Os ingredientes já não estão desconstruídos nas estantes do mercado quando você faz a compra? O que vai querer, o mesmo de sempre?!

Ele está de costas para mim, ocupado, batendo e derramando, todo cotovelos e ombros.

— Como a Ariana está? — pergunto.

— Está ótima. Ela é uma porra de uma princesa — diz ele, ainda de costas, derramando a massa na máquina de waffle. — Teve sua primeira *feis* de dança irlandesa no sábado.

Ele se vira para mim, seca a testa com o pano de prato pendurado no ombro e pega o celular no bolso frontal do avental. Ele me mostra uma foto.

— Olha ela. Usou spray bronzeador e tudo, tava que nem pinto no lixo. Usou o traje completo, a mais nova do grupo, não fazia a mínima ideia do que estava fazendo, dança que nem a mãe, pisa que nem um cavalo. Ah, não, brincadeira, a mãe dela foi campeã nacional, não que agora ela fosse conseguir levantar a perna tão alto, com todo aquele peso extra, mas deixe pra lá. Dizem que as pessoas ficam gordas quando estão felizes, então ela deve estar feliz pra porra.

— Então está tudo bem — digo.

— Ela disse que chamaria a polícia se eu aparecesse, mas eu não perderia aquilo por nada na vida. Fiquei para ver a dança dela e fui embora logo em seguida, ela não ganhou nenhum prêmio nem nada do tipo. Mãe e pai lá, sem drama, eu deixei aquele namorado pedófilo dela em paz, assistindo às crianças com as mãos suadas. Nem olhei na cara das irmãs feias dela. Estava bem feliz com isso, aí recebo essa porra de carta hoje de manhã. — Ele enfia a mão no bolso, pega uma carta amassada e me entrega. — Olha só isso, Sardas, e me diz que porra que está rolando.

Olho para meu copo de café vazio na máquina de café e meu waffle na máquina de waffle, preocupada, mas Spanner só me encara, então baixo o olhar para a carta e leio com relutância.

Assobio entra arrastando os pés. Nenhuma quantidade de café é capaz de encobrir o fedor dele. Isso me lembra papai e as suas roupas, e fico feliz que por ter lavado tudo do armário dele, assim ninguém vai pensar sobre ele o mesmo que estou pensando agora sobre Assobio. Ele assobia para chamar a atenção de Spanner, e eu ergo o olhar. Assobio está segurando o donut meio comido para cima.

— Qual é? — pergunta Spanner.

Ele balança o donut enquanto assobia.

— Geleia — diz Spanner. — Você não gosta de geleia?

Ele solta um assobio agudo. Resposta correta.

— Ora, sua alteza. — Spanner faz uma reverência dramática. — Se quiser, por obséquio, me informar qual dos meus doces é do seu agrado, eu teria enorme prazer em servi-lo, visto que não tenho nada melhor para fazer por aqui.

Assobio está apertando o donut com força demais e a geleia escorre para fora, pingando na página que estou segurando.

— Puta merda — diz Spanner, literalmente jogando a toalha no chão.

Assobio se sacode com nervosismo, assobiando esporadicamente como se fosse um rádio que perdeu o sinal.

Pego um guardanapo para limpar, mas, para ser sincera, estou mais preocupada com meu waffle que ainda está na máquina, queimando. A multidão do trem vai chegar em breve e eu não quero ser esmagada aqui dentro com eles e seus bafos e humores matinais.

— Sei que é um momento ruim — digo para Spanner, que está dando a volta no balcão para pegar ou Assobio ou a carta suja de geleia de morango. — Mas eu estou com fome. — E então completo: — Meu waffle.

Isso o faz parar e dá uma chance de fuga para Assobio. Ele parece irritado, isso eu consigo notar, só não sei se é comigo, com Assobio, com a geleia pingada na carta oficial, com Chloe ou com o waffle. Não sei, não sou boa nessas coisas. Ele arruma paciência, volta para trás do balcão e abre a máquina de waffle. Estão queimados. Ele começa de novo, o que é frustrante, porque o tempo está passando.

— Eles não podem fazer o que estão ameaçando — digo, enfim. — Não podem impedir você de visitar sua filha.

— Eu sei disso — diz Spanner. — Estou dizendo isso há meses. Primeiro era a Chloe afastando ela de mim, e agora ela quer envolver a justiça. Eu não causei a briga no batismo, foi o namorado pedófilo dela que me bateu, não o contrário. Eu só bati nele porque ele me bateu primeiro. Trazer à tona acusações de agressão e lesão corporal de anos atrás, antes mesmo de eu conhecer a Chloe, é um puta golpe baixo. Eu tinha dezenove anos, faz muito tempo, eu cumpri minha pena. Nunca causei mal a Chloe, nem a Ariana, nem nunca causaria. — Sua voz falha, e ele desvia o olhar para se recompor.

A luz na máquina de waffle fica verde. Spanner ainda está se recompondo, mexendo a mandíbula, mas não posso deixar o waffle queimar de novo. Vai me atrasar ainda mais, e eu tenho uma rotina, uma programação a cumprir. Não funciono bem quando isso é quebrado. E, além de tudo, preciso ligar para o papai.

— Meu waffle, Spanner.

— É. Foi mal — diz ele, se virando para a máquina com os ombros curvados. — É um daqueles dias, sabe como é.

Coloco a carta oficial no balcão. Spanner entrega meu café e meu waffle embrulhado em jornal, ou guardanapo feito para parecer um jornal. Ele se esqueceu do açúcar de confeiteiro. O roxo no olho sumiu, mas, talvez porque eu saiba dele, ainda consigo vê-lo. Acho que é o que acontece quando se conhece as pessoas por muito tempo. Você conhece todos os machucados e marcas que já estiveram ali e ainda consegue vê-los mesmo depois que sumiram.

— Aqui, entrega para ele quando estiver passando, tá? — pede Spanner com a voz cansada, me entregando um donut sem recheio.


A vila está quieta por causa do feriado escolar. Na segunda-feira tudo vai ter voltado ao normal, as pessoas mais mal-humoradas do que o normal. Ajuda o fato de que o clima da primavera está de fato com cara de primavera, o que para nós é como se fosse verão. O tráfego é inexistente agora, mas vai aumentar à medida que o dia passar, com as pessoas indo para as cidades costeiras. A maioria está usando as pernas num dia como esse, de vestido, camiseta e short. Braços e pernas saindo da hibernação. Queixos para cima. Tenho poucos bilhetes de estacionamento para verificar, mas faço a minha parte. A BMW ainda não está na frente do salão de beleza, ela deve ter viajado. De férias também. Os filhos sem aula. As garotas estão rindo mais alto do que o normal do lado de dentro, ou talvez seja minha imaginação. Sinto que devo protegê-la, ficar de olho durante sua ausência. A vaga dela tem passado a maioria das manhãs vazia, como se, já que ela não pode ocupá-la, ninguém mais fosse bom o suficiente para estacionar ali. Olho para a vaga vazia por um tempo, não gosto que o carro não esteja ali, então sigo meu caminho.

Vou à agência de correios no meu intervalo. É hora do almoço e o lugar está vazando gente, como se todas as ruas estivessem vazia porque todo mundo está ali, querendo selos. Entro na fila. Esperar ali me dá tempo demais para pensar, repensar o que escrevi, o que estou prestes a enviar. De repente, minha vez já chegou e não estou pronta. Fico nervosa, saio da fila, atuo numa cena silenciosa como uma mímica sem talento, finjo que esqueci alguma coisa e saio da agência. Dou alguns passos para longe e volto para a fila de novo, que está ainda mais longa e serpenteando para fora.

Folheio os envelopes. Amal em Columbia, Amal em Londres, Amal no escritório dela de Londres, Amal na ONU. Katie no fã clube dela, Katie no Conselho Olímpico da Irlanda, Katie Bray Boxing Club.

— Oie.

Dou um pulo de susto e derrubo os envelopes no chão. Enquanto os cato, num frenesi agitado, vejo os tênis Prada do babacão.

— Galo, quer dizer, Tristan — digo ao me levantar, me sentindo corar. Estou um pouco trêmula, não esperava vê-lo.

— Sardas, quer dizer, Allegra.

Ele está com envelopes gordos enormes embaixo do braço.

— Cuidando da sua correspondência? — pergunto.

— É. Você também? — pergunta ele, sorrindo.

— É. — Aperto meus envelopes com mais força. — Espero que esteja enviando seu formulário de licença de estacionamento.

— Jazz enviou na semana passada.

— Então você deve receber o disco em breve — digo. — Multei você hoje.

— Eu sei. — Ele se encolhe. — Desculpe.

— Não precisa pedir desculpas para mim.

— Sinto que preciso.

— Ah.

— Sua Páscoa foi boa?

— Sim, eu fui para casa.

— Onde é sua casa?

— Ilha de Valentia.

— Ah, legal. Eu nunca fui lá. Bem que pensei ter identificado um sotaque do interior.

Merdinhas de Dublin.

— Você tem família lá? — pergunta ele.

— Meu papai.

— É mesmo. — Ele sorri. — Papai. O número um das suas cinco pessoas.

Olho direito para o rosto dele pela primeira vez desde que começamos a conversar, grata por ele se lembrar do papai. Significa muito para mim.

— Eu também vi as outras — digo —, mas percebi que elas não fazem mais parte da minha lista. Então agora eu só tenho um.

— Ah. Nossa. Caramba. Sinto muito em saber — diz ele. — O que houve?

— Minha melhor amiga está transando com meu ex-namorado e está grávida dele. E o ex-namorado dela tentou me pegar. Minha tia Pauline se afastou de mim — digo, percebendo subitamente o outro buraco na minha vida. — Sei o motivo, mas isso não vai mudar, então... ela também saiu da lista.

— Meu Deus.

— Está tudo bem, vou arranjar mais quatro pessoas.

Ele dá uma risada e eu o olho, confusa. Ele para de rir.

— Desculpe, achei que estivesse brincando... Olhe, acho ótimo que você esteja buscando mais pessoas. Como pretende fazer isso?

Finalmente paro de apertar os envelopes com tanta força contra o peito.

— Escrevi cartas para elas — respondo.

Avançamos um passo na fila. Dez pessoas na nossa frente numa fila serpenteante. Parece um labirinto.

Ele olha para os envelopes nos meus braços e pergunta:

— Para quantas pessoas você escreveu?

— Ah, são só quatro pessoas, mas eu não sabia o endereço exato da casa de três delas, então vou mandar cópias para alguns lugares diferentes.

Tento ler a expressão solene dele.

— Por quê? — pergunto. — Estou fazendo errado?

— Allegra, não tem... não tem um jeito certo de fazer isso — diz ele, com delicadeza, mas um tanto aborrecido. — Eu nunca perco a cabeça, de verdade. Em geral eu sou gentil e paciente, e não sei por que perdi a cabeça com você. Você claramente não merecia. É uma boa pessoa com um coração bom e deveria continuar como estava. Sinto que eu sou responsável por você estar fazendo isso — diz ele, parecendo chateado.

A porta dos funcionários se abre e uma funcionária aparece, mastigando, limpando migalhas da boca ao sentar e organizar sua mesa. Finalmente os dois cubículos estão abertos. Ela retira o aviso de *dúnta*.

Duas pessoas avançam. Damos um passo. Só tem oito na nossa frente.

Abaixo os olhos para os envelopes. Escrevi todas as cartas à mão. Concluí que não fazia sentido mandar uma bela carta escrita para Amal em Como e uma digitada para ela na Universidade de Columbia. Como vou saber qual ela vai acabar recebendo? Levei um tempão para fazer essas cartas e agora ele está me dizendo para deixá-las para lá.

— Então eu estou perdendo meu tempo — afirmo. Ao afastá-las do peito para avaliá-las, percebo que lhe dei a ele a oportunidade de ler o nome dos destinatários.

— Amal Alamuddin Clooney — diz ele, lendo em voz alta.

Envergonhada, volto a pressioná-las contra o peito.

— Ela é casada com o George Clooney? — pergunta ele.

— Ele é casado com ela.

— Você a conhece? — diz ele, fazendo outra pergunta.

— Não.

Silêncio. Damos um passo. Seis pessoas à nossa frente.

— Mas eu gostaria de conhecer — digo.

Ele assente.

— Mas nada de Oprahs, lembra? — diz ele. — Você precisa...
conhecer as pessoas.

— Quero conhecê-la. É isso que estou pedindo para ela —
conto a ele. — Estou sendo idiota? — pergunto.

Ele precisa parar para pensar.

— Se você teve que parar para pensar, então é.

— Não, não. Não é nada disso, é só que...

— O quê?

— É...

— Idiota — digo.

— Realmente não deveria importar o que eu acho, mas não
sei o que você escreveu na carta.

— Eu falei sobre a teoria das cinco pessoas — explico. — Falei que gostaria que ela fosse uma das minhas cinco. — Desvio o
olhar, constrangida.

Quatro pessoas na minha frente agora. Uma mulher libera o
balcão. Restam apenas três.

— Para quem mais você escreveu? — pergunta ele.

Entro em pânico. Estou muito perto do balcão. Tenho vontade
de contar tudo para ele só para poder decidir se mando ou não as
cartas. Folheio minha pilha.

— Katie Taylor, Ruth Brasil. — E então ele ergue a sobrancelha e eu paro.

— Katie Taylor, a boxeadora? — pergunta ele.

— A própria.

— Ruth Brasil, a política?

— É. Ministra da Justiça e Igualdade. Ela é a minha favorita. A que eu quero conhecer de verdade, para ser sincera.

— E a outra carta?

— Que outra carta? — pergunto, me fazendo de desentendida.

— Você disse que escreveu quatro? — diz ele.

Ele estende a mão, pesca o envelope de trás, mais próximo do meu peito, e o puxa.

Meu coração bate loucamente e eu o seguro com força. Derrubo todos os outros envelopes, e, enquanto eles se espalham pelo chão, puxo o envelope restante da mão dele e o rasgo freneticamente. Descontroladamente. Feito uma descompensada. Todo mundo da fila está olhando para mim. Até mesmo os dois funcionários dos correios, ambos disponíveis e nos encarando.

— Próximo — diz ela.

Tristan se abaixa para pegar os envelopes que eu deixei cair enquanto me agarro ao que está nas minhas mãos. Enfio os pedaços rasgados no bolso, morrendo de vergonha da minha total falta de controle.

— Acho — diz ele com suavidade, entregando as cartas para mim — que era essa que você deveria ter enviado, sem dúvida.

Eu me aproximo do balcão com as mãos tremendo e peço por selos. Tristan vai para o balcão ao lado do meu. O negócio dele é mais complicado do que o meu. Seus pacotes serão enviados internacionalmente, precisam ser pesados e registrados, postados de várias formas complicadas, com formulários a serem preenchidos. Trêmula por conta da minha explosão, pago pelos meus selos e, quando a funcionária se oferece para pegar meus envelopes e colocá-los no malote dos fundos, eu digo que não e saio em disparada. Ouço Tristan me chamando, mas me apresso antes que ele tenha tempo de me alcançar.

Eu me lembro do que a carta rasgada diz, palavra por palavra. Lembro dela porque eu a escrevera e reescrevera dezenas de vezes no meu caderno até considerá-la perfeita, apesar de isso ser impossível. Depois que a guarda Laura e seu parceiro foram embora, fiquei acordada até as quatro da manhã lendo-a, relendo-a. E, então, quando não encontrei mais nenhuma palavra para adicionar, mudar ou subtrair, eu a reescrevi de novo e de novo, com a letra cada vez mais caprichada. Como se a curva perfeita do meu f ou a volta perfeita do meu s fossem mudar a percepção do leitor sobre mim.

Por mais que eu a estivesse escrevendo na minha cabeça havia anos.

Era uma carta para Carmencita Casanova. Minha mãe.

## DEZESSETE

Eu me mudei para cá para conhecer minha mãe. Deixei tudo e todos que eu amava — todas as minhas cinco pessoas — para me mudar para Dublin e conhecer uma pessoa. Acho que não imaginei que fosse demorar tanto para de fato me apresentar para ela, mas, pensando melhor, eu certamente sabia que seria um processo longo, senão por que outro motivo eu passaria por um treinamento para virar guarda de estacionamento e procuraria emprego na vila onde ela mora? Queria mergulhar na vida dela, ficar confortável. Eu nunca bateria na porta dela ou cutucaria o ombro dela e diria: "Fala aí, Carmencita, sou eu, a filha que você abandonou." Acho que nunca pensei que passaria tanto tempo sem encontrá-la; definitivamente queria ter gastado esse tempo com ela, conhecendo-a. A viagem a Valentia me diz que, ao julgar pelas palavras da pessoa que mantive e das quatro que perdi ou joguei fora, todos pensaram que os resultados viriam mais rápido.

— Você a viu?

— Você falou com ela?

— Você fez o que foi fazer?

Ninguém toca no nome dela. Ninguém usa as palavras exatas.

— Você já se apresentou para a sua mãe, Allegra?

Eu já tinha tentado encontrar Carmencita uma vez, quando me formei no colégio. Enquanto todo mundo ia para um festival de música na Croácia durante o verão, antes de recebermos os resultados das nossas provas, eu comprei minhas passagens para Barcelona.

Marion ia comigo. Papai não sabia nada sobre Carmencita, nem tivera nenhuma notícia dela desde o dia em que ela me entregou para ele. Só o que ele sabia, e o que eu sabia, era que o nome dela era Carmencita Casanova, da Catalunha. Mas eu sei, sim, o que aconteceu 24 anos atrás. Ela entrou em pânico quando descobriu que estava grávida, aos 21 anos. Não a culpo por isso. Ainda mais um bebê cujo pai era professor de música na universidade, durante uma bebedeira, num momento de vulnerabilidade, possivelmente de desespero. Não a culpo por isso também. Não é como se meu histórico fosse muito diferente. Ela saiu da universidade no último semestre, então voltou depois de me ter e continuou como se nada tivesse acontecido. Papai a ajudara. Ela quisera sair de Dublin para evitar encontrar alguém que notasse sua barriga crescendo, então, durante os três últimos meses da gravidez, ela morou na pousada da minha tia Pauline, em Kinsale. Carmencita só ficara dois meses lá, porque eu nasci de oito meses.

Complicada, era como Pauline descrevia mamãe quando eu perguntava. O inglês dela não era muito bom, adicionava ela quando eu fiquei mais velha e insisti para ter mais informação. Perturbada, acrescentava algumas vezes quando se sentia honesta. Não acho que foi a idade que me fez querer saber mais, alguns dias eu simplesmente estava mais curiosa do que em outros, dependendo do que escutara ou aprendera naquele dia. As informações ou faziam com que eu me importasse mais com quem ela era, quem ela é e onde ela está, ou não me intrigavam nem um pouco. Às vezes eu achava que as histórias da Pauline sobre o tempo que elas passaram juntas poderiam ser algo a que me agarrar, algo revelador sobre a personalidade dela. Mas nunca é tão simples. Mais do que tudo, eu só queria saber. Mulheres sempre querem saber, dizem todos os homens que eu já conheci.

Complicada. O inglês dela não era muito bom. Perturbada.

Ela desapareceu por duas semanas enquanto ficava sob o teto de Pauline. Sei disso por conta de Pauline. Papai. Meu primo John.

Dara, que desapareceu com ela. Ninguém está escondendo nada, mas eu não sei aonde eles foram.

— Cabe a ela saber e a você descobrir — dissera Dara.

As preocupações da Pauline na época eram gerenciar uma pousada durante os meses mais cheios do verão enquanto seu melhor quarto, a suíte master, estava ocupada por uma aluna espanhola muito grávida, e, imagino, o efeito da estadia dela sobre os dois filhos de minha tia. Minha mãe — vou chamá-la de Carmencita, porque é quem ela é de verdade — não demonstrou qualquer interesse pelo papai desde o momento que descobriu que estava grávida, provavelmente desde o momento depois de eles transarem. Ela não queria nada com ele. Mas precisava da ajuda dele. Aceitou a oferta de ajuda. Não podia contar para a própria família sobre a gravidez, não podia voltar para casa. Ela precisava do papai, e ele me queria. Foi isso o que ele me contou.

— Confusa — dissera Pauline outro dia.

Complicada. O inglês dela não era muito bom. Perturbada. Confusa.

Ela passou seis semanas sem colocar a cara para fora da suíte master, só abrindo a porta para o café da manhã, almoço e janta. O que ela fazia lá dentro o dia todo, eu perguntara. Assistia à TV, mas naquela época eles só tinham quatro canais. Três deles eram em inglês; um, em irlandês. Via filmes, mas não havia uma oferta muito grande, meu primo Dara os alugava na locadora do bairro — parece que estavam na Idade da Pedra —, e não lia os livros que Pauline deixava para ela na bandeja de comida. Perguntei sobre Carmencita para meu primo John também.

— Mó escrota — dissera ele.

Complicada. O inglês dela não era muito bom. Perturbada. Confusa. Mó escrota.

— Eu tentei — dissera Pauline uma vez, exausta de recontar a história toda, como se houvesse uma acusação oculta por trás das minhas perguntas, como se, caso Pauline tivesse feito algo diferente, Carmencita teria ficado, não teria desistido de mim.

Ninguém acha que ela e papai teriam ficado juntos, e eu fico feliz por isso não ter acontecido. Fico feliz por ela ter desistido de mim. Talvez eu não fique tão feliz por ela ter me abandonado completamente. Mas ela realmente sempre pareceu mó escrota.

Eu entendo o lado da Pauline. Cinquenta anos, dois filhos, um negócio, um marido, o fardo de cuidar de uma desconhecida dia e noite, dando a ela tudo de que precisava, uma jovem que carregava o filho do irmão dela. Aluna do irmão dela, que frequentemente surtava e não queria nada com papai ou o bebê. Consigo sentir o estresse dela, a pressão. Disse que estava aterrorizada. Uma vez, acusara Pauline de mantê-la em cativeiro dentro da casa. Pauline respondera que a porta era a serventia da casa, que estava ajudando porque ela disse que não tinha outro lugar para ir. Então foi embora e voltou depois de duas semanas.

— Ela era dramática — dissera Pauline.

Complicada. O inglês dela não era muito bom. Perturbada. Confusa. Mó escrota. Dramática.

Carmencita ficou lá até me ter. Pauline disse que Carmencita nunca falava sobre suas consultas no hospital. Ninguém jamais soube se o bebê era saudável ou não, se chutava ou não; Carmencita não dizia nada a ninguém. Exceto a Dara, meu primo, o esquisito com um parafuso solto. Ele não achava que ela era mó escrota. Deve ter pensado que encontrara sua alma gêmea. Alguém que era estranho do mesmo jeito que ele e desprezava a minha família tanto quanto ele. Era Dara quem a levava de carro para as consultas no hospital e quem a levou para seja lá onde ela se escondeu por duas semanas. Gosto de pensar que não tinha nada rolando entre os dois. Ela estaria grávida de mais de seis meses, mas Dara sempre foi meio estranho. É assim até hoje.

É claro que também já pensei pela perspectiva do papai. Especialmente quando Katie disse aquele negócio de ele ser pervertido.

Eu tive que processar essa informação. Professor de música solitário porém amigável. Homem solteiro morando em Dublin. Uma bela mulher que por acaso era aluna da faculdade faz contato visual, o deseja. Ele não está acostumado a ser desejado. Não dessa forma. Não por alguém como ela. É mais velho e também solitário; para ser sincera, é o tipo de homem que parecia velho já na adolescência. Só que não era para ser. Ela descobre que está grávida, não quer nada com ele. Quer se livrar do bebê, mas ele o quer. Talvez ela tenha medo de abortar, talvez ache que é errado, vai saber, mas não aborta. Ele faz qualquer coisa por ela, para ajudá-la, e quer ficar com o bebê. Porque sabe que nunca mais vai se sentir sozinho. Ele larga o emprego, sussurros e boatos se espalharam. Ele não é o primeiro professor a transar com uma aluna, mesmo ela não sendo sua própria aluna, mas as pessoas comentam mesmo assim. Melhor mesmo ir para bem longe. Ele cria o bebê por conta própria, mas fica feliz ao saber que nunca mais vai se sentir sozinho.

Ele nunca mais amou ninguém. Não até onde eu sei.

Como posso ficar com raiva dele por me amar e me querer?

Quando eu tinha cinco anos e fui para o internato, ele pôde voltar a ter um emprego em tempo integral. Arrumou um na Universidade de Limerick. Eu passava os fins de semanas em casa. Trabalhar como professor era ideal porque ele ficava livre no verão, quando eu estava de férias escolares, então dava aulas em casa ou em escolas de verão. Se precisasse viajar para dar aula, eu ficava com Pauline, o que era tudo para mim, porque a pousada no verão era sempre muito divertida. Pessoas diferentes de países diferentes viajando, ciclistas em tours de ciclismo, pessoas fazendo trilhas ou jogando golfe. Artistas, pessoas criativas em busca de inspiração em nossas belas paisagens. Jogadores de golfe estadunidenses, artistas dinamarqueses, ciclistas franceses. Ônibus lotados de turistas japoneses bloqueando as estradinhas estreitas em encostas de montanhas, ônibus cheios de alemães tentando passar. Nossa terrinha recebia gente do mundo todo.

Eu ajudava Pauline a fazer tortas de maçã e pavlovas para a sobremesa, além de termos pão integral, cerveja Guinness e repolho amanteigado para os turistas. Comíamos peixe fresco que Mossie pescava. Berbigões, mexilhões e moluscos. Ainda melhor, eu costumava ir sozinha para o jardim dos fundos, acres de terra do Wild Atlantic Way subindo e descendo, rochoso e perigoso o suficiente para minha imaginação, uma detetive em investigações, enquanto esperava papai voltar.

Não me lembro de jamais me sentir mais perdida ou vazia do que qualquer outra criança. Eu tinha meus momentos, era humana, mas não por causa de Carmencita, não por não ter mãe. Nem mesmo quando precisei explicar minha situação na primeira semana da escola ou sempre que eu conhecia alguém, o que era raro porque quem se importa? Eu não tenho contato com a minha mãe, dizia na maioria das vezes. Eu nunca a conheci, se quisesse oferecer mais. Meu papai me criou. Eu adorava dizer isso. Adorava o som dessas palavras. Sendo sincera, fazia com que me sentisse especial. Diferente. Qualquer um pode ter um pai e uma mãe chatos, isso é fácil. E eu certamente não era a única no ensino fundamental com uma família diferente. Havia separações, divórcios, duas mães, dois pais, todo tipo de estrutura. Costumávamos nos perguntar, de brincadeira, que pais seriam os próximos a se separar, algumas garotas de fato queriam que isso acontecesse, e as que tinham mãe ou pai solteiro ou separado conversavam sobre como devia ser nojento ter pais que moravam juntos na mesma casa.

Enfim, no fim das contas acabei não indo a Barcelona para encontrar Carmencita. Fomos ao festival de música na Croácia. Marion queria muito ir, e eu não tinha falado para ela por que eu queria ir a Barcelona, então aceitei a mudança de planos. Talvez eu tenha sentido um pouco de alívio.

Então o momento passou e eu perdi um pouco a vontade de encontrar Carmencita. Tinha sido meio que uma ideia romantizada que me seduziu depois que me formei no colégio, quando me sentia livre, e antes de começar meu treinamento para policial que nunca aconteceu. Então eu me esqueci dela e voltei a pensar nela como sabia que ela era. Perturbada. Errática. Complicada. Problemática. Confusa. Mó escrota. Dramática. Até uma tarde de novembro, quando estava cedo demais para estar escuro, mas estava, e eu estava trabalhando na loja de lembrancinhas do Valentia Skellig Experience, num dia em que o centro estava vazio. Ninguém podia passear na rua de qualquer maneira, estava caindo uma tempestade, e dirigir pela costa para ver as duas ilhas estava fora de cogitação, porque o ar estava tão denso com nuvens baixas e pesadas, névoa e chuva que não dava para ver além do nariz. Dias curtos, noites longas, só esperando tudo passar quando me deparo com um anúncio num jornal local deixado para trás:

No começo desse mês, a Câmara de Comércio de Malahide elegeu sua nova presidente, Carmencita Casanova. O cargo foi passado por Mark Kavanagh, que o ocupou pelos últimos três anos. Carmencita Casanova é residente de Malahide, ao norte do Condado de Dublin, há dez anos, casada com Fergal D'Arcy, com dois filhos. "Trarei muita energia, imaginação e comprometimento para a câmara, e estou honrada por ter sido eleita presidente da Câmara de Comércio de Malahide", disse ela. "Há muitas áreas nas quais quero atuar, mas desejo especialmente continuar o trabalho que fiz no comitê principal em áreas especializadas como o estacionamento na vila, que afeta o comércio local."

Era ela. Quem mais teria um nome desses. Na Irlanda, pelo menos.

E olhei para ela. E continuei olhando. Rosto bonito. Olhos escuros. Cabelo preto brilhoso. Maquiagem impecável, lápis de olho pesado e sombra esfumada. Um largo e belo sorriso com dentes espaçados, olhando direto para a lente da câmera.

Complicada. Perturbada. Confusa. Errática. Não fala inglês. Mó escrota. Dramática. Ela pode ter sido essas coisas para todo mundo, mas não era mais só isso. Quando a vi, algo novo aconteceu. Ela era minha mãe. Decidi pela primeira vez na vida que precisava dela. Não só porque era ela, mas, pensando agora, em retrospecto, porque a existência dela me oferecia um lugar para ir. E eu já queria partir.

# DEZOITO

Aula de arte com modelo vivo na terça à noite. Eu não estou aqui de corpo e alma. Deve parecer idiota sugerir que dá para se dedicar de corpo e alma ao sentar-se pelada para um bando de desconhecidos que pagaram doze euros para desenhar você, mas você pode. Acho que é possível se dedicar dessa forma a praticamente qualquer coisa. E é possível não estar totalmente presente também.

O aluno com quem transei antes da Páscoa, James, está ali de novo. Ou será que é Henry. Ele tem cara de Henry. Está todo entusiasmado, mas é o único dessa vez. Eu não estou no clima para transar, o que é estranho para mim. Sinto que estou cansada. Papai me ligou às três da madruga para dizer que os camundongos estavam se desviando das ratoeiras novas do piano. Ele tinha se livrado das do Gerry depois que ele o traíra ao me contar sobre Majella. Logo de manhã eu tinha ligado para Posie, nossa vizinha; papai não saíra de casa desde que eu fora embora. Não sei onde conseguiu as novas ratoeiras, e ele já deve estar sem comida a essa altura. Posie diz que vai passar lá para deixar comida, e eu vou transferir dinheiro para a conta dela. Não é como se papai não tivesse dinheiro, ou ao menos eu acho que tem, a não ser que ele tenha mais segredos, mas, se a decisão fosse dele, ele recusaria a ajuda.

Posie é a mulher que cuidava de mim quando eu era bebê. Ficava comigo desde que eu tinha quatro semanas, enquanto papai trabalhava. Ela prestava um serviço de creche informal em casa que foi descoberto quando as novas leis entraram em vigor e agora tem um serviço de hospedagem para cachorros. Ela cheira a biscoito canino e grama molhada. E agora estou pedindo a ela para cuidar do papai. Engraçado como o mundo dá voltas. Não engraçado no sentido de estou morrendo de rir.

Enfim, estou na Galeria Monty, sentada na cadeira, pelada, ou nua, tanto faz, sem roupas, com os peitos de fora, sentindo mais frio do que normalmente. Pernas fechadas. Portas fechadas. Aviso de não perturbe. Eu não disse nada sobre a temperatura, mas Genevieve saiu da sala e voltou com um aquecedor pequeno, que agora está de frente para mim e, enquanto sinto o frio deixar meus ossos, alguém solta um muxoxo audível. Talvez seja porque cometeu algum erro, ou talvez seja porque passou a maior parte da sessão trabalhando numa pele azulada, mamilos eretos ou arrepios que agora desapareceram. Henry ou James está rabiscando freneticamente com carvão, a língua para fora da boca que nem um cachorro com sede. Não quero pensar no que ele está desenhando, mas imagino que seja menos o que está vendo agora e mais o que está fantasiando. Ou lembrando. Eu lembro de um pau fino. Fino e comprido como um lápis. Ele poderia usá-lo para me desenhar. De certo modo, é o que faz.

Os artistas captam minha melancolia. Todas as obras têm algo em comum. Um senso penetrante de tristeza. No meu rosto, meus ombros curvados, meus joelhos pressionados um contra o outro, fechados com força, como se para dizer que ninguém vai entrar, ninguém tem permissão para entrar. Não quero ser observada. Ver meus sentimentos refletidos de volta para mim só fazem com que me sinta pior.

Genevieve sente que tem algo rolando, gentilmente me pergunta se eu gostaria de uma bebida. E eu aceito. A princípio somos só ela, Jasper e eu, mas depois de um tempo, algumas pessoas começam a chegar e o rosé, a fazer efeito, soltando meus pensamentos e minha língua. Eu conto a eles sobre Galo, sobre a teoria das cinco pessoas, e passo as horas seguintes escutando os dois falarem sobre suas cinco pessoas, o que leva muito tempo enquanto eles decidem, anedota atrás de anedota, quem é mais influente do que outros. À medida que as horas se passam e nossa conversa se intensifica, e depois de muito rosé, tudo está melhor do que jamais esteve. Já passou da meia-noite quando vamos embora. Sendo "nós" um cara de cujo nome e rosto mal me lembro e eu. Não sei como vamos da galeria para a casa dele, mas lembro de sair de um chalé da Stoneybatter às quatro da manhã enquanto ele dormia, para não ter que acordar na cama dele, e lembro de andar pelas ruas desconhecidas em busca de um táxi. A corrida da madrugada custa o que eu ganhei para posar nua, o que não me deixa nada feliz. Tropeço do táxi até a academia nos fundos do jardim, acho que chego até a esbarrar nas lixeiras de rodinhas em certo momento. Lembro de um alarme soando, dos braços do Donnacha ao meu redor, me levantando do chão enquanto tento explicar que eu deveria ser deixada ali para o próximo dia de coleta. Mas, quando acordo algumas horas depois na minha cama, me pergunto o que foi verdade e o que não foi. Minha cabeça está latejando de maneira inacreditável por todos os lados, e, assim que me sento e abro os olhos para o sol de abril, preciso correr para o banheiro para vomitar.

Vomito tão violentamente que acabo deitada no chão, com a bochecha contra o azulejo numa tentativa de me refrescar e me equilibrar. Estou enjoada do álcool, mas também comigo mesma, um tipo de medo culpado de que eu tenha feito algo terrivelmente errado, que minha vida tenha mudado para sempre e algo ruim esteja prestes a acontecer. O medo. Começo a ter flashes da noite passada. Fragmentos de conversas, de toques, de olhares, ou momentos enroscados. Lembranças de coisas que eu não deveria ter dito, não em voz alta, não nunca. Vomito de novo e de novo no chuveiro, mal conseguindo ficar de pé, querendo colocar tudo para fora, o álcool, meus pensamentos e lembranças.

Forço um café goela abaixo, não vou conseguir caminhar até a vila sem isso. Viro um copão de água, não me dou ao trabalho de preparar meu almoço, saio sem ele, incapaz de aguentar ver ou sentir cheiro de comida.

Estou passando pela cozinha dos McGovern, sentindo o chão se mexendo sob meus pés, instável, como se eu estivesse num barco, quando a porta de vidro se abre. Continuo andando. Assim que me aproximo das lixeiras, me lembro de ter caído no meio delas, o que me faz perguntar se isso tem alguma coisa a ver com o roxo no meu quadril.

— Allegra — chama Becky.

Ela está com uma calça social azul-marinho e uma camisa de seda azul-marinho com os botões abertos o bastante para revelar um pouco do sutiã preto de renda. Seu rosto está descansado e reluzente após as férias. Está maravilhosa. Eu nunca me senti tão na merda. Estou usando os óculos de sol mais escuros que consegui encontrar.

— A noite foi boa, Allegra? — pergunta ela.

Talvez eu não tenha caído no meio das lixeiras deles, acionado o alarme da casa às quatro horas da manhã e precisado ser colocada de pé pelo marido dela. Isso pode ou não ter acontecido, e eu não pergunto nem peço desculpa. Murmuro uma resposta, nem sim nem não.

Ela quer saber se posso ficar de babá hoje, alguma coisa sobre amigos, Hong Kong, jantar, e eu não consigo me concentrar. Nunca me importo com os detalhes, só quero saber que horas precisam de mim. Por que tanta gente se importa com detalhes? Eu a interrompo no meio do caminho. Preciso. Sinto vontade de vomitar de novo, minha garganta está completamente seca e, apesar do café, da pasta de dente e da água, ainda sinto o gosto pútrido do vômito na boca. Ela fica um pouco ofendida com a minha interrupção, mas não sei por que justo hoje ela decidiu conversar, talvez porque esteja a fim de criar um laço com base na idiotice que eu a flagrei fazendo e na revelação de que também sou humana.

— Às dezenove horas, por favor — diz ela, dando um passo para perto de mim e olhando para a cozinha às suas costas para ver se a barra está limpa. Ela abaixa a voz: — Allegra, sobre o que aconteceu há algumas semanas…

Mas eu não consigo deixá-la terminar, não dá. Realmente acho que vou vomitar. Eu me sinto quente e suada, como se meu corpo inteiro estivesse sofrendo uma onda de calor da menopausa. Eu não deveria vestir o quepe até o começo do meu turno, mas precisava me esconder atrás dos óculos escuros também. Devo parecer o Robocop. A voz dela está baixa, não aquela assertiva, uma mais delicada, suave, outra versão dela com a qual não tenho familiaridade, o que seria intrigante em qualquer outro dia. Mas, a não ser que ela queira que eu vomite naquele terno Prada azul--marinho, ela precisa se afastar imediatamente.

— Está tudo bem — digo a ela, tentando respirar, mas sentindo o suor brotar na testa, por baixo do calor do meu quepe e cabelo. — Não é da minha conta o que você faz ou deixa de fazer. Não vou contar nada para ninguém. Você tem minha palavra.

Ela me avalia. Deve ser difícil me interpretar com o disfarce de Robocop. Então assente, aliviada.

— Mas talvez não na minha cama de novo — completo. — Não foi nada legal.

Ela ergue as mãos em rendição, subitamente envergonhada com os detalhes e não querendo que eu continue.

— Claro que não — diz ela. — Nunca mais.

Eu me pergunto se ela já tinha feito aquilo antes, mas talvez seja melhor nem saber.

Uma descarga dispara, alta, e nós levamos um susto. Ergo o olhar para o cômodo acima da porta de correr envidraçada. A janela está escancarada, o banheiro da suíte master. Olho rapidamente para dentro para ver se Donnacha está ali, talvez fosse um dos meninos no banheiro, mas ele não está na cozinha, ao contrário dos três garotos. Becky fica paralisada. Fico enjoada por ela. E por mim.

— Você não disse nada específico — digo, baixinho. Por mais que pense para mim mesma: fui eu que mencionei a cama.

Consigo percebê-la repetindo a conversa na cabeça. Vejo que não quer voltar para dentro, enfrentar as consequências.

— Vejo você às dezenove horas — digo, me afastando e deixando-a onde está.

Assim que posso, bebo longos goles d'água de uma garrafa de vidro. Nada de plástico. Passo pelo homem entusiasmado de terno e fone de ouvido, mochila nas costas, quicando ao dar longas passadas no ritmo da música. Gostaria de saber o que está ouvindo. Ele nunca nem olha para mim. Eu me pergunto se sequer nota que passa por mim toda manhã ou se nota quando não estou, ou se pergunta por que nos cruzamos em lugares diferentes em algumas manhãs. Talvez não. Talvez nem todo mundo seja igual a mim. Sinto-me um pouco melhor, o túnel sombreado pelo meio das árvores me refresca, consigo respirar. Tiro o quepe. Passo pela corredora inclinada. Ela está tão inclinada que eu nem sei como se mantém de pé. Gotas de suor pingam da testa dela, brilham no peito. Ela não está avançando muito rápido, até eu poderia andar mais rápido ao lado dela. O topo da cabeça dela está encharcado, o cabelo emplastrado, e os peitos quicam e balançam enquanto ela corre. Mas não o peito direito, este está seguro no lugar pelo braço que ela mantém rigidamente colado ao lado do corpo, o lado inclinado, o outro se mexe como se ela estivesse puxando uma buzina de trem. Parece tão doloroso que me dá vontade de segurar meus próprios peitos.

Ela olha para mim, mas não me vê de verdade. Provavelmente nem vê meu sorrisinho que tem a objetivo de ser encorajador. Então ela faz a curva e eu fico de frente para um longo caminho. Um lindo caminho ladeado por árvores que se curvam em arco sobre a minha cabeça. Mas hoje não consigo. Ele parece infinito, como se levasse a lugar nenhum. E eu não necessariamente quero que ele acabe. Eu me sinto segura aqui, encasulada no ar fresco e revigorante. Assim que sair daqui, vou ser confrontada por pessoas e cheiros e tráfego e barulho. E consequências e repercussões. Hoje não.

Dou alguns passos exaustos para o banco que informa que Lucy Curtain se sentou ali e me sento com o fantasma dela, a exaustão tomando conta do meu corpo, partes doídas e doloridas em cuja origem não quero pensar. O passeador e o dogue alemão. O dogue alemão, sem coleira, cheira minhas botas. Não tenho energia para afastá-lo. Daria no mesmo se eu fosse uma estátua do parque. Espero que um pássaro cague na minha cabeça. O velho e o filho passam lentamente.

— Bom dia.

— Bom dia.

— Bom dia — cumprimento-os eu, praticamente sussurrando.

Então sei que tenho alguns minutos antes de outra pessoa aparecer. Fecho os olhos e mergulho num daqueles momentos meditativos de atenção plena para me convencer de que o mundo está bem, de que não fiz o que acho que fiz na noite passada. Não funciona. Em vez disso, fico sozinha para remoer minha ressaca. Uma pitada de vergonha, um ramo de autopiedade, um punhado de arrependimento. Cozinhar em fogo baixo por 24 horas.

Não posso dizer que faço meu melhor trabalho naquela manhã. Eu tento, mas meus esforços são em vão. Emito mais multas do que o normal. Estou tão exausta, mentalmente esgotada, que não tenho a capacidade mental para descobrir se devo ou não dar vinte minutos de tolerância aos carros entre um bilhete e outro. Chego até a me questionar se estou trabalhando num domingo, considerando a quantidade de carros que não pagaram o estacionamento. Inclusive a Ferrari amarela do Galo. Depois do meu pequeno surto na agência dos correios ontem, eu me afasto rapidamente, cansada demais para ficar irritada com o fato de que ele ainda não resolveu o lance da licença. Na verdade, eu me pergunto por que o escritório de Fingal está demorando tanto para liberar a licença. Talvez devesse ligar para lá. Fidelma, do escritório, é sempre útil.

As mesmas coisas de sempre toda manhã, então o grande alívio de fazer uma pausa. Sento-me no banco, com a garrafa cheia d'água novamente. Eu só quero me deitar e dormir. Estou pensando seriamente em me deitar no banco, e se eu poderia ser demitida por isso, quando Tristan se junta a mim.

— Sem almoço? — pergunta ele.

— Ressaca demais.

— Ah, a noite deve ter sido boa.

Solto um grunhido, e ele ri.

— Você não me multou.

— Ressaca demais.

— Nossa, você deve estar muito mal mesmo.

— Eu tenho que dar quinze minutos de tolerância se seu bilhete expirou.

— Guardas de estacionamento e tolerância normalmente não andam juntos.

— São as regras — digo. Viro a água. Sinto que ele me observa.

— Onde você foi ontem à noite? — pergunta ele.

— Não quero falar sobre isso.

Ele ri, mesmo que eu esteja falando sério.

— Tá bom. Estive pensando desde a última vez em que nos vimos. Que foi ontem, caso você tenha se esquecido, antes da sua intoxicação alcoólica.

Reviro os olhos.

— Acho que suas cartas são uma boa ideia. Você deveria enviá-las. Desculpe por ter ficado na dúvida. Sinto uma responsabilidade extra sobre as decisões que você toma como resultado do que eu disse. Não quero piorar a sua vida.

— Não tem como ficar pior — revelo, o que me deixa surpresa por dizer isso.

— Cacete.

— Não, tudo bem. A culpa é minha.

Ficamos em silêncio por um tempo.

— Então você vai postar as cartas. Para Amal Clooney, Katie Taylor e Ruth Brasil? — pergunta ele.

— Não consigo pensar hoje. Não sei. Talvez não — respondo, suspirando.

— Me dê as cartas.

— O quê? Não!

— Eu não vou ler. Só vou postá-las.

— Não sei. Tristan, não. — Eu afasto a mão dele com um tapa. — Não sei. Não consigo pensar.

— Isso é bom. Você não deveria pensar. Foi isso que a impediu ontem, e você deveria simplesmente ir na fé. Fique aí. Curta a ressaca. Eu posto as cartas. Qual é a pior coisa que pode acontecer?

— Eu passar vergonha.

— Não. Ninguém nunca saberá.

— Você sabe.

— Não vou contar a ninguém. Allegra — ele fixa um olhar sério em mim —, qual é a pior coisa que pode acontecer?

— Ninguém responder — digo.

— Exatamente. — Ele dá de ombros. — Quem se importa?

— Eu me importo. Eu me importo se ninguém responder.

— Você está com as cartas? — pergunta ele.

— Elas ainda estão na minha bolsa desde ontem.

— Deixa eu ver.

Abro o zíper e quinze envelopes deslizam para fora. Eu não reescrevi a de Carmencita. Mesmo se quisesse, não tive tempo ontem depois do trabalho, e não sei o que quero agora. Em alguns estágios dessa manhã, nos meus piores momentos de medo, eu considerei voltar para casa, desistir desse emprego e dessa meia-vida em Dublin, mas depois da viagem eu não sei o que me esperaria em casa. Tenho mais coisas acontecendo aqui, o que não quer dizer muito, mas eu deveria ao menos terminar o que comecei.

De repente, Tristan pega as cartas e sai correndo. Acho que ele está brincando e que vai parar a qualquer minuto, mas não é o que acontece. Atravessa a rua, quase é atropelado, e vira a esquina. Pego minhas coisas e saio atrás dele. Estou sem fôlego quando chego ao fim da rua e o vejo na frente do café Insomnia, ao lado da grande caixa dos correios, um sorrisinho no rosto e os envelopes no meio do caminho para a caixa. Ele os balança de maneira ameaçadora perto da abertura.

Estou tão sem fôlego que sinto como se fosse desmaiar. Eu me inclino para a frente, com as mãos no joelho. Tonta.

— Nunca mais vou beber — digo.

— Famosas últimas palavras — diz ele com um sorriso. — Vem cá.

Estico as costas.

Ele não está mais pendurando as cartas de maneira provocadora na abertura da caixa, mas as estendendo para mim.

— *Você* precisa fazer isso. Poste-as. Termine o que começou.

É como se ele tivesse lido a minha mente mais cedo. Como poderia saber. Ele não sabe, foi só sorte, coincidência, mas basta para mim. Pego os envelopes e os coloco na caixa, um por um, com um sorriso crescendo no meu rosto a cada vez. Três pessoas, mandando meus desejos para o universo. Só postando cartas, na verdade, mas dá no mesmo.

— E agora? — pergunto, me sentindo eufórica, meu coração martelando de empolgação e não só por conta da corrida.

— Agora você espera por uma resposta — diz ele.

— Ah. — Eu me sinto murchar.

— Não. Que esperar o quê? — diz ele, mudando de ideia. — Essas cartas foram só para três pessoas, não foram? E a que você rasgou?

— Ainda estou trabalhando nisso. É meio que um processo demorado.

— Você vai me dizer para quem é? — pergunta ele.

— Talvez. Um dia.

Ele me olha intensamente, depois olha para o relógio.

— Você ainda está no seu intervalo? — pergunta.

Olho a hora.

— Faltam quinze minutos.

— Quer fazer um tour pelo escritório? — pergunta ele, para minha surpresa.

# DEZENOVE

— Esse é o Andy — diz Tristan quando enfiamos a cabeça para dentro do primeiro escritório à direita.

Estou do lado de dentro, enfim. Dou uma boa olhada ao redor, finalmente capaz de adentrar o misterioso prédio do Cockadoodledoo. Pé-direito alto, lareira de mármore branco. Eu me pergunto se eles podem acendê-la ou se botariam fogo numa família de pombos caso o fizessem. Há velas de aparência cara alinhadas sobre a cornija, cera branca pura em vidro. Paredes cobertas com painéis. Duas estações de trabalho com mesas brancas e computadores Mac brancos enormes. Chão de madeira escura polida. Um tapete branco felpudo. Olho para tudo no cômodo antes de olhar para Andy.

Andy me olha com cautela.

— Ah — digo, percebendo que é. — Andy é o seu guardião do estacionamento.

— Meu o quê? — pergunta Tristan com um sorrisinho.

— Algumas empresas contratam pessoas para isso. Uma equipe, ou no seu caso uma pessoa, para mudar os carros de lugar de tempos em tempos, ou para renovar o bilhete do parquímetro.

Tristan dá uma risada.

— Que guardião de estacionamento mais fofo eu tenho.

Andy não gosta da descrição. Ele se recosta na cadeira de couro, balançando da esquerda para a direita, as pernas abertas para comunicar que seu pênis e suas bolas são enormes demais para permitir que feche um pouco as pernas.

— Sou vice-presidente executivo de produção e desenvolvimento da Cockadoodledoo Ltda. — diz ele num tom preguiçoso.

— Uau! — digo, sem emoção. Não estou impressionada. O que o incomoda. O cargo dele é feito para impressionar.

— Cadê o Ben? — pergunta Tristan.

— Ele deu uma saidinha — diz Andy, rolando uma página no computador.

Dou um passo para trás a fim de olhar a tela. Carros esportivos.

— Mas ele tem o telefonema com a Nintendo essa tarde — diz Tristan.

— Acho que eles adiaram para amanhã — diz Andy, ainda sem tirar os olhos da tela.

— Não, eu falei com eles hoje mais cedo — retruca Tristan. — Eles estavam prontos. Levei literalmente meses para marcar essa conversa.

Andy dá de ombros, o que me irrita; não consigo imaginar o que faz com Tristan.

— Parece que o Ben cancelou a reunião — digo, e Andy me lança um olhar de raiva, como se eu tivesse dedurado o amigo dele, porque suas respostas arrogantes estão o ajudando muito a esconder a verdade.

— O que tem ali dentro? — pergunto, olhando para as portas duplas emolduradas. Brancas, é claro. Com essa dor de cabeça, a claridade deveria doer, mas é tranquilizadora. Talvez seja branco-envelhecido. Cinza. Não sei.

— Vou levar você lá — responde Tristan para mim. — Será que você pode dizer para o Ben me procurar quando ele voltar e tiver um tempinho? — pede Tristan, com a voz suave, amigável demais, baixa demais, dando a Ben um milhão de motivos para não dar a mínima.

— Claro — diz Andy, com toda a atenção na tela do computador.

Tristan lança um olhar furioso para as costas dele antes de me levar para o cômodo vizinho. O telefone na mesa da Jazz, no corredor, está tocando. Ela não está lá. Tristan ignora e gira a maçaneta. Está trancada. Ele tenta forçá-la com o ombro e bate na porta, mas nada acontece. Dá para ouvir as pessoas lá dentro. O telefone da recepção continua tocando. Ele atende.

— Cockadoodledoo Ltda.

Enquanto diz isso, um grito coletivo vem do cômodo trancado. Ele enfia o dedo no ouvido para escutar o que está sendo dito no telefone.

— Ela não está aqui agora... ah, é, tá. Deixe eu anotar.

Ele procura uma caneta e um papel na mesa. Encontra um grande envelope pardo que eu reconheço. Outro grito vem do cômodo trancado.

— O quê? — pergunta ele, o rosto todo franzido de frustração, voltando a tampar o ouvido livre. — Um horário na manicure, ah tá.

Ele anota o recado, então desliga, seu rosto tomado por irritação. Ainda segurando o envelope, sai pisando forte em direção à porta trancada, tenta abri-la de novo, então a esmurra com os punhos quando não recebe uma resposta imediata.

Ela finalmente é aberta. Um pug sai correndo lá de dentro e segue pelo corredor em direção aos fundos do prédio. Sigo Tristan para dentro, tirando o quepe, a jaqueta e o colete refletivo. O cômodo é enorme, profundo, comprido, com uma cozinha ao final, levando ao jardim. Um pátio imaculado. É outra imagem tirada diretamente de uma revista de paisagismo, com pufes coloridos dispostos por todo o piso. Espelhos e molduras pendurados nas paredes de concreto, um sonho instagramável. Mas o mais fascinante é o cômodo onde estamos. As paredes são cobertas por fliperamas vintage. Conto oito pessoas reunidas ao redor de uma máquina em particular.

Pac-Man.

— Vai, Niallo.

Como se ele estivesse competindo pelo ouro nas Olimpíadas.

Jazz está lá. Longas unhas amarelo-fluorescentes, bermuda de ciclista e um casaco de moletom com capuz largo. Botas pretas. Parece uma propaganda da Boohoo.

— O que está havendo? — pergunta Tristan, mas eu sou a única que o ouve porque eles gritam de novo e Niallo se afasta do fliperama, com as mãos na cabeça.

Estão jogando Pac-Man. Seria de se esperar algo como Street Fighter, mas, não, todo esse drama e essa testosterona por Pac-Man.

Eles finalmente se dispersam e erguem o olhar para Tristan, e eu espero que deem a mínima para o fato de que o chefe os pegou no flagra, mas isso não acontece. Não consigo definir se ele está irritado por não ter participado do jogo ou porque eles não estão trabalhando. Seja qual for a razão, não parecem se importar, e começam a inteirá-lo animadamente sobre as pontuações de cada um e quem é o próximo a jogar.

O telefone toca no corredor, na mesa da Jazz. Ela não se mexe. Lança um olhar suspeito para mim.

— Jazz, o telefone — diz ele suavemente. Seu tom é notável.

— Vamos. — Vira-se para mim. — Vou mostrar o resto para você.

— Se você vai para lá, atenda você mesmo — diz Jazz tranquilamente.

Ele atende ao telefone. Eu suspiro. Pau-mandado. Eu me afasto, sigo pelo corredor. Uma escada leva para um andar abaixo. Desço os degraus. Dou um tour a mim mesma. O porão é separado em cubículos. Olho os cômodos e vejo computadores com cadeiras, fones de ouvido. As portas têm isolamento acústico e são decoradas com foto, bichinhos de pelúcia, cartões-postais, descansos para copos de cerveja engraçadinhos, itens pessoais. Como se cada unidade de isolamento tivesse sido personalizada.

— Estações de games — diz ele, subitamente atrás de mim. — É aqui que testamos os jogos e filmamos para o YouTube.

Então noto as câmeras do lado de dentro, presas aos computadores. Mais animais de estimação perambulam pelos corredores.

O gato que já vi antes e outro cachorro. Todos os cômodos estão vazios. Não tem absolutamente ninguém trabalhando neste prédio. Subimos a escada para o térreo, depois para outro andar. O pug tenta nos alcançar e dispara por entre minhas pernas. Só tem dois escritórios no andar de cima.

— Esse é o escritório do Tio Tony. Quero apresentar você para ele — diz Tristan, batendo na porta e entrando.

Não tem ninguém lá dentro. Um grande escritório que ocupa a parte da frente do prédio, com uma vista deslumbrante. Acima dos clubes de tênis. Do mar. Aquele que me lembra de casa. Vejo meu banco no canto. Vejo uma grande parte da minha área. Dali de cima daria para me observar andar pela cidade como um rato num labirinto.

— Ele deve voltar em breve — informa Tristan, nos guiando até o escritório dele.

Não é tão impressionante. Fica nos fundos, com vista para telhados e chaminés, as partes mais feias da vila, as áreas de serviço. Os fundos das cozinhas, salões e lojas. Estacionamento de funcionários, becos e contêineres de lixo. Não é uma vista péssima, nem um pouco. Consigo ver o salão de beleza, a marina, o estuário. Uma van com pisca-alerta em faixas duplas amarelas.

— Olhe só pra você — diz Tristan, rindo. — Parece um predador sentindo cheiro de sangue.

Eu me sento no sofá de couro e olho para todas as coisas dele ao redor. Não é nem de longe tão caprichoso e arrumado quanto o resto do prédio. Ele tem uma mesa de trabalho, um escritório. Não o conheço bem, mas sinto que combina com ele. Bonecos dos Vingadores. Produtos oficiais. Frases de gamers emolduradas na parede, tipo *Sou gamer, eu não morro, eu reinicio*. Pilhas de documentos sobre a mesa. Um monte de computadores; um Mac grande, dois laptops, uma TV grande de tela plana na parede, uma torre de computador, PlayStation, Nintendo, Wii, Xbox, um banco de motorista com volante na frente de uma tela plana enorme e alguns outros consoles que eu não reconheço. Ele tem alguns modelos antigos empilhados em estantes bagunçadas, um Nintendo e um Game Boy dos anos noventa, tudo atualizado e substituído com o tempo, mas guardado. Honrado, até. As paredes têm pôsteres emoldurados do Mario Brothers, Sonic, o ouriço, Call of Duty, GTA, Pac-Man, Tetris. Todas as coisas que dão tesão nele. As prateleiras são cobertas de livros de empreendedores — *Ensaios de Warren Buffet, Os 7 hábitos das pessoas altamente eficazes, A marca da vitória, O maior vendedor do mundo, A startup enxuta* —, o que explica a regurgitação dele acerca de Jim Rohn. Atrás da mesa tem uma grande gravura de um computador antigo com gráficos rudimentares.

— Space War — diz ele. — O primeiro jogo de computador inventado. A plataforma é uma PDP-1. Foi criado em 1962 e influenciou os primeiros jogos de fliperama comerciais.

Ele está animado, falando com empolgação. Ama seus videogames e fatos.

— Esse é meu cômodo favorito — digo.

— Valeu.

— Você claramente está se saindo bem para ter um lugar desses. Para empregar todas essas pessoas.

— Eu realmente me saí bem. Mas estamos só começando. Estamos desenvolvendo nossos próprios jogos, mas ainda estão nos estágios iniciais.

— Bem empolgante — digo.

— É... Eu precisava crescer profissionalmente. Sempre tive ideias sobre jogos, fui guardando-as ao longo do tempo. Acho que cheguei o mais longe que dava como YouTuber. É uma arena competitiva para caramba. Sinto que agora é o momento perfeito para evoluir para meu próprio negócio. Tio Tony foi o cérebro, me via jogando no YouTube o tempo todo e enxergou as possibilidades antes de todo mundo. Conseguiu os apoios, os patrocínios, as campanhas de divulgação, todas essas coisas. Conseguiu com que eu evoluísse de um garoto que gostava de jogar videogame para... bem... — Ele abre os braços para mostrar os arredores.

— Para um garoto mais velho que gosta de jogar videogame — completo.

Ele dá uma risada.

— É, talvez. Um garoto mais velho que gosta de desenvolver jogos de videogame. Jogos bem-sucedidos, eu espero... Tony acha que eu deveria ter continuado como eu estava, sabe? Galo no YouTube, só jogando os jogos de outras pessoas. Mas eu tive que tentar. Arrisquei. Agora precisa dar certo.

As aulas de administração e as citações inspiradoras subitamente fazem sentido para mim.

— E como está se saindo? — pergunto.

— Para ser sincero, devagar. Eu esperava que a essa altura já tivesse lançado o primeiro jogo. Não está indo tão rápido quanto eu pensei.

— Por que será? — questiono.

Ele não percebe meu sarcasmo.

— Acho que é só a realidade dos negócios — diz ele.

— Acho difícil ir rápido quando seus funcionários estão ocupados num torneio de Pac-Man.

— Ah, isso. Bem... — Ele dá de ombros, então seu rosto se ilumina. — Quer ver alguns jogos que estou desenvolvendo? — pergunta ele, animado.

Ele revira suas coisas que nem um garotinho me mostrando os brinquedos no quarto, falando rápido e apressadamente sobre ideias e como elas não estão certas, mas estão quase lá.

— E, por favor, me dê sua opinião sincera, mas o sangue e as tripas nesse precisam melhorar e eu estava pensando em literalmente explodir cabeças, mas sendo mais Tarantino e fazendo uma animação em vez de realístico, porque a idade é, bem, eu não sei, ainda estamos debatendo. O som desse personagem veio literalmente de um triturador de pia, esse cara é baseado no meu professor de física que era um monstro.

E lá vai ele. Mudando de USBs para CDs e abrindo e fechando dispositivos, passando de uma configuração para outra com um controle remoto e depois outro.

Eu deveria voltar para o trabalho, mas realmente não quero. Mesmo a van com o pisca-alerta ligado não me tenta. Recosto a cabeça no sofá de couro e fecho os olhos enquanto ele se senta ao meu lado e joga, dizendo coisas como:

— Não vai ser ruim assim, e esse cara vai ser mais musculoso, ter um pescoço mais grosso, acho que ele deveria ser careca, talvez com uma tatuagem no pescoço. Uma teia ou uma aranha, ou algo assim, ainda não me decidi. E esse vai ter uma música diferente e esse cara vai ser uma garota, e aquele carro vai ser um helicóptero que pode se transformar num barco e aqui você vai ter seu inventário e ali você vai pegar a bomba, mas não vai ter isso e vai ser mais daquele jeito.

Eu poderia passar o dia aqui. Lembro dos vídeos do Galo aos quais assisti no trem de Kerry; ele está bem aqui, ao vivo e em cores, falando com a mesma empolgação esbaforida. Tantas palavras, pouco tempo para dizê-las. Mais adulto, mas não exatamente. Voz mais grave. Ainda com o mesmo entusiasmo infantil. De repente, ele fica quieto e eu abro os olhos. Ele está me olhando.

— Estou entediando você? — pergunta ele com a voz suave.

— Nem um pouco. É a ressaca.

— Eu gostaria de saber o que você aprontou ontem à noite — diz ele, sorrindo.

Penso no cara com quem fui para cama. Não consigo visualizar o rosto dele. Mas consigo ver outras partes dele. Fico enjoada.

— Não — digo —, você realmente não gostaria.

— Ele era tão ruim assim? — pergunta ele, adivinhando. — Vai encontrá-lo de novo?

Eu olho para ele, avaliando-o. O que ele pensaria de mim se eu dissesse que transei com um estranho, um cara que não conheço e de cujo nome eu não me lembro? Que está longe de ser a primeira vez que faço isso. O que ele pensaria se eu dissesse que poso nua por dinheiro? Será que me acharia nojenta? Será que eu destroçaria o mundinho inocente de videogames dele? Peter Pan jogando com seus meninos perdidos. Mas ele também tem um quê de perdido. Eu me sinto à vontade com ele.

— O que foi? — pergunta.

Nossos rostos estão tão próximos que sinto o hálito dele na pele. É quente. Sinto cheiro de café.

— Eu só estava pensando em você como essa figura estilo Peter Pan, que tenta crescer, mas é como uma espada de dois gumes. Você precisa manter uma parte da sua infância, sua imaginação, para poder fazer todas essas coisas de videogames, mas ao mesmo tempo precisa crescer ou vai acabar entregando a melhor vista para todo mundo ao seu redor.

— Nossa — diz ele, num sussurro. — Você deu o troco.

— Não era minha intenção.

Ele fica em silêncio. Não sei no que ele está pensando. Outro insulto para mim. Estou esperando qualquer coisa. Mas dessa vez estou relaxada. Sei que não terá intenções maliciosas.

— Você ficou bêbada ontem à noite porque estava chateada com o que aconteceu na agência de correios? — pergunta ele, preocupado.

— Provavelmente.

— Minha culpa de novo — diz ele, aborrecido consigo mesmo.

Não o corrijo, não tenho energia para ficar massageando o ego dele e desatando nós de sensibilidades.

— Para quem era a carta que você rasgou? — pergunta ele.

— Minha mãe — respondo com um suspiro.

Ele me olha, esperando mais. Olhos azuis como centaureas. Pena que os esconde por baixo do boné brega.

— Eu nunca a conheci — explico. — Ela foi embora assim que eu nasci. Papai me criou. Eu nunca senti falta dela, nunca pensei nela de verdade. Bem, eu pensava, mas não de uma maneira que me fazia querê-la. De uma maneira em que eu provava manjar turco e gostava, mas todo mundo detestava, e eu me perguntava se minha mãe gostaria. Ou vendo um programa de TV e me perguntando se ela também gostava dele, se também o estava vendo na mesma hora, se estávamos vendo e ouvindo a mesma coisa. Coisas aleatórias assim. Mas eu nunca a quis. Nunca precisei dela. Até que, de repente, isso mudou. E eu a quis.

— Por causa do que eu disse sobre as cinco pessoas? — pergunta ele.

— Não. Foi antes disso. Foi por causa dela que eu me mudei para cá. Eu vim encontrá-la.

Os olhos dele se arregalam.

— Ela mora em Malahide.

— Carmencita Casanova — digo. Meu coração bate mais rápido quando digo o nome dela em voz alta. Quando o admito. O segredo da família, jogado no mundo grande e cruel.

Ele franze a testa, percebo que o nome o lembrou de alguma coisa.

— Casanova — diz ele. — O salão de beleza!

— É, é dela. Ela é a dona. Mas nunca diga nada a ela sobre mim, ela não faz ideia de quem eu sou. Quem eu sou de verdade. Já falei com ela três vezes — explico. — Uma vez ela disse bom dia, na segunda ela me viu verificando a licença comercial dela e ficou preocupada que houvesse algo errado. Ela saiu do salão. Não consegui respirar, não sabia o que dizer, fiz papel de boba. Mal consegui formar uma frase.

Me encolho de vergonha ao lembrar dos meus balbucios.

— E na terceira vez? — pergunta ele.

— Na terceira vez estava chovendo, ela disse — e eu imito o sotaque espanhol dela: — é bom que rega as plantas. Ouço o tom dela claramente na minha cabeça. Eu o ouço em dias úmidos, repetidamente.

— Fofo — diz ele, sorrindo. — Há quanto tempo você está aqui?

— Seis meses.

— E ela ainda não sabe quem você é?

— Não comece você também. Todo mundo na minha cidade natal ficou me perguntando sobre ela. Meu pai, minha amiga, meu ex.

— Ele queria que você viesse para cá? — pergunta ele.

— Meu ex? Não, eu terminei com ele para me mudar para cá. E agora ele está trepando com a minha melhor amiga.

Ele ri, então pede desculpas.

— Estava falando do seu pai.

— Ah. Logo antes de ir embora, eu perguntei o que ele achava. Se eu estava fazendo a coisa certa, e ele disse que "provavelmente não".

— Então, ele é a sua pessoa honesta.

— Com certeza.

— Que bom que você rasgou a carta para ela — diz ele. — Não sei o que você escreveu, mas não seria a melhor maneira de entrar em contato com ela; você nunca saberia se ela abriu a carta ou se a recebeu, há variáveis demais. Então sua ressaca não foi em vão. Mas eu entendo o seu lado, você não tem como simplesmente sair entrando no salão e dizer, "Oi, eu sou sua filha". Muito bem — ele tamborila com os dedos no tênis Prada —, qual é a melhor maneira de nós fazermos isso?

Sorrio pelo uso do "nós".

Ele me avalia, nossos rostos muito próximos.

— Você se parece com ela? — pergunta ele, e é como se estivesse me escaneando com o olhar em busca de comparações. Sinto minha pele se arrepiar sob o olhar dele. — Você não acha que ela teria adivinhado quem você é? Eu já a vi algumas vezes. Quer dizer, você tem cara de espanhola. E a sua idade...

Fico em silêncio.

— Fale — diz ele.

— Como você sabe que eu tenho algo para falar? — pergunto, surpresa.

— Quando é que você não tem algo para falar? — responde ele.

— Tá bom. Algumas pessoas se veem em outras pessoas, veem as similaridades, enquanto outras só veem as diferenças. Sinto que ela é do tipo que não se vê em mim. Mas, por causa disso, eu achava que ela me reconheceria assim que colocasse os olhos em mim. Porque, quando eu olho para mim mesma, eu não a vejo, eu vejo as sardas do papai.

— Galo, amor. — A porta é escancarada e Jazz entra apressada. — Ei. — Ela olha para nós dois no sofá, as cabeças próximas, os lábios ainda mais próximos, sem fazer nada de verdade, mas não parece bom.

Estamos tendo uma conversa íntima sobre como eu devo abordar minha mãe há muito tempo perdida, impossível não ter um clima. Mas eu estou cagando, especialmente porque ela acabou de chamá-lo de "amor" e confirmar que eles estão juntos, o que é tão previsível e irritante. Ela é péssima funcionária, mas é gata. Por que mais estaria aqui? Ele dá um impulso para a frente, como se tivesse sido flagrado fazendo alguma coisa errada. Faz a situação parecer pior do que é de verdade.

— Eu só estava mostrando à Allegra o novo jogo de destruição — diz ele com nervosismo, assentindo para a imagem pausada, ansiosamente, delicadamente. É patético.

Ela olha para mim. Dou um sorriso.

— Eu gostei — digo. — Mas vai ficar melhor quando os órgãos caírem dos corpos e entrarem em combustão espontânea.

Ele solta uma risada pelo nariz porque nem mencionou nada sobre órgãos explodindo.

— Então... Katie e Gordo vão se casar — diz ela, com os olhos arregalados. — Uma porra de um casamento de verdade. — Ela se senta no apoio de pé na frente dele, colocando uma das pernas longas e reluzentes dela de cada lado das pernas dele. — E adivinhe só onde vai ser o casamento.

— Não sei.

— Galo, adivinhe.

— Ela é de Kells, não é? Então…

— Ibiza, amor — diz ela, soltando uma risadinha empolgada, a boca aberta numa comemoração silenciosa.

Isso tudo é nojento e eu preciso cair fora.

— Obrigada pelo tour, Tristan — digo, me levantando.

— Tristan? — diz Jazz com desdém. — Ninguém chama ele assim. Só a mãe dele.

— Bem, ela é quem sabe, não é? — digo tranquilamente. — E Galo agora é um garoto grandinho, então ganha um nome de garoto crescido. — Olho para ele. — Lembre-se de avisar Jazz que o horário dela na manicure mudou. — Pego o envelope pardo que ele está carregando sem perceber desde que anotou a mensagem no andar de baixo. — E, opa, não esquece de mandar isso. — Eu o largo na mesa.

Tristan espia dentro do envelope e desliza os documentos para fora. É o formulário de estacionamento.

— Jazz — diz ele com um suspiro.

— Eu encontro a saída sozinha — digo.

— Maneiro. Não esquece seu colete refletivo — diz Jazz.

Que merda de dia.


Nunca fiquei tão satisfeita em ver Paddy quanto no fim do expediente de hoje, quando ele encosta o carro no ponto de ônibus na frente da igreja da Main Street.

— Entra. O que houve aqui? — pergunta ele, olhando com preocupação para todas as janelas.

A multidão me encara enquanto eu entro no carro.

— Eles parecem irritados, Allegra.

— Eles estão irritados, Paddy.

— O que você fez?

Suspiro.

— Um cara encostou o carro no ponto de ônibus. Eu o multei. Ele ficou quatro minutos ali com o pisca-alerta ligado.

— Isso foi gentil da sua parte.

— Foi o que eu achei — digo.

Mas não acho que Paddy realmente considere que eu fui correta. Ele é o tipo de cara que entra em cafés e lojas em busca dos infratores de estacionamento para avisá-los de que o bilhete expirou em vez de multá-los. Paddy é uma figura popular pela vila. Eles odeiam quando o turno é meu, e eu não dou a mínima.

— Não existe tempo de tolerância para esse tipo de malandragem — diz ele. — Você fez a coisa certa. Qual foi a desculpa dele?

— Ele parou para ajudar uma senhora que tinha caído — digo. Ele dá uma risada pelo nariz.

— Conta outra.

— Era verdade.

— E você o multou? — pergunta ele, me olhando, surpreso.

— Paddy, você foi meu supervisor, você mesmo me treinou e disse: sem misericórdia, nós somos pagos para aplicar a lei de maneira imparcial. Queremos garantir que o trânsito flua e os motoristas façam a coisa certa, queremos garantir que tudo esteja perfeito, não nos distrair pela compaixão.

— É, eu sei, eu sei — diz ele em voz baixa.

— As pessoas sentiriam a nossa falta e as estradas seriam um caos... — Repito tudo o que ele me ensinou. — O cara surtou legal, eu falei para ele recorrer, é para isso que serve o sistema. Eu só estava fazendo meu trabalho.

Ele fica em silêncio, e eu sinto seu julgamento.

— Eu emiti um monte de multas hoje. Você também? — pergunto. — Por todo o estuário. Daria para jurar que todo mundo pensou que fosse domingo. Todo mundo quer alguma coisa de graça.

Paddy fica quieto, pensativo.

— Você verificou se o parquímetro estava funcionando? — pergunta ele.

Merda. Tenho vontade de me chutar. Erro de amador.

— Quantas multas? — pergunta ele.

— Dez, talvez mais.

— Eles vão recorrer — diz ele. — É para isso que o sistema serve.

Ele nem está tentando ser engraçado.

Ele me deixa em casa e, antes de sair, diz:

— Allegra, não há dúvida, você fez um bom trabalho, entendeu as regras. Mas às vezes, só às vezes, precisa abrir exceções para as pessoas serem humanas.

— Mas, Paddy, esse é o problema. É essa parte que eu não entendo. A parte humana.

— Eu não tenho como dar a você um regulamento para essa parte. — Ele sorri.

Enquanto dá meia-volta com o carro, eu me pergunto o que vou pedir para jantar enquanto estou cuidando dos meninos e tento ignorar o quanto me sinto sozinha. Acontece às vezes.

Ressaca de merda.

Paddy abaixa o vidro enquanto se afasta.

— Vou dar um churrasco no domingo, para o meu aniversário, quer ir?

Ele já me chamou para algumas coisas antes. Como nunca fui, ele parou de me chamar. Mas talvez tenha percebido meu estado de espírito. Assinto e sorrio, grata.

— Obrigada, Paddy.

— Você já ouviu aquela sobre o guarda de estacionamento? — pergunta. — Enquanto estava sendo fechado no caixão, ele retomou consciência e esmurrou a tampa para ser solto. "Sinto muito", disse o agente funerário, "mas agora a papelada já foi assinada".

Nós dois rimos.

— Depois eu mando uma mensagem sobre domingo. — Ele acelera, com o braço para fora da janela numa despedida grandiosa.

# VINTE

Mais tarde naquela noite, depois de horas jogando e mostrando os vídeos do Galo às crianças, que não se interessaram tanto quanto eu esperava porque ele não joga a última temporada atualizada de Fortnite, eu os coloco para dormir e baixo o Instagram. Hora de criar uma conta. Tenho contas no Facebook e Twitter, nas quais nunca posto nada, só uso para ver o que as outras pessoas estão fazendo. Muito de vez em quando, quando estou no clima, posto um comentário. O mais divertido é irritar quem se ofende com tudo.

A maioria das pessoas da escola tem contas privadas no Instagram, mas muitas não. Elas exibem suas vidas com todo prazer: viagens, programas noturnos, citações motivacionais favoritas. Estou procurando por Daisy Starbuck, cujo perfil se chama Nômade Feliz. A foto de perfil é uma foto dela sorrindo alegremente com desfiladeiros ao fundo. Fora da Irlanda. Em algum lugar exótico. Em algum lugar longínquo. Uma brisa sopra alguns fios do cabelo loiro dela no rosto. Ela não olha para a câmera e tem um enorme sorriso de boca aberta, que revela seus dentes perfeitos e pele reluzente. Transbordando felicidade, confiança, liberdade. Na biografia dela se lê: *Aqui. Ali. Em todo lugar. Feliz.*

Daisy era do meu ano na escola. Ela era enorme. Não em tamanho, mas em personalidade e caráter. Para mim, ela brilhava, se destacava em qualquer lugar. Todas as alunas gostavam dela, até as escrotas. Todas as professoras gostavam dela, até mesmo as escrotas. No ano de transição entre o ensino fundamental e o médio, ela estrelou como a protagonista de *Grease*, quando nos juntamos com o internato para meninos para a produção anual. Eu trabalhei nos bastidores. Ela acabou namorando Finn, que fez o papel de Danny. Eles eram um casal fofíssimo, do tipo que você tem certeza de que vai acabar se casando. Mais maduros e estáveis do que todo mundo, eles saíam para jantar em encontros de verdade e agiam como adultos. Eles terminaram no último ano, logo antes das provas finais, porque os pais dela estavam preocupados com o fato de que o relacionamento deles era sério demais e queriam que ela focasse nos estudos. Todas as alunas do nosso ano sentiram como se também tivessem terminado um relacionamento. Acho que ele ficou tão arrasado que precisou repetir as provas. Não sei bem se eu queria ser ela, mas queria assistir à vida dela como se fosse um filme favorito e ouvi-la sem parar como se fosse uma música favorita. Ela tinha um efeito magnético, atraía as pessoas para perto, mas, ao contrário das outras garotas populares, não tirava proveito desse poder e lealdade. Ela era legal e gentil. Nunca fui amiga dela, nunca fiz parte do círculo mais íntimo, mas, agora que sei o que sei por causa de Tristan, eu me pergunto o que estar nesse círculo teria feito por mim. Talvez, naquele grupinho fechado e solidário de cinco pessoas que acabaram fazendo exatamente o que queriam na universidade e sabe-se lá o que mais depois disso, talvez eu pudesse ter pegado um pouco dessa aura e me tornado policial.

Eu não a vejo desde a nossa festa de formatura, mas já pensei e me perguntei sobre ela muitas vezes.

Não posso simplesmente ficar de braços cruzados esperando que Amal, Katie e Ruth respondam às minhas cartas. Preciso das minhas cinco pessoas o quanto antes. Preciso ser quem quero ser o quanto antes. Não tenho tempo para o desenvolvimento natural, preciso acelerar essa evolução. É hora de buscar ajuda.

Por mais que Daisy sempre tenha sido gentil, eu não espero que se lembre de mim ou faça amizade comigo instantaneamente.

Preciso guiá-la até mim, atraí-la. Vasculho a internet em busca de fotos de viagem, amadoras, mas impressionantes, copio e colo minhas favoritas na minha conta e as salvo como rascunho.

Passo um tempo pensando em legendas que alguém como Daisy gostaria; em geral, frases humildes e inspiradoras. Sempre positivas, mas não a ponto de serem melosas. Ela é bem-humorada também, mas sem dúvida é alguém que está em busca de si mesmo e fazendo um bom trabalho na busca.

Dispenso as citações motivacionais bregas e tento encontrar o equilíbrio feliz. Preciso manter uma parte de mim também, do contrário não vou conseguir manter o disfarce. Encontro uma foto de um pôr do sol em Valentia. Legenda: *Casa*. Emoji com carinha feliz e contente.

Penso na minha caminhada matinal para a vila, o caminho por entre as árvores, e posto uma foto de um raio de sol por entre um túnel de árvores. Legenda: *Respire*. Emoji de uma menina fazendo ioga.

Encontro uma foto de um café e um waffle belga, segurados por uma mão que poderia ser minha. Eles estão sobre uma bela mesa de mosaico com flores e uma pequena vista desfocada de água e verde ao fundo. Sentada do lado de fora. Legenda: *Hora do mimo*. Um emoji de bolo e um de uma carinha com a língua para fora.

Mas preciso mostrar que sou divertida.

Encontro a foto de um casamento numa praia. É do site de um hotel anunciando casamentos. Não faço ideia de quem sejam aquelas pessoas, provavelmente são modelos, faço o post. Legenda: *Criando lembranças com amigos. Dia incrível.* Emoji de mãos em reza.

Para um humor cotidiano animal, encontro uma foto de um castor bebê parecendo que caiu no chão com a legenda *Que barragem* e, então, posto um comentário *Boa segunda, galera*. Eu odeio trocadilhos. São meu tipo de piada menos preferido, mas ela parece gostar. Vai servir.

Olho para minha coleção de rascunhos salvos. Sinto falta de algo divertido. Algo que diga que eu sou a garota com quem você quer sair à noite. Algo que não diga que eu transo com desconhecidos que me pintam pelada. Encontro uma foto ligeiramente safada de um grupo de amigos pulando numa piscina à noite; todos os caras estão mostrando a bunda no ar. Legenda: *Esses caras!* Emoji com olhos de maluco e língua para fora.

Nome do perfil: Sardas. Biografia: *Você é a média das cinco pessoas com quem mais convive.*

Olhando para as fotos, eu pareço o tipo de garota com quem alguém feito Daisy gostaria de conviver. Posto todas. Sigo Daisy e olho as postagens dela, curtindo algumas fotos, comentando em outras, usando emojis das mãos agradecendo aos céus nas que eu acho que ela sente um orgulho especial, cheias de vistas pitorescas e curtidas.

Então, assim como fiz quando mandei as cartas, eu espero.

Quando Donnacha e Becky voltam, estou dormindo no sofá. Dou um pulo quando ouço a chave na porta da frente e tento me recompor. Estou com uma cara péssima, tive sonhos bêbados revivendo a noite anterior com o cara misterioso e me sinto com a garganta seca, suada e desorientada.

— Tudo bem? — pergunta Becky.

— Aham, tô bem, obrigada — murmuro meio dormindo. — Só cansada.

— Eu quis dizer com as crianças.

— Ah, tá. Sim, tudo bem.

Tento dobrar a manta de caxemira e deixá-la do jeito que costuma ficar, estilosamente jogada sobre o canto do sofá, mas não tenho jeito para isso. Assim que a posiciono, Becky a pega e ajeita. Nem acho que ela percebe o que está fazendo.

— Eles foram dormir às nove — digo. — Li um livro para eles. Não encontramos *Banana, o chimpanzé*, então fiquei com Cillín até ele pegar no sono.

Ela exala um cheiro de álcool e um leve odor de cigarro. Ambos parecem perturbados. Donnacha pega um copão d'água, então ricocheteia do corrimão para parede ao subir a escada, como se estivesse num barco. Talvez seja minha imaginação, mas sinto que há uma torta de climão entre eles. Uma tensão. Talvez ele tenha ouvido nossa conversa hoje de manhã quando estava no banheiro. Talvez não seja um idiota e saiba quando a esposa está dando para outro homem na própria casa. Nada como beber demais para resolver um problema conjugal.

— Por acaso ele comentou alguma coisa com você sobre... — pergunta ela, baixinho.

— Nada — respondo, pegando minha bolsa. E desejo que ela pare de trazer esse assunto à tona e de me fazer sentir como se estivesse conspirando com ela. Dou boa noite e saio. Enquanto avanço pelo caminho de pedras de arenito até a academia, sinto que estou sendo seguida, então me viro e vejo a raposa disparar para a escuridão.

— Oi, Trimble — sussurro, e pego um pacote de amendoins na minha bolsa.

Salpico alguns pelo jardim secreto. Ele é só nosso agora. Para a privacidade da família. Eu me mantenho afastada, e a raposa lentamente se aventura para dentro do jardim secreto. Quando me vê, ela para. Não me mexo. Não sou uma ameaça. Ela cheira os amendoins. Faz uma escolha. Ela se esgueira para a frente, mantendo o olhar em mim o tempo todo, e come enquanto a observo. Meu celular toca de repente e a raposa sai correndo.

Dou um grunhido de irritação e atendo.

— Você não parece muito feliz — diz papai.

— O toque do celular espantou a raposa.

— Que raposa?

— Tenho alimentado uma raposa no jardim.

— Você não deveria encorajá-la, Allegra.

— Assim como você não deveria encorajar o cordeiro.

— Um cordeiro não é uma raposa. Uma das lições mais importantes que eu pensei ter ensinado a você, Allegra, é a reconhecer a diferença.

— Eu sei a diferença entre um cordeiro e uma raposa, obrigada.

— Parece que não. — Ele faz uma pausa. — Enfim, estou ligando para dizer que falei com Pauline e ela queria me dizer que a política, é...

— Ruth Brasil — digo depressa, animada.

— Isso, Ruth Brasil esteve no Mussel House nesse período de Páscoa e Pauline entregou sua carta a ela. Que negócio é esse, Allegra?

Eu danço pelo quarto escutando papai tagarelar sobre como eu estava fazendo amizade com raposas e escrevendo para políticas e como ele realmente queria que Pauline tivesse me contado isso diretamente e talvez eu esteja certa, talvez ela esteja me evitando e blá-blá-blá.

Quando acordo de manhã, olho o Instagram antes mesmo dos meus olhos se descolarem e vejo um número um vermelho ao lado da seta, sinalizando uma mensagem.

Nômade Feliz disse: *Sardas! Tão bom ter notícias suas.*

Isso! Eu dou um soco no ar e pulo para fora da cama.

É uma bela manhã. Está claro, ensolarado, quente; uma onda de calor, dizem. A primeira semana de maio. Cerejeiras florindo. Até dou oi para o homem de terno, mochila e andar confiante. Ele fica confuso, como se achasse que o confundi com outra pessoa. Mas tudo bem. Sorrio para a corredora. Ela sorri de volta. Faço carinho no dogue alemão. Pergunto ao dono quantos anos ele tem. Três anos. Qual é o nome dele. Tara, diz ele. Nós rimos.

— Bom dia.

— Bom dia.

— Que bela manhã — digo para o velho e seu filho.

Saltito para meu próximo destino, a Padaria da Vila. Assobio está do lado de fora comendo uma bomba de creme, ao seu lado no chão há um café preto fumegante.

Spanner está ao lado dele, fumando. Dá um peteleco no cigarro, Assobio vai buscar a ponta.

Spanner segura a porta para mim com um:

— E aí, Sardas. — E nós entramos.

Ele derrama a massa na máquina de waffle, mesmo que eu não tenha pedido. Ele me conhece. Esse simples ato me faz sentir mais próxima dele. Próxima o bastante para subitamente começar a falar sobre a minha visita recente ao papai e chorar as pitangas sobre ele. Sobre como mudou depressa assim que eu fui embora. Como ele poderia perder as coisas tão rápido se não tivesse pessoas ao redor.

— Vê só, Sardas, é a porra do estresse. É o estresse que faz isso com você. Cânceres, derrames, Assobio...

Enquanto trabalha, Spanner desabafa mais sobre suas preocupações sobre a medida protetiva. Ele não pôde ver Ariana desde a *feis* de dança irlandesa por causa da medida que o impede de se aproximar de Chloe. Ele nem pode falar diretamente com ela, então tem tentado pedir a amigos e à mãe dele para fazer isso. Pediu para a mãe dele buscar Ariana, mas Chloe não quer nem ouvir falar nisso.

— Quer saber, todas vocês, mulheres. Foi mal, Allegra. Mas vocês vivem falando dos seus direitos e desigualdade disso e desigualdade daquilo, mas são a porra dos pais que precisam fazer a próxima revolução. Nunca colocaram uma medida protetiva contra mim na minha vida, e eu quebrei uma janela com a cabeça do Deano, aquele ladrão filho da puta, por mais que não tivesse sido ele no fim das contas.

— Você tem razão — digo, para a surpresa dele. — Meu pai me criou sozinha.

— Poder aos papais — diz ele, erguendo os punhos. Os bíceps tatuados piscando para mim.

— Mas você precisa de um advogado — falo para ele de novo.

Do nada, sinto um baque nas costas quando um cara chega correndo. O café espirra pelo buraco do copo, me queimando. Balanço a mão no ar, chupo a pele escaldada.

— Ei, você — grita ele, entrando na loja que nem um foguete, dedo apontado para Spanner, todo agressivo. — O que você anda dizendo sobre mim?

— Ora, ora, se não é o idiota pedófilo — diz Spanner, com um brilho no olhar e um tom na voz que eu nunca ouvi antes. É perigoso.

— Vou te matar, porra! — grita o cara.

Spanner tira o pano de prato do ombro, abre os braços numa pose de boas-vindas. Seus joelhos dobram, contraindo os músculos da coxa.

— Pode vir.

— Como eu entro aí? — pergunta o cara com desprezo, andando de um lado para o outro do balcão.

Spanner pega um batedor de claras, o acena pelo ar como se fosse Bruce Lee com um nunchaku e o joga no inimigo. O objeto emite um som triste contra o peito dele. Espirrando massa no alvo.

Felizmente — ou infelizmente para o sujeito, que agora eu concluo ser namorado de Chloe —, ele não consegue chegar a Spanner. O balcão ocupa toda a largura da loja; a única maneira de chegar ao outro lado é destrancando a meia-porta embaixo do balcão e o levantando, mas está tão consumido pela raiva que não percebe isso. Então ele ataca, balançando os braços sobre o balcão e conseguindo a proeza de lançar metade do corpo para o outro lado. Os lindos bolos de cenoura na prateleira de cima são esmagados. É uma pena, estavam tão bonitos. O bolo de banana e os muffins de mirtilo também são perdidos na segunda tentativa dele de deslizar por cima do balcão, balançando os braços e socando o ar.

Ele está fazendo o maior quebra-pau confeiteiro que eu já vi, e parece estar perdendo.

— Quer que eu ligue para a polícia? — pergunto.

Eles ficam logo no fim da rua, eu poderia chegar lá em questão de minutos. Adoraria a empolgação de incluir a Gardaí, outra chance de passar tempo com Laura, e eu poderia impressioná-los com o que testemunhei, mas não acho que Spanner fosse querê-los ali no estabelecimento. Não com a luta por custódia iminente. De qualquer maneira, ele não me escuta.

Spanner gargalha alto, provocando-o. Péssima ideia. Porque o camarada de repente se joga por cima do balcão, com a camiseta coberta de açúcar, creme e geleia. O malvado mais doce que você já viu. Spanner parece perigoso. Ele tem itens demais à disposição. Uma faca de pão, serrilhada e afiada, usada para os pães altos que ele assa de manhã. A água fervente na máquina de café ao lado. Sinceramente, um pão de fermentação natural jogado com força na cabeça poderia apagar alguém. Eu o vejo registrando tudo, movendo os olhos depressa da esquerda para a direita. Não se meta com o padeiro da vila. As pernas dele estão abertas e dobradas, uma base forte, braços estendidos e prontos. O tamanho dele, cheio de músculos saltando da camiseta branca e do jeans. Ele abre e fecha as mãos em punhos enquanto se mexe de um lado para o outro, como um jogador de tênis esperando a bola.

Talvez eu devesse ter corrido para a estação da Gardaí.

— Não faça isso, Spanner — digo, e ele ergue o olhar para mim como se lembrasse subitamente de que eu estou aqui e de onde ele está de verdade. — Pense na Ariana.

Ouvir o nome dela provoca reações diferentes nos dois. Ele incita o namorado de Chloe, que parte para cima de Spanner, mas escorrega no que eu presumo que seja um chão muito sujo e cai. O som do nome dela de certa forma suaviza Spanner. A diferença entre escolher a faca de pão e a torta banoffe, com sua linda cobertura de picos de creme perfeitos e raspas de chocolate, que ele enfia na cara do outro.

— Seu idiota. Vaza daqui — diz ele, sem mais nenhum perigo na voz.

Com o oponente cego pelo creme, Spanner o arrasta para fora pela porta dos fundos.

Olho para a porta, esperando ver o que acontece, com os ouvidos atentos para o pior.

Spanner volta e olha para o chão. Ele xinga baixinho, então olha para mim.

— Foi mal — diz ele, fungando e ajeitando o avental e o boné. — Poderia ter sido pior. Foi por um triz.

Eu tinha visto a maneira como ele olhara para a faca de pão. Ele perdeu a marra de antes e parece balançado pelo que poderia ter acontecido, pelo que ele poderia ter feito.

— Obrigado, Sardas — diz ele. — De verdade.


Pego o café, ainda quente e intocado, e o waffle e os carrego para a James's Terrace. Apesar do drama da padaria, estou em êxtase pela minha amiga do Instagram. Quero contar a novidade para Tristan, dizer que consegui a segunda das minhas cinco pessoas.

Ao passar pela estação da Gardaí, a porta se abre e dois rostos familiares saem.

— Guarda Murphy — digo em voz alta, e ela ergue o olhar.

— Oi, Allegra — diz Laura, e eu me sinto flutuando por ela lembrar meu nome.

Meu coração infla dentro do peito, sinto uma vontade real de dançar. Talvez até o fim do dia eu tenha três de cinco.

— De volta à labuta — digo.

— Encerrando o dia — responde ela. — Preciso voltar para os pequenos em casa. — O parceiro dela me ignora e dá a volta no carro. Ela para na porta do motorista. Gostei de ver. Muito bem, Laura, penso.

— Você sabe onde estou se precisar de mim — adiciono enquanto ela entra, apontando para minha máquina de multa e me referindo à última conversa que tivemos na qual me ofereci para ajudá-los.

— Obrigada, Allegra — diz ela com um sorriso, e eu morro por dentro.

A Ferrari amarela está ali, o que significa que Tristan está no prédio. Então, diferentemente do cara que achei que ele fosse, Tristan não conseguiu essa Ferrari sendo um arregão. Ainda assim, ser um trabalhador honesto não dá a alguém o direito de dirigir um carro amarelo-banana. Isso nunca será maneiro. Saltito pelos degraus até o número 8 e toco a campainha. Ninguém atende. Toco de novo.

— Jazz. — Ouço Tristan gritar. — A porta. Cadê você? — Então ele a abre, e acho que estou mais feliz em vê-lo do que ele está em me ver e que talvez essa visita tenha sido demais, mas sei que ele vai se importar.

— Oi — digo, animada.

— Estou me maquiando — grita Jazz de algum lugar dentro do prédio. — Você consegue abrir a porta sozinho, não consegue?

Ele fecha os olhos e aquele rosto, aquele rosto de Hulk que perdeu a cabeça comigo e rasgou a multa, fica subitamente visível por baixo da expressão normalmente gentil.

— Eu trouxe para você café daquela padaria de que falei. Muito melhor do que aquela lama que você bebe.

— Quem é? — grita Jazz, e Tristan toma uma decisão. Ele sai e bate a porta. Pega o copo de café.

— Vamos dar uma caminhada — diz ele.

Ele anda rápido. Tenho pernas compridas e costumo andar mais rápido do que a maioria das pessoas, mas em certo momento corro ao lado dele para não ficar para trás. Ele caminha para a costa. Parece que quer entrar no mar e nunca mais voltar.

— Para que lado? — pergunta ele.

— Como assim? Aonde você quer ir?

— Com você. Quero de um pouco de companhia — diz ele. — Preciso dar um tempo dessa galera.

— Claro. Vamos por aqui — digo, e assim viramos à direita, não porque é minha rota, mas porque ele parece que se beneficiaria de uma brisa marinha e uma longa caminhada sem ninguém por perto, vazio total.

— Então! Uma das minhas cinco entrou em contato comigo — digo, empolgada.

— Sua mãe?

— Não.

— Amal?

— Não.

— Katie Taylor?

— Não.

— A Ministra da Justiça?

— Não.

— Seu pai ligou para você? — pergunta ele com um revirar de olhos.

— Não. — Dou uma risada. — Bem, ele até ligou, mas não é ele. É uma garota da escola, a Daisy. Ela era a garota mais maneira do meu ano, mas maneira de um jeito bom, porque ela era gentil e legal e acho que eu queria ser igual a ela. Enfim, eu cacei ela, ou seja, achei o Instagram dela.

— Stalker — diz ele com uma tosse fingida.

— Comecei a seguir o perfil dela e, quando acordei hoje de manhã, ela tinha me seguido de volta e me mandado uma mensagem privada.

— Que ótimo, Allegra, fico feliz por você. Então vocês vão se encontrar...

— Não sei.

— Então qual é o sentido disso?

— Talvez ela possa me influenciar pelo Instagram.

— Influenciadores do Instagram não contam. Você precisa ter interações na vida real com as suas cinco pessoas. Você é a média das cinco pessoas com quem mais convive, lembra? *Convive*

— repete ele, enfatizando. Seus olhos perdem o brilho por um momento, como se ele tivesse pensado em alguma coisa. — Enfim, qual é o seu Instagram? — pergunta ele, pegando o celular.

Não quero responder porque não sou eu de verdade no meu perfil. Mas ele não vai desistir, e o que é um peido para quem está na merda, então eu respondo.

Ele rola a tela do celular. Olho para os para-brisas pelos quais passamos, parando de vez em quando para analisar melhor o bilhete.

— Você tirou essas fotos? — pergunta ele.

— Não. Peguei da internet.

Ele para de andar e se curva de tanto rir. Ele está rindo da minha cara, o que deveria me ofender, mas ver e ouvir essa crise de riso é irresistível, contagioso, e eu me junto a ele, que gargalha tanto que mal consegue falar.

— Allegra, acho que você não está entendendo o objetivo disso tudo.

Dou de ombros.

— Qual é o nome dela?

— Daisy.

— No Instagram, digo.

— Ah. Nômade Feliz.

Ele franze a testa enquanto digita, com um leve biquinho, o que me faz sorrir. Digita rápido, movendo os dedos furiosamente, com ambas as mãos, voando pela tela.

— Ah. Achei.

Ele rola a tela, dá zoom, a avalia do que parecem ser todos os ângulos.

— Ela é legal, Tristan — digo. — Eu a admirava. E tenho zero amigos no momento.

Ele desiste de qualquer comentário espertinho que estivesse prestes a fazer sobre a Nômade Feliz. Dá um toque na tela do celular e o guarda de volta no bolso.

— Eu estou seguindo você agora, ou seja, no momento você tem dois seguidores. Aliás, esse café é muito bom.

— Eu avisei. É do Spanner, da Padaria da Vila.

— Que tipo de nome é Spanner?

— Que tipo de nome é Galo?

— Que tipo de nome é Sardas?

— Que tipo de nome é Jazz?

— Jasmine — diz ele, respirando fundo.

— E aí, qual foi o motivo do mau humor matinal?

— Eu convoquei uma reunião cedo. Ninguém apareceu. Depois de ontem, quando eu mostrei a empresa para você, fiquei com vergonha da falta de profissionalismo deles. Mas é difícil fazer seus amigos trabalharem para você.

— Eles são seus amigos.

— A maioria é da escola. Crescemos jogando videogame juntos. Meu sonho é o sonho deles, e assim que consegui abrir esse negócio, os chamei para trabalhar comigo.

— Para você.

— É, bem.

— Para você.

— Tá bom.

— E o seu tio com o escritório chique e a melhor vista do prédio, para quem ele trabalha?

— Bem, ele é meio que um conselheiro, consultor, gerente, agente. Fechou os acordos para mim no começo, organizou o patrocínio. Foi ele que viu o potencial num YouTuber de catorze anos.

— O que ele faz agora naquele escritório enorme?

— Ele, bem... ele... bem, ainda não temos nenhum produto para ele vender. Todos os jogos estão em desenvolvimento; muitos deles, na verdade, estão em desenvolvimento, alguns dos quais eu mostrei para você ontem. Contratei Andy e Ben para isso. Eles são desenvolvedores de jogos qualificados, estão focados na parte mais técnica de criar o jogo, enquanto eu estou do lado criativo. Preciso de todos eles. No entanto, quanto mais tempo eu passo sem jogar, menor fica a minha base de fãs, então meu tio está tocando aquela campanha de conscientização do Galo. Convenções, patrocínios, apoios para um ou outro jogo, parcerias com outros YouTubers, esse tipo de coisa.

— E você paga um salário para ele. Ele trabalha para você. Assim como seus amigos. O que significa que você é o chefe.

— Não sou. É um tipo diferente de empresa. Eu sou jovem, eles são jovens, ele é meu tio, minha mãe é irmã dele. Eu não posso... sabe, ficar dando ordens para eles. Prefiro criar um espaço onde as pessoas queiram estar. É por isso que temos animais de estimação, salas de jogos; eles têm permissão para se divertirem, pois assim vão querer vir trabalhar.

— Só que eles não querem.

— Não quero que eles tenham medo de mim. Não quero que minha mãe fique presa numa situação chata entre mim e meu tio.

— Eles não precisam ter medo de você para respeitá-lo. Jazz é burra que nem uma porta, Andy é uma das pessoas mais grossas que eu já conheci, e eles estão se passando por pessoas que sabem o que estão fazendo.

— Você não tem papas na língua mesmo.

— Na minha língua apenas meus waffles açucarados — digo. — Agora entendo por que a frase estava na sua cabeça, por que a passou para mim. Você é a média das cinco pessoas com quem mais convive. Foi você quem criou uma equipe ao seu redor. Está tentando se cercar de um certo tipo de pessoa. Mas será que escolheu bem? — Eu pondero. — Hummm. Será que você também se tornou preguiçoso, arrogante e está trabalhando para o mercado que sempre amou pelos motivos errados?

— Essa doeu. — Ele sorri.

Caminhamos em silêncio por um tempo.

— Você me odiava antes mesmo que eu dissesse qualquer coisa para você — falou ele.

— É verdade.

— Por quê?

— Seu carro.

— Você não acha que isso é meio preconceituoso? — pergunta ele.

— Sim, acho. Porque você até que é legalzinho.

Ele balança a cabeça e ri.

— Fico confusa com o carro amarelo. Não parece combinar com quem você é.

— O que tem de errado numa Ferrari amarela?

— O que tem de certo?

— Eu comprei a Ferrari porque era meu sonho ter um carro esportivo. Como acontece com boa parte dos garotos. E, quando eu a comprei, senti que foi o melhor momento da minha vida. Que eu tinha chegado lá. Mas você tem razão sobre não combinar comigo e com a minha vida. Eu ainda moro na casa dos meus pais... A verdade é que eu não consigo dirigir até minha casa por causa dos quebra-molas do condomínio, então preciso estacionar numa garagem todo dia. Eu ligo para o meu pai e ele me busca lá e me leva para casa quando está voltando do trabalho. Isso, sim, é ter independência e chegar lá.

Dou uma risada.

— E o motivo de ela ser amarela é porque era a única que eles tinham no estoque. Eu queria uma prateada. Grafite com interior vermelho, mas precisaria esperar meses... e eu estava tão empolgado que não consegui esperar. Você não deveria estar dando multas ou algo assim? Nós estamos só vagando.

— Você está ligado que tem muitos dias em que eu não multo muito, né? Não sou um monstro.

— Mas e aqueles ali?

À frente, há uma van estacionada na calçada. Dois homens estão instalando janelas numa casa.

— Quando se está trabalhando com vidro — explico a ele —, as regras dizem que você deve estacionar bem perto do local, então eles podem ficar na calçada.

— Ah.

— Você ficou decepcionado — digo com uma risada.

— Quero pegar alguém no flagra. Quero emoção.

— Não é uma questão de pegar pessoas no flagra, Tristan. É uma questão de cumprir a lei, respeitar as regras.

— Você acredita nisso de verdade.

— É claro que sim, por que você está tão surpreso? Acha que eu estava fazendo isso para punir as pessoas? Regras são uma dádiva. Você não adoraria ter um regulamento para ajudá-lo no seu pepino no trabalho? Quer dizer, por que mais estaria buscando citações motivacionais? Você quer ser guiado. Isso não é só outra maneira de seguir regras? — pergunto.

Ele consegue a emoção que queria quando damos meia-volta para a vila e vemos uma van branca estacionada sobre faixas duplas amarelas em frente a uma casa. Pisca-alerta ligado. A porta do corredor está aberta e o construtor está do lado de dentro, serrando madeira.

— Vai, pega ele, Allegra — diz Tristan, como se eu fosse um cão de guarda. — Malditos gatos — sibila ele no meu ouvido.

Paro e observo o cara.

— Vai logo — incita Tristan.

— Calma aí — digo, de olho no relógio.

Quando dois minutos se passam, eu me aproximo dele.

— Com licença — digo —, você não pode estacionar em faixas duplas amarelas.

— Eu só estava descarregando — diz ele, mal olhando para mim.

— Não estava, não.

Ele me olha como se quisesse usar a serra em mim.

— Eu estava descarregando — diz ele lentamente, como se eu fosse burra. — Dessa forma, tenho direito de estacionar. Tenho idade o bastante para saber as regras de estacionamento, jovenzinha.

Sinto Tristan ficando tenso ao meu lado e estendo a mão para impedi-lo de avançar.

— Deixe comigo— digo, baixinho. E então volto-me para o motorista: — Eu o observei por dois minutos e não há qualquer sinal de que esteja descarregando.

Fico impassível enquanto ele grunhe para mim, larga as coisas, pega as chaves, me xinga ao entrar no carro e arranca.

— Meu Deus — diz Tristan, observando-o, espumando de raiva. — Você lida com muitos assim?

— Às vezes. — Eu sorrio. — Às vezes as pessoas são gentis e pedem desculpas quando eu as multo. A maioria fica na defensiva e algumas são agressivas. Isso faz você perceber pelo que as pessoas estão passando. É um gatilho que pode fazer aflorar o estresse acumulado — digo a ele, repetindo as palavras que Paddy me disse no treinamento. Agora eu as entendo melhor. Estranhamente, Tristan me ajudou a entender isso. Talvez seja possível aprender sobre humanos.

— Não acho que eu teria o temperamento para ser tratado desse jeito — diz ele, o que para mim é um absurdo, porque já testemunhei a equipe de Tristan falando com ele de maneiras que eu considero inaceitáveis, mas não digo isso.

— Qual foi a pior pessoa com quem você já lidou? — pergunta ele.

— Você — respondo, baixinho. — Você foi o que mais me afetou.

E então saio andando.

# VINTE E UM

Avalio as fotos do Insta da Daisy para ter uma ideia do que ela usa quando sai à noite. Nós vamos sair hoje, sábado à noite. Mas antes tenho a aula de arte com modelo vivo na Monty. Não sinto mais um mal-estar físico quando penso na noite de terça. Já esqueci o mantra de *Nunca mais vou beber*, o que aconteceu em boa hora, porque vou precisar de um pouco de coragem líquida para me encontrar com Daisy depois de todo esse tempo. A vida dela é fenomenal. Ela trabalha com uma organização internacional de caridade, viaja pelo mundo. É altruísta e sofisticada. Tem uma classe que eu simplesmente não tenho, e estou com esperanças de absorver um pouco disso. Logo depois de posar nua para um grupo de desconhecidos, sendo que já transei com alguns deles.

Vamos nos encontrar num lugar chamado Las Tapas de Lola, na Wexford Street, às vinte horas. Já comi tapas várias vezes; na verdade, papai costumava me levar a restaurantes de tapas e pedir os pratos especiais da Catalunha, e até me incentivou a fazer aulas de espanhol na escola num esforço de alimentar minhas raízes culturais. Quando eu podia escolher onde comer, era sempre o restaurante paquistanês, e, na escola, escolhi aprender francês. Não sei, talvez eu estivesse tentando rejeitar Carmencita da maneira como ela me rejeitou. Talvez eu tivesse medo de não conseguir aprender a língua e fracassar de novo sem que ela soubesse.

Talvez só quisesse aprender francês e comer uma comida diferente.

Mas antes de mais nada eu preciso enfrentar a galeria. Os detalhes da nossa noite ainda estão bem borrados, e eu me encolho de vergonha quando fragmentos de conversas com Genevieve e Jasper voltam à memória. Coisas que disse e não deveria ter dito, coisas nas quais eu não acho que acredito, mas que gostei da sensação de dizer em voz alta. Chego bem perto da hora da aula, de propósito, assim temos menos tempo para conversar. Espero que Jasper esteja ocupado com um cliente quando eu entrar, mas infelizmente não é o caso. Ele ergue o olhar.

— Oi, Allegra.

— Oi, Jasper.

Vergonha-vergonha-vergonhosa. Subo a escada, fora da visão dele. Genevieve está ao celular, ainda bem, falando com um artista, revirando os olhos para mim enquanto ele ou ela tagarela. Para alguém que ama arte, ela tem uma relação complicada com os artistas. Ela sempre os chama de carentes de merda.

Desapareço atrás do biombo. O cômodo está sendo arejado; as cadeiras e os cavaletes, posicionados. Fazer isso hoje está me deixando inquieta; é difícil sentar e esperar quando se está empolgada por alguma coisa. O tempo passa especialmente devagar. Em todas as semanas e meses anteriores, eu nunca tive problema em posar porque não havia nada para me deixar empolgada.

Encontrei o anúncio antes de sair de Valentia, quando estava buscando moradia. Durante as duas primeiras semanas em Dublin, morei com dois profissionais de tecnologia, ou era o que o anúncio dizia. Eles procuravam por homem ou mulher, 125 euros por semana num quartinho com uma cama de solteiro... Não acabou bem quando ela me encontrou na cama de solteiro do meu quartinho com ele. Em minha defesa, eles nunca disseram que estavam juntos. Nem uma vez. Nunca se tocavam ou se beijavam na minha frente. Dormiam em quartos separados. Como eu ia saber? Fiquei mais do que feliz em sair. Morei lá por um mês, durante meu treinamento, e quando fui alocada para trabalhar em Fingal, fez sentido sair de lá. Peguei o trabalho na galeria para cobrir os custos do aluguel, pagava em dinheiro. Achei que estava sendo esperta, mas Dublin é caro para cacete, o dinheiro acaba rápido. Um café, um sanduíche, um pulinho no mercado e, *bam*, acabou.

Tiro a roupa atrás do biombo e escuto Genevieve discutir sobre uma moldura de quadro por mais tempo do que uma moldura precisa ser discutida.

Hidrato minha pele e visto o quimono bem a tempo de escutar os artistas chegarem. Genevieve diz a Vicent que precisa ir, mas que vai ligar para ele mais tarde para continuar de onde pararam.

— Artistas carentes da porra — murmura ela ao desligar.

— Oi, Allegra, foi mal. Maldito Vincent.

— Eu ouvi.

Ela enfia a cabeça atrás do biombo, dá uma olhadinha em mim e pergunta se estou pronta.

Assinto.

A sessão passa surpreendentemente depressa enquanto eu penso na conversa que Daisy e eu podemos ter, que partes de mim e da minha vida vou contar para ela e quais partes vou editar, e antes que eu perceba, fui capturada... pensativa, é essa palavra que eu daria às representações dos artistas. Uma delas é bem desolada, eu pareço perdida num redemoinho de lápis, e um homem que me lançou um olhar empático durante a sessão desenhou minhas cicatrizes como incisões profunda, feridas de guerra, em carne viva.

Chego cedo ao restaurante para poder acomodar a mim e aos meus nervos, mas Daisy já está lá.

— Ai meu Deus, Sardas, olha só para você! — Ela se levanta e abre bem os braços e me dá um abraço de urso. Tem um cheiro doce e floral.

Os braços dela chacoalham com camadas de pulseiras delicadas, uma com uma estrela, uma com a lua, uma com o sol, uma com uma flor. Ela dá um passo para trás e me avalia.

— Você está incrível, o seu cabelo... — Ela estica o braço e o toca de leve. — Uau. Faz muito tempo, acredita que já faz quase sete anos desde que saímos da escola. Tão bom ver você, não vejo a hora de ouvir suas novidades. Vamos sentar. Você quer uma bebida? Eu pedi água da casa, a comida aqui é uma delícia. Você já veio aqui?

— Não, nunca. — São minhas primeiras palavras enquanto me sento e ela acena para o garçom. Um sorriso bonito, um gesto delicado com a mão.

— Pode trazer outro copo para a mesa? Está faltando. Obrigada, aqui está o menu de vinho — diz ela, oferecendo-o para mim.

Eu me pergunto se deveria beber mesmo que ela não beba. Peço uma taça de Cava e Daisy pede para o garçom trazer uma garrafa.

Nós nos dedicamos à refinada arte de estudar o cardápio antes de iniciarmos uma conversa. Peço queijo Manchego com mel e almôndegas apimentadas, tradicionais de Barcelona, com molho alioli. Ela pede chouriço com vinho branco, camarão com alho, pimenta e azeite, mexilhões com molho de tomate da casa e me perco depois disso enquanto ela continua sinalizando pratos pelo cardápio.

Conversamos um pouco sobre os tópicos clássicos, sobre o pessoa da escola, com quem mantivemos contato e quem vimos ou de quem ouvimos falar, o que todo mundo está fazendo. A conversa flui sem pausa. Não sei por que eu estava preocupada.

— Então, chega de falar dos outros, Sardas — diz ela. — Conta para mim o que você tem feito. Quando se mudou para Dublin?

— Eu me mudei para Dublin cinco meses atrás — respondo. — Só precisava de uma mudança. Trabalho para o Conselho do Condado de Fingal como guarda de estacionamento e adoro o que faço.

Dessa parte da minha vida eu me orgulho. Amo meu trabalho.

— Caramba. Guarda de estacionando — diz ela, então passa os olhos por mim rapidamente, e eu adoraria saber o que ela está pensando. — Não era você que sempre quis ser...

— Detetive Sardas, sim. — Rimos. — E você sempre quis paz e igualdade mundial, digo.

— Ah, sim — diz ela, assentindo. — E na vida real isso significa construção. Eu trabalho com a Brick-By-Brick, uma organização internacional de direitos humanos que foca em construir e reconstruir casas, escolas, casas de repouso, instalações sanitárias e construções comunitárias em países em desenvolvimento. Então eu fui de querer paz e igualdade para fazer tijolos, rebocar e pintar. — Ela contrai os minúsculos bíceps. Não consigo imaginá-la fazendo nada disso.

— Que incrível — digo, impressionada. — Eu passo o dia distribuindo multas de estacionamento.

— Não é nada de mais — responde ela, toda modesta. Quer mudar de assunto.

— Que trabalho incrível que você tem — digo, odiando como pareço bajuladora, mas sendo realmente sincera. — Visitar lugares diferentes o tempo todo. Ver o mundo, ajudar pessoas.

Eu odiaria todas essas coisas, mas esse é o objetivo da teoria das cinco pessoas, não é? Você deveria absorver um pouco delas de alguma maneira. Tenho papai para honestidade e para manter meus pés no chão, ele não é um puxa-saco, e Daisy pode ser minha fonte de inspiração, me fornecer pensamentos inspiradores sobre ser uma pessoa melhor. Já está acontecendo. Quer dizer, não quero me mudar para um país em desenvolvimento para construir uma escola, mas gostaria de pensar que eu poderia criar, dentro de mim, essa vontade de ajudar comunidades a combater a pobreza e o desastre. Eu poderia ser essa pessoa.

— Georgie — diz ela alegremente, do nada.

Um cara que acabou de entrar puxa uma cadeira da mesa ao lado, dá um beijo na bochecha de Daisy e se senta ao nosso lado.

— Estou com elas — informa ele ao garçom com um sotaque pretencioso de Dublin. Daisy pergunta a ele se gostaria de olhar o menu, ao que ele responde: — Hum, não obrigado. Estou bem com o vinho. — E então ele pega uma taça de vinho da mesa vazia ao nosso lado e a coloca do lado dele. Ele me dá um grande sorriso, mais branco do que dentes brancos. Pele bronzeada. Lisa. Profundamente hidratada. Brilhante. — Oi, sou George. Amigo da Daisy. — Ele estende a mão.

— Georgie, essa é a Sardas; Sardas, esse é o Georgie.

— Prazer em conhecê-lo — digo.

— "Prazer em conhecê-lo" — diz ele, imitando meu sotaque. Uma versão ruim e pretenciosa de um sotaque de Kerry. Como se eu fosse um personagem caricato de filme irlandês. Ele ri e vira a taça.

Eu o odeio instantaneamente. Ele exala babaquice.

— Tire uma foto nossa para o Insta — pede ela, empurrando o celular dela para ele e vindo para o meu lado da mesa. Ela junta a cabeça à minha, e eu sinto a testa dela contra a minha. — Mais alto — orienta ela, e ele se levanta e aponta o celular de cima no que parece um ângulo nada natural e que me faz forçar os olhos, para cima, através das pálpebras.

Fico sem graça, não sei se ela está com um sorrisão ou se está séria, quero olhar para verificar, mas não o faço. Não sei direito qual expressão escolho, mas, se eu estivesse posando para uma pintura, certamente passaria um ar de incerteza.

Ela avalia a foto, espero que ria da minha cara ou diga alguma coisa, mas não, ela só fica mexendo na tela.

— Postei! Muito bem… — Ela larga o celular dentro da bolsa. — Vamos nessa.

Pedimos a conta. Quando chega, ela a pega com o jeito daquelas pessoas que insistem em pagar tudo.

— Vamos dividir, né? — diz ela, assumindo a tarefa e calculando no celular.

Eu pedi dois pratos e uma garrafa de Cava, da qual bebi duas taças, o amigo chato dela virou o resto. Ela pediu dois expressos Martinis e tantos pratos que precisamos colocá-los na mesa ao lado. Entrego meu cartão com relutância, sentindo o calor da injustiça. Os dois vão ao banheiro antes de sairmos e eu espero do lado de fora. Olho o Instagram. Ela me marcou na foto.

Legenda: *Velhas amigas. Bons tempos.* Um símbolo da paz e emoji de beijinho. Estou torta e estranha ao lado dela. Com as costas retas e rígidas enquanto ela está toda relaxada e interessante. Posto no meu próprio Instagram. Galo é um dos primeiros a comentar com um emoji de joinha. E subitamente eu ganho cinco seguidores, garotas da escola de quem eu meio que me lembro e outras das quais já esqueci.

"Sardas!! ai meu Deus!! quanto tempo!", diz uma delas. Não sei quem é, o nome dela é noiada_por_nutrição e a foto de perfil é um abacate. Quando clico no perfil dela, só encontro fotos de comida estilo as de revista e continuo sem saber quem ela é. Até rolar mais a tela e ver as fotos de academia, o abdômen, os músculos, os pesos. É Margaret, que se entupia de mini chocolate à noite. Ora, ora, ora.

Finalmente, George e Daisy emergem, de braços dados.

— Acabei de receber uma mensagem da Margaret Mahon — conto. — Ela mudou.

E então falamos sobre Margaret até George bocejar na nossa cara e dizer que falar sobre os velhos tempos é tão interessante quanto ouvir sonhos de outras pessoas. Chegamos ao nosso próximo destino. Eu me ofereço para comprar as bebidas e fico grata quando ela diz que só quer água. Não pergunto para George porque acho que sabemos nossa opinião um sobre o outro, mas ele anuncia que quer uma gim tônica mesmo assim, com gim Jawbox, especificamente. Quando vou fazer o pedido, vejo Daisy casualmente surrupiando a bebida de alguém do bar. Está com um descanso de copo por cima, o que sugere que o dono está fumando do lado de fora. Ela faz isso com tanta naturalidade. Eu a observo bebendo depressa, entornando a bebida e colocando o copo vazio numa mesa distante de onde o roubou. Encontro Daisy e George do lado de fora, conversando com um grupo de pessoas cujos nomes esqueço instantaneamente. George deu instruções específicas sobre a fatia de pepino no seu gim, e agora pega um sachê de pimenta--rosa do bolso da jaqueta e as derrama na bebida. A única coisa que me faz sentir melhor é saber que pedi o gim mais barato do cardápio, não o Jawbox que ele queria.

Ele não se dá ao trabalho de puxar assunto comigo. Fala alto e de forma arrogante, a vida e a alma da festa para o grupo, enquanto tenho uma conversa mais sossegada com uma garota que está grávida do primeiro filho e não vê a hora de ir embora. Os caras daqui parecem estar competindo pelo troféu de tornozelo raspado mais bronzeado e fino, visto que noto que todos os homens estão usando calças curtas e nenhuma meia. Tento pensar em qualquer um de Valentia vestido assim no nosso bar da cidade e preciso reprimir um sorriso. Jamie com seus cambitinhos tortos, tornozelinhos delicados e peludos, e Ciclope com suas panturrilhas cadavéricas que não ficariam nada boas numa calça justa. Como riríamos disso; mas não vamos, porque não somos mais amigos. Perdi essas cinco pessoas, estou buscando novas. Será que vou encontrá-las aqui. Viro meu drinque e fico satisfeita quando Daisy pega meu braço e me puxa para longe. Vamos para outro lugar, e assim continuamos pelas horas seguintes.

Se eu fosse desenhar Daisy, a faria perfeitamente parada e então rabiscaria por cima dela toda. Se tinha uma coisa certa no perfil dela do Instagram é a biografia: aqui, ali, em todo lugar. É só quando ela me apressa para dentro de uma cabine de banheiro e tira alguma coisa da bolsa que eu percebo como sou idiota. É claro. Cocaína. Não sou antidroga, já tive meus momentos com

Ciclope, mas nunca cocaína. Tem algo de meio decadente para mim. Algo típico e bem babaca de Dublin. Ironicamente, além da conta do jantar, essa é a primeira coisa da noite inteira que ela fica feliz em dividir comigo. Bem, duas coisas: a cabine de banheiro e a cocaína. Observo a parte de trás da cabeça perfeita dela enquanto ela cheira o pó. Dou uma murchada. Achei que Daisy fosse diferente, que fosse alguém que eu pudesse aspirar a ser. Esse ato desleixado dela é fácil demais. Mundano demais. Insignificante demais. Eu poderia encontrar essa garota em praticamente qualquer lugar.

Penso em desenhá-la de novo. Se fosse desenhá-la, eu a faria perfeita, então pegaria uma borracha e passaria sobre ela. Apagaria algumas linhas, mas não completamente. Ela está aqui, mas não está de verdade. Estável em alguns lugares, perdida em outros. Ela oferece o pó para mim, mas faço que não com a cabeça. Ela não insiste. Nada de mais, mas talvez ela se sinta julgada enquanto a observo cheirar minha carreira do topo de uma privada suja. Quando saíamos da cabine, é minha versão verdadeira que sai. E talvez a versão verdadeira dela também. Sem mais fingimento, estamos no mesmo patamar. Ela pode ser ela e eu serei eu.

O resto da noite é um quebra-cabeça incompleto. Buracos numa foto que me impedem de ver a imagem completa como um todo. Uma série de lugares que não exatamente se misturam suavemente uns nos outros, mas que se projetam bruscamente para dentro e para fora um do outro. Em certo ponto, passamos num prédio encardido que acaba sendo a casa da Daisy. Ela divide um beliche com uma desconhecida, uma garota chinesa que grita com a gente por acender a luz enquanto ela tenta dormir. George dá risada, assim como Daisy, que procura alguma coisa embaixo do colchão, não sei o quê, presumo que drogas ou dinheiro, e eu me retiro quando a colega de quarto joga uma garrafa de água quente. Ela erra minha cabeça por pouco e então explode contra a parede, a água escaldante pingando no meu braço. Tem um chuveiro no pé da cama delas, um micro-ondas e uma mesa. Daisy tem uma gaveta no corredor do lado de fora. Ela me diz isso enquanto revira um monte de roupas lindas de Instagram trancadas a chave numa gaveta empoeirada do corredor, não parecendo muito pitorescas agora.

Digo a George, em algum lugar, que trabalhar para a caridade obviamente tem seu preço e que eu admiro Daisy por dar a vida dela para ajudar os outros. Não sei bem se acredito no que digo, mas ainda tenho esperanças de que a visão que tenho da Daisy possa ser resgatada. George ri de mim.

— Daisy? Trabalhando? — pergunta ele. — Ela não tem um emprego. Os pais dela pagam para ela se voluntariar para parecer que ela está fazendo alguma coisa da vida. É como se fosse uma reabilitação. Ela não tem escolha.

Em certo momento, do lado de fora, de braços dados, andando para o próximo destino, pergunto para Daisy sobre Finn. O namorado dela da escola. A perfeita Daisy e o perfeito Finn, Sandy Olsson e Danny Zuko, o casal dos sonhos do nosso ano. Ela tem notícias dele, o que ele está fazendo da vida. A última ilusão dela, suponho. Então as últimas pétalas caem e a Bela de fato se torna a Fera.

— Ah, meu Deus — exclama ela —, Finn O'Neill. Ele foi preso por posse de maconha, foi por isso que a gente terminou. Tudo no sigilo, é claro. Ele foi a julgamento por intenção de tráfico. Corria o risco pegar cinco anos de prisão. Faz uns meses desde a última vez em que eu o vi, e ele estava em cima do balcão de um bar mijando na cabeça de alguém.

Lembro de rir do que ela estava falando, rir de como tudo era tão ridículo, não engraçado. Eu sonhava em ter um relacionamento como o de Daisy e Finn, assim como a maioria das garotas do meu ano, a gente ficou em luto coletivo por eles quando terminaram. E agora aqui estamos, virando a pedra e encontrando os tatuzinhos-de-jardim embaixo.

Acabamos numa boate subterrânea quente e escura chamada Moonshine, que toca música dançante com uma batida tão monótona que eu preciso ir embora. Não sei onde Daisy e George foram e, para ser sincera, não procuro demais. Pra mim já deu. Então vou embora sozinha e começo a andar para a D'Olier Street a fim de pegar o ônibus noturno para casa.

Enquanto ando, escuto risadas. A princípio acho que não tem nada a ver comigo, então percebo que são direcionadas a mim. Não me viro, não quero ser atraída para uma briga de rua às três da manhã. Então não aguento mais. O que é tão engraçado no meu jeito de andar? Se esses merdinhas de Dublin querem briga, eles vão ter briga, essa noite já não foi como eu queria, estou pronta para socar a cara de alguém. Dou um giro e avisto Daisy e George se escondendo atrás de um riquixá, então os vejo pelo canto do olho enquanto atravessam a rua correndo até uma lixeira. Estão brincando de espiões, e é tudo tão infantil que não consigo conter uma risada. Eles querem continuar a festa na minha casa.

É meu ego idiota que me faz dizer sim. Coloquei Daisy num pedestal. O trabalho dela, as roupas dela, a página do Instagram dela, enquanto sou um nada. Mas agora quero que ela veja minha vida em comparação ao quarto dela, que é feio e com fedor de xixi de rato.

Deixamos George para trás quando ele para na porta de um bar para falar com algumas pessoas, então guio Daisy para longe. À medida que nos afastamos dele, espero que ela fique melhor, que seja mais fácil tê-la para mim. Talvez ela volte a ser a Daisy gentil depois de ficar sóbria e passar trinta minutos sem enfiar alguma coisa nessa versão burguesinha hippie que parece que saiu do filme *Grease*. Nômade Feliz.

## VINTE E DOIS

A recompensa é que, quando Daisy vê a casa, ela fica impressionada. Preciso dizer para ela falar baixo. Preciso dizer de maneira bem enfática para ela calar a boca. São quatro da manhã, a família toda está dormindo. Eles têm filhos. Vai amanhecer já, já. Cale a boca, por favor.

Na academia, ela acende todas as luzes e sobe nas máquinas, larga pesos com estrondos. Que nem um macaco à solta. Eu a sigo para todo lado, arrumando, devolvendo as coisas ao lugar, dizendo para ela falar baixo, tentando arrastá-la para fora da academia. Vejo a luz do banheiro de Becky se acender e desligo depressa as luzes da academia e apresso Daisy para o andar de cima. Apesar de eu não sorrir nem responder, Daisy fala incessantemente até as cinco da manhã, sobre nada de verdade, se eu paro para pensar. Então ela tira a roupa e dorme de calcinha e sutiã na minha cama. Fico com o sofá. Mesmo que esteja exausta e com ressaca, acordo cedo. Faço café e fico de olho na Daisy. Eu não precisava ter andado na ponta dos pés, uma manada de elefantes não a teria acordado. Preciso sacudi-la com força para acordá-la ao meio-dia. Preciso sair para o churrasco do Paddy.

Daisy está quieta. Eu lhe dou café. Ela olha pela janela e acorda lentamente, o que me faz me perguntar se ela está relembrando acontecimentos da noite passada. Pouco a pouco, como acontece comigo. Nunca na ordem certa e nunca recuperado por completo. Espero a ficha cair. O pedido de desculpa. Algum tipo de alguma coisa. Mas ela não pede desculpa. Não parece constrangida. Nem um pouco. Exceto por resquícios de rímel borrado nas linhas sob seus olhos sonolentos, ela está sem maquiagem e perfeita. Rosto redondo, maçãs do rosto altas, lábios carnudos. Nenhuma consciência aparente. Ela dá um gole no café.

Ofereço-me para chamar um táxi. Digo onde fica o ponto de ônibus. Onde fica a estação de trem. Pesquiso os horários no meu celular. Estou fazendo de tudo para me livrar dela, que não responde a nada direito, ou melhor, até responde, mas sem se comprometer. O mesmo truque mental Jedi da noite de ontem, essa habilidade de mudar de assunto sem parecer grossa. É como se nada fosse absorvido, nada ficasse, tudo é efêmero. Talvez esteja enrolando. Talvez não queira voltar para aquela espelunca que é o quarto dela e para a colega de quarto que vai estar puta da vida hoje, mas eu não me importo com o buraco que ela cavou para si mesma. Preciso que ela vá embora, tenho um compromisso. Prometi a Paddy e, mesmo que eu nunca tenha querido ir a nenhum evento para o qual ele me convidou, tenho uma sensação de dever hoje.

— Aonde você vai? — pergunta ela.

— É aniversário do meu colega de trabalho. Paddy. Ele vai fazer um churrasco.

— Eu amo churrascos — diz ela, os olhos brilhando.

E é assim que acontece.


Fico grata por Becky e os meninos terem saído, assim não preciso passar com a cabeça baixa de vergonha de novo.

— Caramba — diz Daisy quando nos aproximamos da casa, saindo do caminho onde eu deveria ficar para privacidade da família e se aproximando da casa.

— Pare, você vai acionar o alarme — falo, depressa.

Ela me escuta, mas continua andando.

— Daisy. — Eu pego o braço dela e a puxo de volta. — Eles têm um sistema de alarme com sensores em volta da casa toda. Se você passar por eles, vai acionar o alarme.

— Aposto que eles inventaram isso. — Ela ri.

— É verdade — digo. — É conectado a uma empresa de segurança que alerta a polícia. Vamos embora.

— A polícia. — Ela continua rindo. — Você está inventando.

— Não estou.

Ela olha para a casa como se a estivesse tentando. Olha como uma criancinha que acabou de ouvir que não pode fazer uma coisa e vai fazer mesmo assim. Eu a observo, a expressão intensa, o olhar egoísta de querer o que quer porque quer, porque eu disse que ela não podia. Tudo nessa embalagem de aparência etérea, nas roupas da noite anterior que parecem viçosas como uma, bem, uma margarida, que é o significado do nome de Daisy.

Garotas como ela se safam de qualquer coisa.

Ela pisa na frente do sensor. E o alarme dispara na mesma hora.

É a expressão inocente com olhos arregalados que me faz querer jogar uma batedeira nos peitos dela.


Eu não espero a polícia chegar. Mando uma mensagem para Paddy perguntando se tem problema levar uma amiga e ele responde que, quanto mais, melhor com duas linhas de emojis de comida. Paramos numa loja no caminho para comprar um presente, é uma loja chique de comidas gourmet caras. Daisy me segue, entediada, enquanto olho as prateleiras.

— Ele ama marinadas — digo para ela. — Ele marinaria alguma coisa por um ano se pudesse. Isso e cozimento em fogo baixo. Acho que ele cozinhou uma lasanha em fogo baixo por 24 horas. Ele ama comida, não para de falar sobre comida e como a prepara.

— Estou sentindo um certo... — Ela ergue as sobrancelhas de maneira sugestiva.

— Meu Deus, não, é o Paddy. — Dou uma risada. — Espere até vê-lo. Eu trabalho com ele. Nem somos amigos.

Gasto um pouco mais de tempo do que planejava com as marinadas. No meu nome e no de Daisy, já que ela não compra nada para ele. Nunca fui à casa do Paddy. Já tentei imaginá-la algumas vezes, como ela seria, mas, além do amor dele por comida, não sei muito sobre a vida dele. Como alguém que caiu de paraquedas em Dublin, Paddy me conta tudo sobre seu lugar de origem. The Liberties é um bairro da cidade. É o coração de Dublin, ele dizia. Nas minhas primeiras semanas aqui, eu segui o conselho dele e explorei as áreas que mencionou, e ele estava certo, o centro de Liberties é o coração da história de Dublin; história da arte, política, religião e militar. E, como Paddy diz, cheio das pessoas mais pé no chão, verdadeiras, honestas e engraçadas que você jamais vai conhecer. Ele nunca se mudaria porque sentiria uma falta absurda.

Chegamos a um apartamento térreo de um prédio de quatro andares, estilo habitação social dos anos 1940. As janelas do apartamento vizinho estão cobertas por tapumes de madeiras, com manchas de fumaça pelas paredes.

— O último churrasco não deu muito certo — brinca Paddy quando chegamos, e pega as marinadas com puro deleite.

O tempo está ameno, ensolarado, perfeito para um churrasco. E não fomos os únicos a ter essa ideia, pois sinto cheiro de churrasco vindo de todas as direções. O apartamento tem um pequeno quintal quadrado e pavimentado que funciona como uma assadeira no calor. Um portão leva a um beco que se estende por trás dos quintais. Crianças jogam futebol, o portão sacode e chacoalha quando a bola ocasionalmente o atinge. As dobradiças enferrujadas do portão estão desencaixadas e precisam ser lixadas e repintadas. Daisy pega uma garrafa de cerveja e se apoia na madeira farpada. Ela faz o lugar parecer um cenário rústico estiloso.

— Reaproveitar madeira é tendência — diz ela, e me pede uma foto.

Estou ajeitando meu cabelo, jogando-o por cima de um dos ombros da maneira como fez quando me entrega o celular e eu percebo que quer que eu tire uma foto dela.

Paddy nota e pega o celular, me empurrando para o lado dela, e eu faço uma pose sem graça contra a porta, ao lado de Daisy, me perguntando como ela consegue disfarçar o fato de que as dobradiças enferrujadas e quentes do sol estão queimando a pele do mesmo jeito que queimam a minha. Ela avalia a foto com uma careta.

Paddy montou uma pequena churrasqueira coberta por um guarda-chuva de golfe, que está perigosamente equilibrado entre duas garrafas de limonada.

Somos só nós duas e Paddy.

— Tem mais alguém vindo? — pergunta Daisy.

— Meu melhor amigo, Decko, está no banheiro — responde Paddy. — Mamãe está vindo. Vai passar o dia comigo. E eu convidei Fidelma — diz ele, mexendo as linguiças na brasa. — Ela trabalha com a gente. Vai dar uma passada aqui mais tarde.

Eu nunca vi Paddy sem o uniforme de trabalho. Ele veste uma camisa de futebol de Dublin de um tamanho menor, e estou sendo gentil ao dizer isso, com uma faixa de suor nas costas e por baixo dos peitos. Os óculos dele se embaçam sobre a churrasqueira e gotas de suor escorrem pelo rosto. Sandálias de Jesus. Tenho medo de olhar para os dedos do pé dele. Não tem sombra no quintal, só a carne tem direito à sombra do guarda-chuva.

Decko sai da casa, cabeça baixa, olhar no chão, mãos nos bolsos, então fora, então dentro de novo, então coça o rosto, então a cabeça. Inquieto, nervoso. Paddy nos apresenta e ele assente um olá, quase incapaz de fazer contato visual. Não grosseiro, mas dolorosamente tímido. Tento puxar assunto com ele, e ele é gentil, se solta um pouco, mas Daisy é apenas dolorosamente grosseira.

— Ah, ali está a Mamãe — diz Paddy quando uma senhora de cadeira de rodas é empurrada até a porta que dá para o pátio e é deixada ali por uma mulher, provavelmente sua cuidadora, mal visível na casa escurecida, que ergue a mão e se retira.

— Obrigado, Cora — exclama Paddy. — Até mais tarde.

Então agora somos Daisy, Paddy, Decko, Mamãe e eu. Olho para Daisy. Talvez ontem eu tivesse ficado constrangida por essa festa na frente dela. Mas hoje não. Ela está mandando mensagens, sem prestar o mínimo de atenção a qualquer um ao redor.

— Oi, mamãe — diz Paddy, dando um beijo nela. Mamãe não responde, mas a mandíbula dela se mexe da esquerda para a direta como se fosse uma vaca ruminando. Tem pelos grossos no queixo franzido e lábios sugados para dentro como se sua boca tivesse sido fechada por um barbante. Não parece ter nenhum dente. — Estamos fazendo um churrasco, Mamãe, você gosta de linguiça, não gosta?

Ela ergue o olhar para ele, uma centelha de reconhecimento num estado antes confuso. Ou ela reconhece o filho ou as linguiças. Penso em papai e nos camundongos e espero que não chegue a esse nível. Eu ficaria magoada, assustada, se papai não me reconhecesse. Ele é tudo que tenho. O que acontece quando a pessoa que mais te conhece e te ama, a número um da sua vida, não sabe mais quem você é? Será que significaria que fui deletada?

A campainha toca.

— Eu sei quem é — anuncia Paddy, genuinamente empolgado com essa parte do dia dele, a chegada dos convidados.

Quando ouço a voz do outro lado da porta, meu estômago se revira. Georgie.

Olho para Daisy, boquiaberta.

— Como ele sabia onde a gente estava? — pergunto.

— Eu mandei o endereço para ele, ele vai me levar para casa — diz ela, e, em vez de ficar ofendida, eu fico aliviada porque ela vai embora.

George adentra a passos largos, de short e camiseta apertados, corpo musculoso, pescoço grosso dos seus tempos de rúgbi, se é que ele já jogou. Camisa polo rosa com a gola levantada. Sapatos sem cadarço. Mocassins. Para o caso de ele pegar um iate aqui em Liberties. Sacolas plásticas penduradas nas mãos.

— Boa tarde, pessoal — diz ele com confiança. — Que dia fenomenal. O cheiro está bom, Paddy — comenta ele, como se conhecesse Paddy desde sempre. — Eu trouxe umas brejas.

Ele não funciona aqui. Sua confiança, seu sotaque, sua voz, sua postura, sua energia. Não combina com esse quintalzinho, ou com esse bairro. O cavalheiro perfeito, pensa ele, como se fosse a inocência em pessoa, mas para mim ele é podre por dentro. Todo cheio de etiqueta de escola particular, todo babaca privilegiado, mimado e nojento por dentro, e não deveria estar aqui com pessoas verdadeiras e honestas.

A campainha toca de novo e eu me ofereço para abrir, tentando escapar da raiva enlouquecedora que cresce dentro de mim por esse cara que eu mal conheço. Se Decko não der uma surra nele, eu vou.

Abro a porta e vejo Fidelma com a filha em seu vestido de Primeira Comunhão, mãos de luvas brancas pressionadas em reza, uma pose que certamente foi forçada a fazer para todas as portas nas quais elas batem. Decko, Georgie e Daisy, Paddy, eu, Fidelma e a filha Matilda, todos morrendo de calor no quintal, nem um ponto de sombra à vista, nem uma brisa sequer. Mamãe está na cozinha com um cardigã grosso e bebendo água por um canudo.

— Acho que está na hora de comer — anuncia Paddy.

Ele distribui a comida em pratos de papel infantis. Tento ser educada e puxar assunto com Fidelma, que trabalha na recepção do Conselho do Condado de Fingal. Faço uma pergunta sobre a Comunhão e ela descreve toda a cerimônia para mim, das rezas às músicas. Matilda derrama ketchup no vestido branco e chora. Decko não quer saber de alface, pimentão ou cebolas. Ele não come vegetais. Experimenta o hambúrguer e não o come porque tem alguma coisa na carne. Paddy diz que ela foi marinada, só isso, mas ele não termina de comer. Em vez disso acende um cigarro. A falta de brisa mantém a fumaça presa no quadrado quente e, em certo momento, todo mundo tosse. Paddy faz uma piada sobre abrir o portão para deixar o calor sair, mas esse é o máximo de reclamação vindo dele.

A comida está deliciosa. O melhor churrasco que já comi. Até os pepinos são uma sensação de sabor. Raspo o prato e lambo os dedos, estendendo o prato na direção de um Paddy radiante, pedindo para ele colocar mais. George come o bife, sem carboidrato, e fala que está fenomenal. Mas o uso excessivo da palavra dilui sua genuinidade. Daisy destroça o frango dela e eu a vejo embrulhar uma linguiça num guardanapo e enfiar na bolsa quando acha que ninguém está olhando. Em certo momento, tento formar uma conversa em grupo sobre o trabalho voluntário da Daisy. A próxima viagem dela é para o Nepal, para ajudar a construir e consertar salas de aula danificadas por terremotos. Tenho certeza de que Matilda gostaria de ouvi-la falar sobre como constrói escolas, mas a Nômade Feliz não está mais interessada em falar sobre suas aventuras no serviço voluntário, então Decko assume a churrasqueira para tentar fazer uma banana de sobremesa.

O peito de Fidelma está queimando no sol. Está tostando e começando a desenvolver bolhas de alergia ao suor. Ela vai embora rapidamente com Matilda. Dou uma nota de cinco para Matilda, é o que eu tenho. Decko também lhe dá algo. Paddy, é claro, tem um cartão pronto para ela, mas Daisy e George nem notam a saída dos convidados. A festa terminou, mas eles não pegam a deixa para ir embora. Nem mesmo quando eu falo para irmos.

Em vez disso, George coloca o iPhone para tocar nas alturas e eles começam a dançar "Rhythm is a Dancer" em seu próprio mundo, se achando divertidos e fabulosos, mais divertidos do que qualquer um que já pisou na Terra. É patético. Georgie acidentalmente chuta as pernas da churrasqueira com seu mocassim. A churrasqueira desaba, atingindo o chão com um estrondo. Mamãe leva um susto terrível, começa a chorar. Paddy vai acudi-la; Decko vai acudir a churrasqueira e George e Daisy estão quase se mijando de tanto rir.

O mocassim de George escorrega e ele tropeça nos próprios pés, cai para trás, pesado demais para o portão que já está preso só por uma dobradiça, e a porta tomba para dentro, na direção de Decko, que está abaixado, levantando a churrasqueira.

Dou um grito de aviso, mas é tarde demais. A porta bate nas costas dele, que solta um berro e, somado ao som do portão contra a churrasqueira de metal, deixa Mamãe ainda mais aflita. O senso de humor cruel e perturbado de George e Daisy acha hilária essa cena de devastação à la dupla de comediantes.

Olho para a bagunça ao redor, o som da Mamãe chorando, da risada descontrolada de George e Daisy, do grunhido de Decko enquanto tenta esticar as costas, é tudo horrível. O rosto de Paddy.

— Pare, gente — digo, mas eles não me escutam. Continuam rindo pelo nariz. Estão tentando não rir, é claro. Sabem que é errado, mas isso só faz com que eles riam mais.

— Parem — grito com toda a força.

Todo mundo para no meio do que está fazendo. Daisy e George param de rir. Mamãe para de chorar. Decko para de consertar a churrasqueira. Paddy para de consolar a mãe dele. Todo mundo me encara.

— Acho que vocês dois deveriam ir embora agora — digo a eles, mais baixo. Mais controlada.

Eles se olham entre si e voltam a dar risadinhas, mas vejo que Daisy mudou. O olhar dela tem um brilho sórdido.

— Sardas, eu nem sei por que você me trouxe aqui. Você disse que Paddy nem era seu amigo — diz ela, com os olhos arregalados de novo.

O rosto de Paddy. Sinto o coração partir.

Saio pelo buraco na parede onde a porta carcomida estava.

No ônibus, tento pensar numa mensagem de desculpas para Paddy, mas estou com vergonha demais. Não há palavras que possam consertar o que aconteceu. Ele me convidou para o mundo dele, eu levei os dois para aquele mundo. A responsabilidade é minha. Nos meus rascunhos do Instagram, encontro a minha foto com Daisy na frente do portão rústico com a legenda: *Velhas amigas. Novos começos.*

Eu a deleto.

Você é a média das cinco pessoas com quem mais convive.

Não quero ser igual a ela.

Paro de seguir a Daisy.

E volto a ter uma das cinco pessoas.

# VINTE E TRÊS

Eu me arrasto para fora da cama depois de apertar o botão da soneca três vezes. Papai me ligou no meio da noite. Ainda estava escuro, então não eram nem quatro horas. Fico grata porque desta vez o assunto não eram os camundongos no piano, apesar de ele não ter certeza se ainda estão lá dentro porque não tem tocado, o que me preocupa. Sinto que a música o centraria novamente, mas ele diz que não tem tido tempo. Tem estado ocupado. Reclama sobre outra agência de correio sendo fechada.

— Estão arrancando o coração da Irlanda — diz ele. — Será que não percebem? Eles não estão só fechando uma agência de correio, estão fechando comunidades. Entrei para um grupo. Vamos fazer uma marcha. Em Dublin. Depois aviso a data. Vamos começar na Trinity College e seguir até os Edifícios do Governo, onde vou exigir uma palavra com o ministro. A ilha está sendo dizimada, como é que vamos atrair novos negócios se nem temos uma agência de correio? Eles poderiam consertar o wi-fi, para começo de conversa.

E assim continuou, tudo bastante lúcido até:

— Vou começar um serviço de pombo-correio, é isso que eu vou fazer. Primeiro o fechamento das comunicações por cabo transatlântico, isso já expulsou minha família desta ilha, e agora os correios. Qual vai ser o próximo passo? Acabar com as balsas? Será que os moradores da ilha vão ter que chegar a nado daqui a pouco? Não, não. Eu preciso tomar uma atitude. Não é de se espantar que os ratos e camundongos estejam invadindo, acham que o lugar está abandonado, são como urubus à caça. Eles estão nos cercando, Allegra, sentem o cheiro da comunicação e da decência humana em decomposição... E por aí vai.

Depois de apertar o botão da soneca, eu só fico deitada. Não consigo me mexer. Não quero me mexer. Minha cabeça está pesada e meu corpo está exausto. Estou física e mentalmente esgotada. Quero passar o dia na cama. Quero me esconder do mundo. Quero que me deixem em paz. Estou tentando, de verdade, dar um jeito na minha vida e virar alguém. Alguém de quem eu goste. Mas nem isso consigo. Estraguei tudo na minha cidade natal, não tenho nada para onde voltar. Estraguei tudo com Daisy. Com Paddy. Estou com medo de sair e ser confrontada por Becky sobre o alarme disparado ontem. Preciso ficar de babá hoje à noite e como vou olhar para a cara deles? Estou com medo pelo papai. Aliviada porque a caça aos camundongos acabou, feliz por ele ter encontrado um novo objetivo. Entrar para um grupo significa interação humana, mesmo que seja um grupinho. Mas não sei. Estou exausta de tudo. Minha cuidadosa vida que eu sempre me esforcei para manter sob controle está afundando na merda.

É uma manhã de segunda-feira. Talvez todo mundo tenha o mesmo medo. Talvez todo mundo acorde e se revire com o mesmo pavor de que não era isso que eles tinham em mente. A vida não está indo conforme o planejado, e qual era mesmo a porra do plano? Então uma xícara de café e tudo bem, uma notícia e tudo bem, uma música favorita e passou. Uma compra on-line e nunca existiu. Uma conversa com um amigo e está tudo enterrado. Uma olhada nas mídias sociais e qual era mesmo o problema?

Verifico a caixa do correio mesmo que saiba que o carteiro ainda não passou. Nunca se sabe, Amal Alamuddin Clooney, Katie Taylor ou a Ministra da Justiça e Igualdade poderiam ter silenciosamente entregado sua resposta durante a noite. A caixa de correio está vazia, e eu sinto a rejeição três vezes. Pá, pá, pá. Direto no peito.

Minha lerdeza me faz perder o homem de terno, a corredora, Tara e seu humano, e o velho e o filho. Não os encontrar não me atinge como faria normalmente, parece combinar com meu humor atual. Enquanto atravesso a ponte curvada para a vila, percebo que me sinto diferente. Mais leve, mas não de maneira espiritual. Esqueci minha mochila com o almoço e a carteira. Visualizo-a na bancada, onde a deixei. Não tenho tempo de voltar andando antes do começo do meu turno. Talvez possa voltar na hora do almoço, mas, por hora, nada de café. Nada de waffle. Nada de papas na língua. Nada de Band-Aid. Meu humor piora.

Todos os motoristas sentirão minha ira hoje, não haverá misericórdia. Eu me sinto vingativa, com raiva. Depois de todo esse investimento em mim mesma, voltei à estaca zero na lista de cinco pessoas. É patético que eu já tenha pensado que poderia controlar minha vida. Patético que eu possa um dia me tornar a pessoa que quero ser. Papai tinha razão, eu não deveria ter deixado aquela frase idiota me afetar.

Não chego a James's Terrace até a hora do almoço, e a essa altura estou com tanta fome que minha cabeça parece que vai explodir. O bilhete de parquímetro da Ferrari amarela expirou há uma hora. Os guardiões de estacionamento dele o decepcionaram de novo. Em vez de ficar irritada com Tristan, como aconteceria anteriormente — progresso —, fico irritada com a equipe dele. A equipe inútil e preguiçosa dele, que monta em cima dele. Sinto Andy e Ben me olhando enquanto subo a escada batendo os pés. A porta se abre antes que eu consiga apertar o botão do interfone.

— Allegra — diz Jazz com um sorriso que me desarma. — Entre — diz ela, animada.

Eu entro. As boas-vindas dela substitui minha raiva por desconfiança. Talvez ele tenha conversado com a equipe. Fico orgulhosa.

— Eu estava procurando Tristan — digo.

— Galo está numa reunião — diz ela, com ênfase no Galo. — Como posso ajudar? — pergunta ela.

— Se houve algum problema, por qualquer razão, para mandar o formulário da licença de estacionamento por correio — digo, tentando não soar maliciosa —, tem um aplicativo que Tristan pode usar. Ele pode pagar o estacionamento pelo celular. Provavelmente vai preferir usar um aplicativo.

Estou tentando convencê-la. Estou tentando fazer com que ela faça algo pelo Tristan. Algo que vai realmente beneficiá-lo.

— Se chama Zona de Estacionamento — continuo explicando. — Com um cartão de crédito ou débito registrado, o aplicativo pode mandar uma mensagem para ele lembrando quando o estacionamento vai vencer.

— Humm. — Ela está pensativa. — Vamos subir. Ele está numa reunião com Tony, então não podemos incomodá-lo, mas podemos configurar tudo no celular dele agora mesmo.

Papai costumava dizer para nunca confundir educação com burrice; só porque você sorri ao ouvir um comentário babaca, não quer dizer que não entendeu o insulto. Nem sempre sou ótima com pessoas, mas sei que, seja lá qual for a falta de sincronia que tenho com eles, não significa que eu seja burra. Tem uma pegadinha aqui em algum lugar, mas não consigo imaginar qual, então a sigo para o andar de cima, com o pug nos acompanhando. A porta do escritório de Tony está fechada, consigo ouvir um murmúrio baixo. Sigo Jazz para dentro do escritório de Tristan.

— O celular dele está aqui — diz ela, pegando-o da mesa, e percebo que é uma daquelas namoradas que fuxica tudo, lê todas as mensagens e verifica as mídias sociais dele porque acha que é dona dele.

Ela digita a senha com suas longas unhas cor de pêssego. Deve saber que ele me segue no Instagram, provavelmente já leu todos os comentários que ele deixou até agora. Provavelmente já pesquisou minhas fotos de maneira psicótica e viu meus seguidores e quem eu sigo. Ela provavelmente sabe mais de mim do que eu mesma.

— Prontinho. — Para minha surpresa, ela me entrega o celular.

Talvez eu esteja enganada sobre ela. Talvez o buraco no meu estômago esteja fazendo com que eu me engane sobre tudo.

— O cartão de crédito dele também está aqui — diz ela, abrindo uma gaveta. — Talvez seja melhor você usar o cartão coorporativo, né. — Ela me olha e eu não sei bem se foi uma pergunta. — Para um gasto com a empresa — adiciona ela.

— Ah, é, tá bom — digo, mas mesmo não entendendo dessas coisas continuo desconfiada das intenções dela.

Olho para o celular dele na minha mão pensando que é isso, esse é o truque dela, tem alguma coisa no celular que ela quer que eu veja, uma foto dos dois como fundo de tela ou uma mensagem que ela espera que eu descubra sendo enxerida, pensando que sou igual a ela, mas não sou. Ela não vai me enrolar. Vou direto para a loja de aplicativos, toda convencida e confiante de que escapei de uma, que não caí no joguinho dela.

— O que vocês estavam fazendo aqui na semana passada? — pergunta ela.

Tento não sorrir. A-ha. É isso o que ela quer, extrair informações. Então eu as forneço:

— Ele estava me mostrando os jogos em desenvolvimento — digo.

— Aqui o cartão dele. — Ela o entrega para mim.

Eu me sento no sofá, concentrada em configurar a conta. Nome, endereço comercial, detalhes do cartão de crédito.

— É divertido ver como tudo começa, não é? — pergunta ela.

— É, é mesmo. Tão interessante ver de onde vem a inspiração para essas coisas.

Ela já está ligando a TV.

— Você viu esse aqui? — pergunta ela.

Contraio os lábios para me impedir de sorrir diante da obviedade dela. Ela está me testando, será que eu vi mesmo os vídeos ou a gente estava trepando no sofá?

Uma música começa, uns sons de assobios rebuscados, mas mantenho os olhos abaixados enquanto digito o longo número do cartão de crédito e confiro para ver se está certo. Quer dizer, eu poderia ser uma golpista. Poderia roubar os dados dele bem aqui e agora, e ela só está preocupada em saber se eu beijei o namorado dela ou não.

— Ainda está em estágio inicial, mas Galo está animado — diz ela. — Está sendo desenvolvido mais rápido do que qualquer outro jogo que eles têm. Eu jogo muito esse.

Isso chama a minha atenção, não achei que ela fosse do tipo gamer. Ergo o olhar e vejo as palavras se acenderem na tela: Guerra ao Guarda. Elas escorrem pela tela, deixando um rastro sangrento.

— Então, a ideia do jogo é caçar o guarda de estacionamento quando você leva uma multa — diz ela com animação.

Ela está sentada no braço da poltrona, com as longas pernas reluzentes esticadas à frente. Tornozeleiras em volta dos tornozelos finos. Mexendo no controle do PlayStation como uma profissional.

Olho para a tela, minha boca de repente fica completamente seca. Nem uma gota de saliva. Observo um centro de cidade meio desenvolvido que parece ter sido inspirado em Malahide. Uma Main Street, um cruzamento em forma de diamante e vielas crescendo a partir dali. Uma pessoa sozinha anda pelas ruas, vestida de azul-marinho e colete refletivo. Um mapa no canto superior direito da tela indica a localização do guarda com um ponto vermelho. E um cronômetro. Uma contagem regressiva que informa quando o bilhete de estacionamento expirou.

Uma sirene toca subitamente quando ela leva uma multa. O avatar de Jazz sai correndo na direção do alvo no mapa, para o guarda cujas feições se tornam visíveis. É uma mulher, vestida exatamente da maneira como estou vestida agora. Ela tem uma cara horrível, distorcida numa expressão raivosa como uma bruxa, queixo e nariz longos, traços ossudos e alongados. Isso ia assustar uma criança.

E sardas.

— Olhe para isso — diz Jazz com uma risada enquanto o avatar dela ataca e soca a guarda de estacionamento.

O quepe da guarda sai voando e o rosto dela jorra sangue, que voa pelo ar num grande esguicho vermelho. O avatar dá um chute alto, acertando-a bem no estômago, e ela se curva para a frente, com sangue pingando da boca. O equipamento da guarda cai no chão, o avatar o pega e o joga na cabeça da guarda. Mais sangue e esguichos, até que o rosto da guarda pareça uma ameixa machucada. Então o avatar pisa no equipamento, pisoteia, quebra, esmaga. A guarda começa a fugir, com multas e papéis voando para todo lado como confete. A tela vibra com a música eletrônica animada da Guerra ao Guarda, e o avatar — sejamos honestos, é Jazz — continua seu ataque. Pancadas, chutes, mata-leões. A guarda não revida, mas emite sons. Gritos, ufs e uhs. Sons de dor com expressões horrorizadas no rosto sangrento e machucado. Então Jazz pega um parquímetro, o arranca do concreto e golpeia a cabeça da guarda com ele. A cabeça voa para longe, o pescoço exposto espirra sangue, o corpo sem cabeça cambaleia como um bêbedo em círculos por um momento antes de desmoronar no chão, com a cabeça rolando.

Normalmente eu não sou sensível, sei distinguir um jogo da realidade, mas isso é perverso em outro nível. O que mais me magoa é a crueldade de Jazz. Sinto todos os socos e chutes dela. Sabia que estava montando uma armadilha, vi o que estava acontecendo e caí nela mesmo assim. A manipulação psicológica que Jazz fez para foder com a minha cabeça, a maneira como está sentada ali agora, sabendo que está intencionalmente me magoando e sentindo prazer nisso, torna impossível fingir que não estou magoada.

— Bem, é isso — diz ela, abaixando o controle. — Inspirado em você. Galo está particularmente orgulhoso desse. Acha que é o escolhido para um lançamento mundial.

Não sei se ela está esperando uma respostinha, uma discussão ou uma briga física, mas não vai conseguir nada disso de mim. Estou sem chão.

— Tá bom — digo, finalmente recuperando a voz. — Já entendi, Jazz.

Eu me levanto, coloco o celular e o cartão de crédito na mesa de centro, conta configurada, aplicativo instalado. Meu trabalho aqui está feito. E saio. Simples assim. Passo pelo escritório de Tony, vozes exaltadas atravessando da parede, e me retiro. Seguro as lágrimas ao descer a escada, seguir pelo corredor e descer os degraus até a rua de onde o número oito não consegue me ver. A humilhação. A mágoa. Sinto vontade de chorar, mas não choro. Não paro de andar até a necessidade de chorar desaparecer e a raiva chegar. Não tanto de Jazz. Mas de Tristan. Ele é exatamente quem eu pensei que fosse desde o começo. O pau mole com roupa da Prada que dirige a Ferrari amarela. O homem cujo insulto sobre minha personalidade e vida particular foi uma morte por mil cortes. Que me colocou num caminho de mais destruição, tentando sem sucesso encontrar amigos. Para me encontrar. Para me tornar a melhor versão possível de mim mesma e ser boa o bastante para conhecer minha mãe.

Sigo em frente, ignorando os carros pelos quais passo, sem saber ao certo aonde estou indo, mas movida pelo ódio. Eu me aproximo do salão Casanova e vejo um carro desconhecido estacionado onde a Mercedes prata deveria estar. Isso me emputece ainda mais, a porra da petulância de um desconhecido de ocupar a vaga de Carmencita. Como ela pôde deixar isso acontecer? Será que se atrasou essa manhã e perdeu a vaga? E, nesse caso, por que ela se atrasou? Será que precisou estacionar em outro lugar e será que se importou? Será que foi um começo de dia ruim? Será que a incomodou? Será que estragou a manhã dela? Será que preciso intervir e defendê-la? Será que ela apareceu para trabalhar hoje? Está tudo bem em casa? Será que ela bateu com o carro? Será que ela sumiu de novo antes que eu sequer conseguisse dizer oi?

Esse último pensamento me deixa ainda mais puta. Estou com fome, cansada, magoada, ela não pode me abandonar de novo, não até que eu tenha o tempo que mereço com ela. Arfando, obcecando, irritada, frustrada, magoada, faminta, fraca, humilhada, tenho vontade de gritar e berrar e me esgoelar aqui e agora. Quero chutar o carro, dar uma de Britney, golpeá-lo com um guarda-chuva, arrancar os retrovisores. Essa SUV chique. Olho ao redor em busca da BMW dela, mas nem sinal. Ando de um lado para o outro. O Range Rover tomou a vaga dela. Precisará ser punido de alguma maneira. Vou encontrar uma forma. Avalio o para-brisa. Nenhum bilhete de estacionamento. Rá! Peguei você. Calme aí, mas tem uma licença de estacionamento comercial. Vejo que está registrada no nome de Carmencita Casanova. O carro é dela. Olho para o disco do seguro e o imposto anual para mais informações.

Espio o interior do salão. Ela está lá dentro. Fico aliviada por estar a salvo, ainda há tempo, eu não a perdi. Mas também não perdi minha raiva. Estava direcionada para o carro, e agora, porque o carro é dela, a raiva se transfere naturalmente para ela. Ela mexeu comigo. Poderia tão facilmente ter dado as costas e ido embora de novo e eu nunca nem saberia nem nunca a encontraria.

Ela cola um pôster na janela. *Mulheres empreendedoras. Uma reunião de mulheres nos negócios locais, debate e comemoração. Organizada pela presidente da Câmara do Comércio, Carmencita Casanova. Coquetel no salão St. Sylvester's da associação, 20h, 24 de junho. Ingressos 6 euros.* Ela está muito orgulhosa, dá para perceber. Ela o descola da janela de novo, o alinha, não quer que fique torto ou inclinado. Sua grande noite. Muito para a esquerda, muito para a direita, um pouco mais para a direita, sim, está bom, ela pressiona os cantos com fita dupla face contra a janela. Tão feliz consigo mesma e com sua vida.

Olho de novo para o SUV. Ainda sentindo a onda de raiva. O Range Rover tem assentos para crianças. Não cadeirinhas. Pelos meus cálculos, eles devem ter mais de cinco anos para terem passado das cadeirinhas para os assentos. Vejo brinquedos no chão do banco traseiro. Um carro, um boneco, um álbum de figurinhas enorme, totalmente completo. Totalmente completo. Tudo de que ela precisa, seja lá quem ela for. Poderia ter sido eu. A raiva cresce. Meu coração martela. Pressiono o rosto contra as janelas traseiras.

Carmencita ficou com essa menina. Será que foi o jeito como ela chorou ao nascer? Será que ela fez alguma coisa diferente de mim? Que bebê bobinho que eu era, deveria ter sido mais esperta, deveria ter sabido o que fazer, que aqueles poucos segundos do nosso primeiro encontro seriam também os últimos. Que eu só tinha aquele momento para convencê-la. Será que meu choro foi alto demais, estridente demais, desesperado de menos? Não consegui fazer com que mudasse de ideia. Não a conquistei. Mas, não, ela ficou com esses dois pequenos. Esses ratinhos imundos que derrubam os brinquedos e fazem essa bagunça. Minha testa está pressionada contra o vidro escurecido. Espio o interior do carro em busca de mais sinais de quem eles são. Quem eles são? Será que também se parecem comigo? Pele marrom, crianças irlandesas--espanholas. Sem as sardas, provavelmente. Eles não têm o gene dos Birds. A parte de mim que ela não conseguiu amar.

Vejo Tristan na esquina da James's Terrace, ele está correndo com uma expressão assustada e desacelera quando me vê.

— Allegra — diz ele em voz baixa, como se tivesse me visto com uma arma na cabeça. Ele parece preocupado. Sabe o que Jazz fez, o que eu vi. Ela deve ter contado para ele. Satisfeita.

Eu o ignoro, pressiono o rosto contra o vidro traseiro, coração martelando ainda mais.

— Está tudo bem aqui fora? — pergunta uma voz às minhas costas.

A raiva se expande, se expande como uma tempestade dentro de mim. Os assentos infantis, os brinquedos largados. O veículo errado para a licença de estacionamento comercial. Complicada. Inglês ruim. Perturbada. Confusa. Mó escrota. Dramática.

Ela que se foda. Queria lidar com a crise de estacionamento na vila. Bem, então vamos começar.

— Não — respondo, voltando a atenção para minha máquina de multas, minha arma, e entrando em ação. — Infelizmente, esse carro não é o veículo registrado na licença de estacionamento — digo.

— Não… — Ouço Tristan falar às minhas costas, mas o ignoro. Ele está afastado de nós duas de modo que ela não consiga vê-lo, mas quer me impedir de fazer um barraco.

Ela olha para a esquerda e para a direita enquanto pensa. Entende o que está acontecendo, mas vai fingir. Posso não ser boa em ler pessoas, mas sei quando elas são pegas no flagra e estão prestes a mentir, vejo isso todo dia, e ela eu conheço. Conheço mais sobre ela do que pensa.

— Não, não — diz ela, balançando o dedo no ar para mim como se eu tivesse sido malcriada.

Que mancada, mãe.

— Só um momento — pede ela, entrando no salão.

— Allegra, não faz isso — diz Tristan. — Sei que está com raiva de mim, mas não estrague as coisas com ela por minha causa.

— O mundo não gira ao seu redor, Tristan — retruco. — Pare de encher o meu saco — completo antes que ela volte.

Ele ergue as mãos num gesto de rendição.

Ela volta com a chave do carro na mão. Muitas chaves, argolas, fotografias com rostos sorridentes. Ela vai me mostrar a licença dela, que está toda paga, que está toda em dia. Ela vai me arrastar por esse showzinho, essa conversa pra boi dormir. Eu já sei essa merda toda de cor, cadê a Amal quando eu preciso dela?

— Muito bem — diz ela, toda profissional, nem me olhando no olho ao passar esbarrando em mim. Ela abre a porta, um Minion de brinquedo cai. — Crianças… — Bufa ela, soprando pela boca como se eu devesse entender.

— Quantos filhos você tem — pergunto.

— Dois. — É a resposta dela.

Na verdade você tem três, uma está bem aqui agora, sua primeira. Mas é claro que não digo isso em voz alta. Só grito dentro da minha cabeça.

Tristan coloca as mãos na cabeça pelo que está testemunhando, se remexe nervosamente tentando chamar a minha atenção, mas o ignoro.

— Sim, eu sei que deve parecer que eu tenho mais. Eles são uns bagunceiros, mas não têm permissão para deixar meu carro neste estado. Esse é o carro do meu marido.

— Fergal D'Arcy — digo.

— Como você sabe? — Ela me olha com surpresa.

— Apareceu na minha máquina — justifico, o que é mentira, eu não li o nome na minha máquina. Eu já sabia. Estava no jornal que encontrei na loja de lembrancinhas, o pronunciamento dela como presidente da Câmara de Comércio de Malahide, mãe de dois, casada com Fergal D'Arcy. Ele trabalha num banco, cargo alto. Eles têm uma vida muito boa. Olho novamente para o banco traseiro, então para a mala, e vejo dois patinetes e dois capacetes, entre outras coisas. Eu me pergunto se Fergal sabe sobre mim, e, se não sabe, o que essa informação faria com a família deles.

Ela pega o disco do painel. Está muito perto de mim, seu perfume é forte. Sei que vou passar um tempo na loja de perfumaria, perambulando pelos corredores e tentando encontrar qual é o cheiro. Talvez até o compre. Ela usa um vestido transpassado colorido, decotado, peitos saltando para fora, quadris bem torneados, sandálias de salto anabela. É mais curvilínea do que eu, que herdei o biótipo magro do meu pai. Ou talvez ela já tenha sido parecida comigo um dia, antes dos bebês. Três bebês. Eu me pergunto se ela precisa se corrigir quando fala às pessoas quantos filhos tem. Será que quase diz três e então diz dois? Será que às vezes diz três para algumas pessoas? Desconhecidos? Pessoas que ela nunca verá de novo, só para experimentar a sensação da verdade na língua?

— Está vendo — diz ela, com sotaque espanhol forte apesar dos anos na Irlanda. — Está dentro da validade, registrado aqui, meu estabelecimento.

Sim, sim, eu sei disso tudo, mas sou educada.

— Sim, mas não está registrado nesse carro em particular — respondo, me dando conta de que estou realmente gostando da nossa primeira conversa.

— Esse carro é do meu marido — retruca ela com rispidez de repente. — Peguei emprestado para passar o dia. Meu carro está na oficina. Falta pouco para o teste do SNT.

Ela não precisava dizer teste. SNT significa Serviço Nacional de Teste, então tecnicamente ela disse teste duas vezes. Ela provavelmente não sabe o que a sigla significa, inglês não muito bom, não foi isso que a Pauline falou? Ela tinha razão. Vejamos o quanto as outras descrições dela estavam corretas.

— Como pode ver, está tudo regularizado — diz ela, enfatizando todos os pingos nos is, uma mulher que está acostumada a conseguir o que quer. Falando comigo como se eu fosse a filha dela, apesar de não saber que eu sou filha dela. — Não tem nenhum problema aqui — finaliza ela, deslizando o disco de volta à bolsinha de plástico na janela. Ela tem um problema com autoridade. É mãe, dona e chefe do próprio negócio, presidente da Câmara de Comércio de Malahide. Não gosta de estar errada.

Só que tem um problema aqui, sim, porque ela está errada.

— A regra diz claramente que, se você muda de carro, precisa solicitar a mudança dos detalhes do veículo no seu pagamento — digo.

— Mas eu só vou usar esse carro hoje.

Ela usa as mãos para enfatizar todos os argumentos. Também ergue a voz. Tem gênio forte. Dramática. Perturbada. Ela não mudou. Ela reclama e protesta, alto.

— Vocês... — diz ela para mim, e derrama seu discurso sobre como as leis de estacionamento estão acabando com os pequenos comércios da vila. — Isso é ridículo, uma desgraça — conclui ela, então murmura alguma coisa em espanhol.

Ah, se ao menos eu tivesse continuado com aquelas aulas. Poderia responder, ver como reagiria. A porta do salão se abre.

— Está tudo bem, Carmen? — pergunta a funcionária.

Carmen. As pessoas abreviam o nome dela para Carmen. Estou aprendendo muito sobre ela nessa pequena interação. Diamantes são formados sob extrema pressão, e, nossa, como ela está brilhando agora.

— Qual é a graça? — continua ela. — Como ousa rir de mim? Eu vou reclamar com o seu superior, me dê seu nome.

E é aí que tudo deixa de ser engraçado, se é que engraçado é a palavra para isso, o que provavelmente não é, talvez inspirador, educativo, porque eu definitivamente não posso dizer meu nome, porque aí ela vai saber quem eu sou. Não existem muitos Birds por aí, ela vai saber na hora, e não posso deixar que descubra assim.

De repente, a ficha cai. Que merda estou fazendo? Estou estragando tudo. Até Tristan percebeu. Está tentando me impedir apesar de eu não saber por quê. O que estou fazendo comigo mesma aqui é pior do que qualquer golpe que ele possa me dar no videogame psicótico dele. Não há segunda chances para primeiras impressões, é assim que estou iniciando minha relação com Carmencita. O que estou fazendo? Autossabotagem, como eu sou boa nisso. Preciso recuperar o controle da situação, a raiva dentro de mim já se dissipou e agora estou com medo.

— Me dê seu nome — repete ela.

Não posso dizer meu nome. Quando ouvir meu sobrenome, ela vai saber.

— Eu entendo sua frustração, Sra. Casanova... — E não consigo acreditar que estou dizendo o nome dela em voz alta, para ela. Ouvir minha voz me deixa trêmula. Escuto nela o medo e a admiração pela pessoa com quem estou falando.

— Ah, agora você está sendo simpática — diz ela, rindo de mim. E então me provoca: — Agora está abaixando a bola.

— Estou aqui quase todo dia. Não sei se já me notou, mas sua situação está sempre dentro dos conformes — digo.

Ela recua um pouco ao ouvir isso, mas mantém uma postura arrogante. Como se tivesse vencido, e não posso deixar isso acontecer. Não de novo.

— Eu já emiti uma multa para a senhora, os detalhes já foram enviados pela minha máquina. Mas você tem todo direito de recorrer. É meu dever reportá-la, mas você pode levar sua questão para o conselho.

— Ah, e vou mesmo — diz ela, as mãos nos quadris, briguenta de novo. — Sou presidente da Câmara de Comércio, conheço o conselho muito bem, obrigada.

— Uma vez que seu recurso for recebido, a multa ficará em aberto até o fim do processo — explico com calma, de forma racional, enquanto ela continua a bufar e resmungar. — Eles vão analisar os regulamentos, as fotos que eu tirei e sua prova a fim de tomar uma decisão.

Olhe como eu sou boa no meu trabalho, mamãe querida, é o que tenho vontade de gritar. Olhe para mim, me escute, estou seguindo todas as regras. Se você estivesse em casa e eu voltasse para você no fim da tarde e lhe contasse sobre uma mulher como você, ficaria orgulhosa, me parabenizaria pela maneira como lidei com a situação. Olhe para mim, mãe, olhe!

— Toda essa baboseira, você poderia só ter deixado para lá! Todo esse trabalho agora, recorrer porque peguei o carro do meu marido emprestado!

— É, bem... — Desvio o olhar e vejo o rosto de Tristan, tão cheio de pena que me dá ainda mais ódio. Começo a me afastar. — Só estou fazendo meu trabalho — concluo.

— E vai perdê-lo. Vou garantir que isso aconteça, você não é nada além de uma garota estranha e bizarra — grita ela para as minhas costas e volta para dentro do salão, batendo a porta.

Tristan me alcança.

— Allegra — diz ele, todo conciliador, e eu poderia dar um soco bem no meio dessa carinha de coitado mentiroso dele.

Paro de andar e olho nos olhos dele.

— Nunca mais quero falar com você — digo, puta. — Ouviu bem? Fique longe de mim — rosno para ele, me sentindo um animal, a raiva emergindo de um lugar tão profundo que até eu me assusto.

# VINTE E QUATRO

Uma garota estranha e bizarra. É isso que ela pensa de mim. É isso que sou para ela.

Talvez ela esteja certa. Talvez, no fim das contas, tenha me resumido. Talvez seja uma mãe incrível, saiba exatamente quem sou logo no primeiro encontro. Talvez seja isso que resulte de uma mulher complicada, perturbada, confusa, dramática quando misturada a um professor de música ateu excêntrico. É isso o que resulta de um encontro ilícito. Uma garota estranha e bizarra.

Esquece o trabalho, esquece a ronda. Esquece tudo que eu vim fazer aqui. Foi tudo pra casa do caralho, pra merda, pro ralo. É um redemoinho de plástico no meio do oceano, uma geleira inteira derretida, o plástico carregado pela maré engasgando baleias, é aquele pobre coitado na areia, o refugiado, levado pelo mar até uma praia chique de um destino luxuoso de férias. O pior do pior.

A intriga e a curiosidade que senti ao pressioná-la desapareceram. Agora estou desamparada. Sim, é isso, estou totalmente vazia, como se tivesse sido destruída naquele jogo de guerra ao guarda. Mas repleta de tanto desprezo por mim mesma. Por que não pude deixá-la em paz? Por que tive que emitir a multa? Se eu tivesse deixado para lá, ela não me odiaria; na verdade, não pensaria nada sobre mim, voltaria para o "é bom que rega as plantas" e talvez um bom-dia ao nos cruzarmos na rua. Será que foi porque eu queria fazer ela sentir alguma coisa? Será que foi isso, eu queria que ela me notasse? Será que eu queria puni-la? Será que queria punir a mim mesma por ser tão imbecil e ter tanta esperança? Por me deixar levar pelo que poderia ser em vez de ter a coragem de tentar fazer alguma coisa? Será que usei toda minha bravura ao me mudar para cá e caí no último obstáculo?

As lágrimas escorrem pelo meu rosto. Sou um desastre cheio de coriza. Subo a Old Street, sigo pela Main Street, passando pela Padaria da Vila.

— Cê tá bem, Sardas? — Ouço Spanner perguntar, ele está fumando do lado de fora.

Mas continuo andando, passo pela igreja que está tendo uma cerimônia de comunhão seguida de outra, atravesso a ponte, entro no terreno do Castelo de Malahide.

No fim das contas, sou mesmo a guarda perversa do jogo de Galo, socada, chutada, espancada. Joguei tudo no lixo, tudo, esquece esse trabalho, esquece pedir desculpas para Paddy, esquece a galeria de arte e minha senhoria infiel, esquece tudo isso. Eu cansei, pra mim chega. Câmbio e desligo da garota estranha e bizarra.

Passo por Donnacha no estúdio dele. Se fica surpreso ao me ver de volta tão cedo, com lágrimas escorrendo pelo rosto, soluçando devido à falta de ar, eu não sei e também não me importo, porque não olho. Cara inchada, nariz entupido, olhos chorosos. Passo pelo caminho de pedras do jardim secreto, invisível, escondida, como se ninguém soubesse que estou ali. A garota bizarra nos fundos do quintal deles. Da maneira como eles querem, suponho. Não foi Donnacha ou Becky quem me mostrou o quintal dos fundos, mas uma garota chamada Ava, assistente pessoal de Becky, quem me apontou a rota exata que eu deveria fazer. Pelo portão lateral, passando pelas lixeiras, atravessando o jardim pelo espaço na cerca-viva, entrando no jardim secreto, pelo caminho de pedras que leva à academia nos fundos.

— Para a privacidade da família — disse ela.

Eu poderia me sentar no jardim secreto, mas não no resto do jardim.

Para a privacidade da família.

Pergunto-me o que ela pensaria agora da minha privacidade se eu lhe mandasse o vídeo de Becky trepando com o bunda peluda na minha cama. Eu queria tanto sair da situação do quartinho na casa compartilhada... o clima era horrível, eles brigavam toda noite, eu não podia nem sair do quarto. Ele não queria olhar na minha cara, ela me olhava como se quisesse me matar.

— Fora — gritara ela para mim. — Dê o fora daqui, porra.

Mas eu não tinha para onde ir. Encontrar esse lugar foi um presente divino, pensei que tivesse ganhado na loteria. Luxo cinco estrelas, eu não estava nem aí para o jardim secreto, ou a privacidade da família ou para o fato de que ficaria no fundo de um jardim. Era uma dádiva. Eu teria concordado em trabalhar como babá a semana toda só para me livrar do lugar onde estava. Tive que conhecer Becky primeiro, é claro, ela teve que aprovar a escolha de Ava. Não vi o interior da casa deles até o primeiro dia como babá. Para a privacidade da família.

Tiro o quepe, caio na cama e choro um pouco mais, dessa vez de um jeito escandaloso, frustrado, raivoso. Não é nada bonito. Em certo momento, adormeço.

Acordo com uma batida na porta. Fico momentaneamente desorientada ao acordar, esperando estar no meu quarto em Valentia, ou então na pousada de Pauline, e então finalmente entendo onde estou. Ainda está claro lá fora, então não está tão tarde; nessa época do ano, não escurece até 21h30 ou 22 horas. Olho para o celular. Oito ligações perdidas de Becky. As batidas voltam a soar.

— Allegra, é o Donnacha.

Afasto o cabelo do rosto, uma juba rebelde digna da garota estranha e bizarra que sou, e abro a porta. Ele olha fixo para mim, para meu rosto, depois relanceia para meu uniforme, depois para a cama às minhas costas. Ele está bem-vestido, como se fosse a algum lugar chique, então me dou conta.

— Ah, merda. Merda. Donnacha, que merda. Me desculpe.

Eu tinha que ficar de babá. Largo a porta, corro para me arrumar, pegando os sapatos, me sentindo tonta e precisando me estabilizar.

— Que horas são? — pergunto. Olho ao redor em busca do meu celular.

— São 20h45.

Eu deveria ter começado às 20 horas.

— Ai, meu Deus. Me desculpe mesmo. Tá bom, me dá só um minutinho.

Começo a fechar a porta, mas ele estende a mão.

— Tudo bem, não se preocupe — diz ele, me consolando. — A Becky foi na minha frente, ela não podia esperar mais. É uma festa na casa de uns amigos. Amigos dela, não meus. Então, para ser sincero, eu estou feliz por ter sido atrasado.

— Eu não estou feliz por ter atrasado você.

— Não tem problema. Eu vi você mais cedo. Parecia chateada. Pensei em dar um tempo para você.

— Ah, é. — Olho para baixo porque sinto os olhos se encherem de lágrimas de novo.

— Está tudo bem? — pergunta ele. — Tudo bem, essa pergunta foi burra. — E então ele se corrige: — Tem alguma coisa que eu possa fazer? Que nós possamos fazer?

— Não, não, mas obrigada.

— Tá bom. Daqui a quinze minutos fica bom para você? — pergunta ele. — Isso deve fazer com que eu perca as conversas sem graça com as primeiras bebidas e, se tiver sorte, as entradas.

— Tá bom, vou ser rápida.

— Sem pressa. — Ouço a voz dele enquanto desce a escada em espiral.

Corro para o banho, visto uma roupa confortável e, de cabelo molhado e chinelo, atravesso o jardim. Para a privacidade da família. Os meninos estão de pijama e bebendo leite na frente da TV.

Donnacha me olha com ternura e sinto uma súbita simpatia por ele, me sinto mal por ele. Não sei como se sai sendo marido, mas Donnacha é um bom pai. Ele não merece o que Becky fez. Mas eu nunca contaria. Não é problema meu.

— Certo. — Ele olha ao redor e depois para mim, como se percebesse o que estou pensando e quisesse dizer alguma coisa. Talvez os artistas tenham mesmo algum tipo de sexto sentido. Mas, seja lá o que for, ele muda de ideia e diz: — Como sempre, sirva-se do que quiser da geladeira. Meninos, vejo vocês de manhã. — Ele beija as crianças e vai embora.

Sento-me com as crianças por um tempo, aconchegada pelo clima relaxado. Cillín gosta de ficar abraçado, e o corpo quente e a respiração suave dele esquentam minha alma.

Às 23 horas, muito mais cedo do que pensei, Becky e Donnacha voltam. Becky me lança um olhar assassino e sobe a escada sem uma palavra, o ar de tensão voltou. O ato antes de uma discussão. Donnacha caminha lentamente na minha direção enquanto junto minhas coisas.

— Os meninos foram direto para a cama — relato com nervosismo. — Cillín desceu duas vezes, uma para beber água e outra para perguntar o que aconteceria se alguém desse descarga numa carta de Pokémon. Não se preocupe, eu consegui resgatá-la.

Ele não sorri.

— Tá bom, obrigado, Allegra. — Ele está com as mãos enfiadas nos bolsos e olha para trás como se verificasse se a barra está limpa. Não consigo ter essa conversa com ele.

Junto minhas coisas depressa e saio.

— Boa noite, Donnacha.

Vou para o apartamento, deixo minhas coisas, pego o cobertor macio com o qual Becky enroscou seu corpo suado pós-sexo e saio de novo com alguns restos de carne. Coloco-os no gramado, na área onde tenho permissão para entrar, num canto escondido. Eu me sento num banco e acendo um cigarro. Alguns minutos depois, a silhueta de Donnacha aparece na entrada do jardim secreto. Acendo outro cigarro. Ele se aproxima. Talvez a briga tenha acabado. Talvez ainda nem tenha começado.

— Não sabia que você fumava — comenta ele.

— Eu não fumo.

Ele se senta ao meu lado, mas longe o bastante para não parecer estranho.

— Eu também não. Sobrou algum? — pergunta ele.

Entrego a ele o maço e o isqueiro.

Ele acende o cigarro, traga, se prepara para dizer alguma coisa, preencher o silêncio, mas então talvez perceba o clima, o meu clima, ou então simplesmente não queira se dar ao trabalho e não diz nada. Incomum para ele. Fico agradecida. Ele se entrega ao silêncio, algo que eu não tinha certeza de que conseguia fazer. Fico observando o gramado.

— O que é aquilo? — pergunta ele.

— Sobras de carne. É para a raposa.

— Você também viu? — pergunta ele. — Becky acha que eu estava imaginando coisas.

— Acho que é uma fêmea. Ela vem quase toda noite. Acho que está vindo por detrás da cabana.

Ele olha na direção da cabana mesmo que esteja escuro demais para ver.

— Como você sabe que é fêmea? — pergunta ele.

— As tetas. Ela está lactando. Eu pesquisei no Google, mas posso estar errada. Acho que ela acionou o alarme quando vocês estavam viajando — explico.

Ele traga o cigarro.

— Vou ser sincero com você — diz ele. — A Gardaí disse que viu você perambulando por aí quando chegou. Achou suspeito.

— O quê? — exclamo com a voz esganiçada. — Eu estava verificando o seu estúdio. Por vocês. Becky me ligou para ver se estava tudo bem.

— Ela disse que você estava sem ar.

— Eu estava do lado de fora com a raposa. Tive que entrar correndo para atender à ligação.

— Fiquei me perguntando se você não tinha caído nas lixeiras...

— Isso só aconteceu uma vez.

— Nos últimos tempos, você teve umas noites loucas.

— Não vai se repetir. Os policiais realmente disseram que fui eu? — pergunto.

— Eles disseram para olharmos as câmeras.

— Por que não olham?

Ele não responde.

Relembro minha conversa com a guarda Laura no jardim e de quando a encontrei na frente da estação. Eu estava tentando ser amigável, de fato formar uma amizade, e ela estava desconfiando de mim. Mais uma vez fico magoada por conta de pessoas. Cambada de filhos da puta enganadores e equivocados. Tudo de cabeça para baixo e do avesso. Eu não entendo os humanos.

— Eles voltaram ontem de novo. Insinuaram que podia ter sido você. Mas não tinham certeza.

Solto um grunhido.

— Ontem foi a Daisy — digo. — Meio que uma amiga que não é mais amiga. Desculpe. Eu disse para ela não passar na frente do sensor, mas ela não bate bem da cabeça. Meu Deus — suspiro. — Eu queria que ela fosse minha amiga — digo em voz alta mesmo sem intenção. — Eu queria que a guarda Laura fosse minha amiga.

—Existem maneiras melhores de conhecer pessoas do que acionando alarmes — diz ele, me analisando.

— Não fui eu — retruco, frustrada para caramba.

— Só estou brincando, Allegra, eu acredito em você — diz ele, rindo.

— Então você olhou as câmeras?

— Sim.

— E aí?

— Alguém tinha apagado as gravações. O que é estranho, porque elas geralmente duram alguns meses antes de gravarem por cima de si mesmas.

— Bem, não fui eu — digo, então cai a ficha. Deve ter sido Becky. Para impedir que alguém visse o entra e sai do visitante de bunda peluda. Mas, como resultado, perdi minha prova.

Eu olho para a carne, ele olha para mim.

— O que você está olhando?

— Seu perfil.

— Pode parar — digo, me remexendo um pouco para longe dele. — Seu esquisito.

Ele sorri e desvia o olhar.

Um barulho vem dos arbustos, e nós dois olhamos. Nada.

— Será que eu devia ter colocado a carne numa das suas tigelas? — pergunto, e ele ri mesmo sem querer.

Não estou acostumada a vê-lo tão quieto, mas ele parece cansado.

— Por que você faz tigelas? — pergunto de repente.

— Bem ... — ele pensa longa e intensamente. — Essa é uma grandíssima pergunta.

— É mesmo? — Dou uma risada.

— Sabia que dá para tomar sopa em vários tipos diferentes de tigela?

— Não.

— Tem o prato fundo, a tigela de consumê, a tigela de cereal, a sopeira, o ramequim...

— Muito interessante, mas eu não me lembro de ter perguntado isso — interrompo.

— Tigelas são realmente fascinantes — continua ele com um sorriso, e acho que está gostando da minha petulância. — Tão mais interessantes do que você pensaria a princípio. Elas têm tanta profundidade.

— Não as suas tigelas. Não caberia nem um cereal de aveia ali dentro.

Ele dá uma risada.

— Elas são mais do que parecem quando você as olha de perto — diz ele, olhando para mim. — Como a maioria das coisas.

Ele está fazendo de novo. Desvio o olhar, foco na carne.

— Enfim, achei que fossem receptáculos.

— Inspirados em tigelas de sopa, preciso admitir.

Tento não rir, quem se inspira em tigelas de sopa?

— Lembra das cozinhas de produção de sopa na Irlanda durante o genocídio? — pergunta ele.

— Durante a grande fome. — Sorrio.

— Você diz grande fome, eu digo genocídio. Dá no mesmo.

— Eu sei — digo. — Elas eram distribuídas para alimentar os pobres.

— Pobres, não. A população deliberadamente deixada com fome. Em 1847, três milhões de pessoas estavam sendo alimentadas todos os dias. Mas eles fecharam as cozinhas, esperando que a colheita seguinte de batatas fosse boa, o que não aconteceu. Disseram às pessoas que, em vez de irem às cozinhas, podiam ir para as casas de trabalho, que se tornaram prisões para as pessoas que estavam sendo mortas de forte sistematicamente. A casa de trabalho da cidade onde eu cresci é uma biblioteca agora. Em sua época de funcionamento, ela abrigou 1.800 pessoas quando só deveria acomodar oitocentos. Condições péssimas, disseminação de doenças, esses lugares eram pesadelos. Então se tornou uma casa particular de uma família nobre e rica. Meus avós trabalhavam para eles. Minha avó, na cozinha. Meu avô, nos jardins. Bem onde seus antepassados morreram de fome. Um milhão de pessoas mortas por inanição enquanto eles continuavam exportando comida do país. Então eu faço tigelas de sopa — diz ele simplesmente — para não esquecermos.

Receptáculos, tenho vontade de corrigi-lo, mas não o faço.

Ele mal me dá tempo de digerir essa maravilha antes de dizer subitamente:

— É você.

— Do que está falando?

— Vou fazer uma exibição solo em breve na Galeria Monty.

Sinto meu corpo se contorcer ao ouvir o nome.

— Estou pensando de chamá-la de Fome — diz ele. — Todas as maneiras como sentimos fome. Fome por amor, fome por poder, por juventude, por dinheiro, por sexo, por sucesso, por conexões.

— Legal — digo com nervosismo. Inspiro. Prendo. Exalo. — Talvez você devesse chamá-la de carniceira. Em homenagem à nossa amiga raposa.

Acho que ele não me ouve. Quer dizer o que tem para dizer. Não tenho como fugir.

— Eu estive lá durante a semana para olhar o espaço. Vi algumas pinturas, desenhos, retratos de uma sessão com modelo vivo que tinha acabado de acontecer. Eram todos diferentes, é claro. Cada artista teve uma perspectiva diferente, mas, de maneira coletiva, havia algo de distinto neles.

Vem, raposa, vem me salvar. Aparece e faz com que ele mude de assunto.

— Olhando bem, você é uma figura interessante, Allegra — diz ele.

Ele diz isso delicadamente e então sai.

— Uma garota estranha e bizarra — sussurro.

# VINTE E CINCO

Tiro o dia de folga. Não consigo olhar na cara de ninguém hoje. Finalmente crio coragem para ligar para Paddy e pergunto se podemos trocar de zona pelos próximos dias; ele aceita. Não posso ficar perto do salão Casanova. Não posso ficar perto da Cockadoodledoo Ltda.

— Desculpe pelo seu churrasco — digo para ele.

— Você não tinha como saber.

— Eu não devia ter levado eles. Bem, eu não sabia que George ia aparecer. Mas eu não devia ter levado Daisy. Eles foram embora na hora em que eu fui? — pergunto, com medo de ouvir mais. Não tive mais notícias da Daisy depois daquilo.

— Eles ficaram um pouco mais.

— Quanto?

— Até umas onze?

— Meu Deus, Paddy, me desculpe mesmo. Por que você não disse para eles irem embora?

— Bem, eu não podia, na verdade. Eles estavam do lado de fora. No sol. Sol demais, provavelmente, misturado com álcool. Não é uma boa combinação. Ela passou mal.

Afundo a cabeça entre as mãos, morrendo de vergonha.

— Eu não fazia ideia, Paddy. Espero que me desculpe. Não falo com a Daisy desde então. Ela e eu, nós não somos amigas.

— Que engraçado, você disse a mesma coisa sobre mim.

Meu coração martela. Sinto as bochechas pegando fogo.

— Eu disse — admito para Paddy, ouvindo a culpa na minha voz. — Mas não da maneira que você acha. Ela pensou que nós estivéssemos juntos, juntos, e eu estava tentando explicar que não estávamos. Que só trabalhávamos juntos.

— Que não éramos amigos — diz ele. — Bom saber.

O tom normalmente feliz dele perdeu a amabilidade. Está neutro e frio. É o que eu mereço. Estou tão constrangida.

— Paddy, mil desculpas.

Ele fica em silêncio por um momento, e acho que ele desligou.

— De qualquer maneira — diz ele finalmente, sem pressa —, eu acho que nós não vamos mais nos ver muito daqui pra frente.

— Por que não?

— A transferência está para sair.

— Que transferência é essa?

— A gente vai ser realocado. Acontece de vez em quando. Guardas de estacionamento são realocados periodicamente.

— Mas por quê? Para quê? Eu estou com você desde o começo, você me treinou, você era, você *é* meu apoio na rua. Eles poderiam nos realocar juntos para outro lugar?

— Não. Seremos separados. É para prevenir tédio e familiarização excessiva. Talvez seja uma boa coisa, Allegra. Para você. Não sei o que está rolando em Malahide, e francamente não quero saber, mas talvez uma mudança de cenário seja o que você precise.

Encerro a ligação com os olhos cheios de lágrimas. Não posso ser transferida. Não posso sair de Malahide. Ainda não fiz o que vim fazer aqui. Perdi mais pessoas do que eu sequer sabia que tinha, e agora machuquei o coitado do Paddy, o mais amável e bondoso de todos.

Arrasada, tento cancelar a sessão de arte dessa tarde. Não posso voltar para lá pensando que Donnacha poderia entrar a qualquer momento. Tenho certeza de que Genevieve pode chamar outra pessoa. Tenho certeza de que tem pessoas fazendo fila para posarem nuas, esperando pelo golpe de sorte, mas, quando ouço a decepção na voz dela, consigo ser convencida de alguma forma. A turma está cheia hoje e ela vai me pagar a mais. Ouço Becky, Donnacha e as crianças fazendo um churrasco no quintal e então cedo, aceito ir à galeria. Vai ser melhor ficar longe daqui.

É uma tarde espetacular, e imagino como deve estar na minha cidade, com o sol acima das Ilhas Skellig, o destaque amarelo dos cornichões na paisagem, as amoras silvestres margeando as estradas. Fecho os olhos e me imagino inspirando tudo. Os gritos e berros das crianças do lado de fora me trazem de volta. Cillín está com seu vestido de princesa completo, hoje é o da princesa de *Valente*, fazendo um sotaque escocês impressionante e usando e salto alto. Ele está subindo escadas e descendo por mastros de bombeiro, nem o vestido nem os sapatos atrapalham.

Mantenho a cabeça baixa ao passar pelo jardim secreto e sair do jardim deles. Passo pela Range Rover dele e a Mercedes dela, estacionados com perfeição, reluzindo ao sol. Ando até o ponto de ônibus e entro no número 42, subindo a escada e indo para a primeira fila. Adoro ver, por cima dos muros e das árvores, o interior de jardins e casas que ficam escondidos dos pedestres. À medida que o ônibus oscila e balança, começo a me acalmar e avaliar a carcaça que é minha vida.

Pego meu caderno dourado, tiro a tampa da caneta com os dentes e começo a escrever uma carta para Katie Taylor. Um lembrete de que estou aqui e ela ainda não me respondeu. A ponta paira sobre o papel, batendo nele de vez em quando com os movimentos do ônibus e soltando tinta azul. Uma série de pontos errados, mas nenhuma carta, nenhuma palavra, nenhuma frase.

Não estou aqui de coração. Katie não me respondeu porque Katie não me conhece. Sou uma desconhecida buscando conexão, o que ela ganha com isso? O mesmo vale para Amal e Ruth. Não deu certo quando tentei fazer novos amigos. Certamente não com Daisy, e a guarda Laura acha que sou uma invasora de casas. Estou fazendo algo errado. Estou usando a abordagem errada.

Você é a média das cinco pessoas com quem mais convive.

Posso até não ter amigos aqui, mas com quem eu realmente mais convivo?

Lembro-me do que Tristan disse no começo: quando você olha além do grupo familiar, existem outras pessoas influentes na sua vida que estão afetando você sem que você perceba. Talvez as pessoas com quem você mais conviva sejam as pessoas que não vê. Olhe para o que tem, não para o que não tem.

Olho para minha página pontilhada. Pontos. Ponto, ponto, ponto.

Não quero mais escrever uma lista. Essa frase sempre me pareceu um quebra-cabeça, um jogo de liga-pontos, então desenho a constelação Cassiopeia, a constelação de cinco estrelas. No formato de w. Ao lado de cada uma, escrevo um nome e minha razão de escolha:

• Papai

Não há como negar. Desenho uma linha conectando-o a:

• Spanner

Eu o vejo todo dia. Sei mais sobre a vida pessoal dele do que a de qualquer outra pessoa aqui em Dublin e, do mesmo modo, ele sabe da minha. Ligo o ponto com:

• Paddy

Meu colega de trabalho. Mas eu deveria ter visto ele como amigo. E o ligo a:

• Tristan

Quer eu goste ou não. Ele começou essa reação em cadeia em mim. Espeto a ponta no círculo e lentamente puxo a caneta para o ponto seguinte. O quinto. Então paro. Nada. E tenho vontade de chorar.

Abro a porta da Galeria Monty. Nem ergo o olhar para Jasper. Subo pesadamente a escada instável que range e cede sob meus pés, me sentindo pesada e incerta sobre como agir.

— Oi, Allegra — cantarola Genevieve.

— Oi — digo baixinho, indo direto para o biombo. Eu me sento e desamarro o cadarço das minhas botas.

— Posso me juntar a você? — pergunta ela, enfiando a cabeça para dentro pela lateral.

— Pode.

Ela desaparece e não entra. Franzo a testa e olho ao redor. A cabeça dela surge no topo.

— Tem certeza? — pergunta ela.

— Sim. — Eu sorrio.

Ela desaparece de novo. Silêncio. Surge de novo em outra direção.

— Porque você parece meio baqueadinha.

Dou uma risada.

Ela desaparece de novo. Surge em outro canto.

— Agora sim — diz ela, se referindo ao meu sorriso. — Obrigada por vir. Desculpe por fazer você vir à força.

— Você não me fez vir à força. Você me fez vir por culpa.

Tiro a bota e largo-a no chão com um baque seco.

— Dia ruim no trabalho? — pergunta ela. — Espero que aquele cara do carro que chama a atenção não esteja importunando você de novo.

— Não, ele não. Não é o trabalho. Tirei o dia de folga — digo, e ouço o tremor na minha voz.

— Você está bem, querida?

Você está bem. Três palavrinhas. Qual foi a última vez que alguém me perguntou isso? Não consigo nem lembrar.

Sinto tudo transbordar dentro de mim. Toda tristeza e medo e ansiedade e estresse sobre tudo. E a dor. Tanta dor. E começo a chorar.

— Ah, querida, eu sabia que tinha um motivo para eu ter precisado forçar você a vir hoje. Converse comigo — diz ela, erguendo os braços para me abraçar.

Respiro fundo e sinto como se não falasse há sete meses.

Conto tudo a ela. Não deixo nada de lado. Sobre papai, sobre Carmencita, sobre Tristan e as cinco pessoas. Sobre Marion, Jamie e Ciclope. Conto até sobre os homens nas turmas de arte e sobre encontrar Becky na minha cama. Conto que sou uma garota estranha e bizarra que parece não fazer nada certo. Eu choro, nós rimos e ela fala e compartilha e, meu Deus, tudo parece tão normal e natural com ela e a vida de ninguém é perfeita e ouvir isso me faz tão bem. Todo mundo está só tentando e todo mundo erra às vezes. Não sou só eu. Quando terminamos, só o que sinto é alívio porque nem todos os humanos são espécimes horríveis que entendem tudo errado e culpam e distorcem e mentem e magoam os outros só para se sentirem melhor. Algumas pessoas são gentis.

Mais tarde, sento-me no banco diante da turma cheia, sabendo que meus olhos estão inchados e vermelhos, que meu nariz está entupido de chorar, mas não consigo disfarçar. Olho pela janela por cima da cabeça deles, me sentindo mais leve do que me sentia em muito tempo.

No ônibus de volta para casa, abro o caderno e vou para o último ponto das minhas cinco pessoas invisíveis.

• Genevieve

Porque ela sabe exatamente o que há por trás.

# VINTE E SEIS

Uma carta. Para mim. Escrita à mão.

*Departamento de Justiça e Igualdade*
*St. Stephen's Green, 51*
*Dublin 2*
*D02 HK52*

*Cara Allegra,*

*Sua tia Pauline me entregou sua gentil carta quando visitei a Mussel House na semana passada, um glorioso dia de sol em Kerry, não há nada com que se comparar, tenho certeza de que vai concordar.*

*Obrigada por sua carta. Que teoria intrigante que você levantou! Entender as pessoas à nossa volta como quem ajuda a formar quem somos é algo no qual eu vou pensar pelos próximos dias. Ao longo da vida, é claro que eu poderia nomear cinco pessoas que me influenciaram profundamente, mas olhar ao nosso redor no presente é de fato um desafio, uma maneira maravilhosa de honrar e apreciar quem nos cerca. Fico honrada e lisonjeada em pensar que inspirei você de alguma forma, e só posso esperar que continue a trabalhar duro, que seja feliz com familiares e amigos e que continue a prosperar na sua jornada e encontre felicidade e gentileza naqueles que escolhe para rodeá-la.*

*Gosto muito da sua tia Pauline, por favor, mande minhas lembranças para ela caso vá a Kerry antes de mim. Você deveria considerar votar pelo correio para o novo membro do parlamento. Entendo que dias de férias sejam escassos, mas Mary Lyons é uma excelente candidata que merece seu voto. Segue anexo a informação sobre como se inscrever para a votação por correio.*

*Atenciosamente,*

*Ruth Brasil*

Sexta-feira de manhã. Dia livre. Sem uniforme, usando o melhor vestido de verão e tênis que consegui encontrar e pagar, com a carta da Ministra da Justiça na bolsa servindo como combustível para meus passos, eu me ajeito com nervosismo e entro no salão Casanova.

— Bem-vinda, bem-vinda — diz minha mãe em tom caloroso ao me guiar para dentro do salão. Eu nunca cheguei a entrar, nunca tive razão para tal, sempre me senti muito assustada, muito despreparada. — Ah, como você está bonita — diz ela, admirando meu vestido. — Amarelo-canário, uma das minhas cores favoritas para roupas, mas garotas como você e eu conseguem usar numa boa, não é? — pergunta ela. Mas ela não está perguntando, está compartilhando a informação.

— Aham — respondo, assentindo e sorrindo. Garotas como você e eu, mãe.

Ela não me reconhece. Certamente não como filha, nem como a guarda de estacionamento perversa da semana passada. Ela não sabe que eu sou a garota estranha e bizarra.

— O dia está lindo hoje — consigo dizer.

— Ah, sim, sim — diz ela, distraída, olhando os agendamentos. — Allegra, não é? — pergunta ela, e eu assinto, com o coração batendo mais rápido ao ouvir meu nome saindo dos lábios dela.

Não foi ela quem escolheu meu nome, foi o papai, não sei nem se ela chegou a descobrir meu nome, imagino que não pela reação dela, ou, se descobriu, esqueceu-se rapidamente dele e de mim. Eu não disse meu sobrenome na hora do agendamento, nem precisei, a garota ao telefone não pediu, com um nome como Allegra eles normalmente não precisam de um sobrenome. Não sei o que eu diria se ela tivesse perguntado. Até então eu não menti, só omiti a verdade completa. Não quero começar a mentir.

— Lavagem e escova — diz ela.

Assinto, mas ela não tem como ouvir meu gesto, então forço um sim audível e animado. Será que conto para ela agora que sou a guarda de estacionamento? É melhor tirar o band-aid de uma vez, abordar o assunto primeiro. Deixar que venha de mim antes que ela adivinhe ou tire as próprias conclusões. Antes que uma das meninas que testemunharam nossa interação me reconheça e me dedure. Tem outra funcionária, uma loira bonita de preto, passando xampu numa cliente e pensando na vida enquanto massageia o cabelo da mulher, que está com a cabeça sobre a pia e com os olhos fechados, parecendo morta se não fosse o sobe e desce do peito dela.

Eu pedi especificamente para Carmencita cuidar do meu cabelo. Reservei o único horário que ela ainda tinha disponível; aparentemente todas as mulheres querem ser atendidas por ela, mesmo sendo a mais cara. É a mais experiente, a dona, a gerente, a presidente da Câmara de Comércio, pelo amor de Deus. Tive que me certificar de ter dinheiro o bastante para a experiência. Sem falar do vestido novo que estou usando hoje. A maioria das pessoas começa a se cuidar no salão para um evento futuro; para mim, o salão é o evento e eu me preparei para ele. Valeu a pena. Ela gostou do vestido, foi seu primeiro comentário.

— Onde você comprou seu vestido? — pergunta ela, me guiando até as pias e dando um tapinha na cadeira de um jeito maternal.

— Na Zara.

— Ah, eu amo a Zara — diz ela, e então começa uma história longa e elaborada sobre como achou um vestido que queria e esperou e esperou até que a loja entrasse em liquidação, o escondendo em diferentes araras para que ninguém encontrasse o tamanho dela. — E eu consegui comprá-lo com cinquenta por cento de desconto — exclama ela, com tanta animação que até a mulher em coma na pia às nossas costas e a loira em transe começam a rir. Porque, quando minha mãe conta uma história, ela a conta para o cômodo todo ouvir.

Penso nisso como a frase de abertura do meu discurso no enterro dela. Pode ter levado todo esse tempo para nos reunirmos, mas, quando aconteceu, nossa relação se tornou tão intensa em tantos níveis e tão emocionante que Fergal e os filhos deles me pedem para falar em nome da família. Ela nos amava, diria a filha dela, mas você realmente era a especial, então eu ocuparia o púlpito e começaria. A filha há muito perdida, encontrada e estimada. Quando minha mãe contava uma história, ela a contava para todo mundo ouvir, e então as pessoas presentes ririam com ternura, tirariam lenços de papel da bolsa e secariam os olhos porque, sim, isso era tão verdadeiro, a filha dela, Allegra, acertara em cheio, todos conheciam essa característica em Carmencita e a amavam por ela e coube à filha mais velha destacá-la.

Mas ela está viva e bem aqui. Passa a água delicadamente pelo meu cabelo e pergunta se a temperatura está boa. Leva um tempo para a água permear meu cabelo grosso e chegar ao couro cabeludo, e, como se estivesse lendo minha mente, ela diz:

— Minha nossa, todo esse cabelo lindo, talvez precisemos de uma pia maior.

— Igual ao cabelo da Charlotte — diz a loira bonita, e a voz dela não é nem um pouco como eu pensei que seria. É grave e rouca.

— Sim, sim, igual ao da Charlotte, minha filha — diz minha mãe. Meu coração martela e se quebra ao mesmo tempo porque, veja bem, eu sou filha dela e ela não sabe, e como eu gostaria que estivesse falando com orgulho do meu cabelo como faz com o de Charlotte. Penso em nós duas com as amigas dela, contando a história de como nos conhecemos, o humor do drama do estacionamento, e todo mundo riria, como se fôssemos damas tomando chá num salão vitoriano. E minha mãe diria: "Mas foi quando eu vi o cabelo dela, toquei nele, senti aquela cabeleira, que eu soube que ela era minha." E as damas fariam ahhh e pressionariam as pontas dos lenços bordados com as iniciais contra os olhos úmidos e abanariam o rosto antes de pegar um canapé de pepino com caranguejo da base da bandeja do chá da tarde.

Os dedos dela estão no meu cabelo agora, gentilmente guiando a água para longe da minha testa e do meu rosto com a mão em concha, em gestos tão relaxantes que meu âmago para de chacoalhar e finalmente se tranquiliza. Fecho os olhos e afundo na cadeira.

— Tem algum xampu em particular que gostaria de usar? — pergunta ela, ao que respondo que não com a cabeça.

— Vou deixar você decidir — digo com um sorriso.

Ela segura o frasco à minha frente. Para cabelos secos e grossos.

— Tenho certeza de que você não precisa lavar todo dia, trabalho demais com o secador, então isso vai condicioná-lo e... — E assim ela segue.

Ela conhece meu cabelo, minha mãe. Poderia ter me dito essas coisas enquanto eu estava crescendo, dicas e orientações sobre produtos de cabelo, os ter colocado na minha mala quando fui para o internato, ou será que eu nem iria para o internato se ela estivesse por perto? Tudo teria sido diferente. Sinto um nó na garganta, um pouco emocionada com o que perdi. Com o que nós duas perdemos, o que estou vivendo agora nas mãos dela e ela nem sabe. Papai me dava banho, sempre me entretinha com brinquedos de banheira. Eu amava a hora do banho, então, quando fiquei mais velha, ele preparava a banheira e saía do banheiro para eu entrar, sentindo que seria inapropriado entre um pai e uma filha, e então se sentava do lado de fora ou por perto, conversando comigo, pedindo para eu cantar para ele saber que não tinha me afogado.

Então, é claro, comecei a tomar banho sozinha. Aos cinco anos, no internato. A idade de Charlotte, ou talvez ela seja mais velha. Mas imagino que a mãe dela ainda lave seu cabelo, passe as mãos por ele com tanto amor quanto agora, massageando meu couro cabeludo. Com mais amor, imagino. Papai usava um copo para pegar a água da banheira e jogar sobre a minha cabeça. Passava xampu no meu cabelo de maneira bruta, com mãos pesadas e dedos grossos, xampu e água escorrendo para os olhos, tudo ardendo. Eu odiava essa parte, ele ficava estressado e a fazia o mais rápido possível, para se livrar logo. Enxaguava meus olhos vermelhos e minhas lágrimas, então me deixava brincar.

Ela enxagua o xampu e massageia o condicionador, uma longa explicação sobre o que ele fará com meu cabelo. Sinto como se estivesse caindo enquanto ela massageia minhas têmporas, meu couro cabeludo, minha dor de cabeça que não passou, mas lateja sob os dedos dela, e me pergunto se ela consegue sentir minha cabeça vibrando. Ela me fala sobre tratamentos que ajudarão meu lindo cabelo, e eu absorvo tudo, cada palavrinha, guardo-as na memória enquanto ela fala para poder mencioná-las numa conversa algum dia: "Minha mãe me disse para usar..." Assim como outras pessoas dizem sem nem pensar. Uma frase que eu nunca disse na vida.

Será que ela está sentindo uma conexão profunda comigo por meio do toque, ou está olhando para o nada como a colega, a loira bonita, a décima lavagem do dia, pensando no que cozinhar para o jantar, no presente de aniversário que precisa comprar e embrulhar para a iminente festa de aniversário do amigo de Charlotte? Não quero que esse momento termine, as mãos da minha mãe em mim desse jeito, eu morri e fui para o céu. Mas, infelizmente, ela desliga a água.

— Agora... — diz ela, com a voz alta e animada, estilhaçando o silêncio e a paz.

Meus olhos se abrem de repente, um secador de cabelo é ligado pra outro cliente e o feitiço é quebrado, mas ainda não acabou. Ela envolve meus ombros com uma toalha limpa e meu cabelo com outra e me leva até uma cadeira de frente para o espelho. Meu nervosismo volta pois agora estou de frente para ela, onde ela pode me avaliar melhor. Papai costumava secar meu cabelo de um jeito descuidado, brusco. Às vezes eu sentia como se minha cabeça fosse cair. Ele nunca descobriu como envolvê-lo com a toalha da maneira como minha mãe fez agora, num estilo turbante. Como eu pedia para ele fazer, como via nos filmes. Então o secador, isso era quase uma palavra proibida. Ele odiava secar meu cabelo, era muito grosso e muito longo, levava tempo demais. Então, por esse motivo, nós não o lavávamos com frequência; não o suficiente, pelo menos. Não, cabelo não era o forte dele, mas ele era tão bom em tantas outras coisas. Ela é tão boa com cabelo e tão ruim em todo o resto. Mas vamos focar nos pontos positivos.

— Você tem mãos de fada — digo para ela, que dá um sorrisinho, aha, como se já tivesse ouvido isso centenas de vezes e já soubesse. Ela penteia meu cabelo até deixá-lo perfeitamente liso.

— Quanto você quer cortar? Acho que até aqui, sim? Tirar as pontas duplas. São cinco centímetros.

Sim, tanto faz, eu não ligo, o que levar mais tempo. Continue tocando em mim, cuidando de mim, faça durar para sempre. Não sei por que não fiz isso meses antes. Eu poderia ter tido esse contato com ela pelos últimos seis meses. Faço que sim em resposta.

— Qual foi a última vez que você cortou?

— Há quase sete meses. — Relembro.

Marion o cortou na cozinha dela, uma semana antes de eu... Antes do salão caseiro, antes do bebê de arrepio que agora provavelmente está do tamanho de uma maçã. Minha mãe não consegue acreditar que faz tanto tempo.

— Com que frequência eu deveria cortar? — pergunto para ela, e volto a escutar sobre o clima e as estações e que sinais procurar e volto a absorver tudo.

Talvez eu comece um livro da mãe, registrando tudo o que ela já me disse diretamente, como um livro de lembranças, de forma que, ao fim da minha vida, ele estará cheio e rico e será a prova de um relacionamento ao longo do tempo e de conselhos maternos. Dicas da minha mãe para passar para minha filha. Da avó que ela nunca conheceu, ou conheceu quando a trouxe ao salão comigo, num carrinho, ou para seu primeiro corte de cabelo, tudo por uma mãe e avó que nunca soube. "E por que você nunca contou para ela?", minha filha vai perguntar, e eu vou sorrir, um tipo secreto de sorriso, e responder: "Eu nunca contei, mas ela sabia, filhota, ela sabia."

Ela está em silêncio agora, concentrada em deixar as pontas alinhadas. Puxando as mechas e verificando a altura. Avalio o rosto dela, agora que não está me olhando. Cada gesto. De vez em quando, a barriga ou os peitos dela encostam na parte de trás da minha cabeça e eu penso: eu estive ali. Os dedos dela roçam na minha pele e eu penso: essas mãos me seguraram, esses dedos me tocaram, ao menos uma vez. Essa parte eu não sei, talvez eles tenham me tirado do quarto na mesma hora, mas será que a obstetriz não teria me colocado no peito nu dela, pele com pele, não pelo benefício dela, mas pelo meu? As obstetrizes teriam se importado, não teriam? Olho para o colo dela no vestido transpassado decotado, brilhante e hidratado, linda pele, um colar com um coração alojado entre os seios. Eu me pergunto se Fergal o deu para ela.

Eu perguntaria essas coisas sobre o hospital para Pauline, mas ela não saberia a resposta. Minha mãe deu à luz sozinha. Levada de carro para a maternidade de Tralee por Dara, meu primo louco que não quis me dizer muito mais. Papai estava lá, é claro, numa sala de espera ou na recepção do andar de baixo, ou seja lá onde o deixaram ficar, mas ninguém estava com ela, ninguém além da obstetriz. Não sei quão emocionante ou frio foram nossos primeiro e último momentos juntas. Não último, corrijo-me, porque olha só para nós agora. Reunidas.

Ela está feliz com o comprimento, consegue voltar a falar.

— Tirou o dia de folga, foi? — pergunta ela.

— Aham.

— O que você faz?

Estava indo tão bem. Talvez esse seja o nosso último momento, Carmencita, penso comigo mesma. Espero um momento, então me viro para ela, mesmo que consiga vê-la no espelho. Preciso me conectar com ela na vida real, não cometer o mesmo erro idiota que cometi antes.

— Na verdade, nós já nos encontramos antes — digo numa voz suave e educada. — De um jeito não tão agradável que me dá vontade de pedir desculpas.

Ela dá um leve passo para trás, para longe, linguagem corporal defensiva, eu sei porque estudei resolução de conflitos. Está se preparando.

— Sabe, bem que eu achei que tinha algo de familiar em você.

Meu coração dá um salto. Será que ela sentiu alguma coisa, uma conexão?

— Então a gente já se conhece? — pergunta ela. — Conte para mim que coisa horrível que eu fiz. — Ela está tentando manter o clima leve, mas percebo como ficou tensa. Uma mulher defensiva que sempre gosta de estar certa, que não gosta de ser surpreendida.

— Você não fez nada horrível. — Eu sorrio. — Sou a guarda de estacionamento que a multou na semana passada.

— *Você* — diz ela em voz alta, e os outros encaram. — Mas você não parece... você. Mocinha, amarelo-fluorescente não é sua cor — comenta ela, dando uma risada.

— Eu sei — respondo com um sorriso. — Sinto muito pela maneira como tudo correu, eu queria vir aqui e não sabia se você me reconheceria.

— Não, não, bem, eu não reconheci. Eu teria falado alguma coisa. É claro. Assim que você entrou, eu teria falado alguma coisa. Ora, ora, ora. — Ela está corada. Aborrecida. Planejava guardar rancor para sempre e eu arruinei tudo. Agora sou uma cliente e não há nada que possa fazer. Ela não sabe o que dizer, não olha para mim enquanto pega o secador e seca meu cabelo. Com raiva. Não muito diferente da maneira como papai faria. Mechas voam no meu rosto e chicoteiam no meu olho.

Estraguei tudo.

Meu cabelo é tão grosso que a secagem demora e, depois de quinze minutos em total silêncio, não sei se teria sido possível de qualquer maneira por causa do barulho, ela desliga o secador.

Eu nunca vi meu cabelo tão bonito, e digo isso para ela, que foi suavizando com o tempo, e isso certamente ajuda. Estou balançando a bandeira branca, e espero, penso, que ela veja.

— Que bom, que bom, fico feliz.

Ela tira a toalha dos meus ombros e nosso tempo está acabando. Agora, sabendo quem sou, ela pode nunca mais querer aceitar meu agendamento. Ou vai aceitá-lo e pedir para outra pessoa me atender. Não parece do tipo que dispensa trabalho. Fico desesperada com a ideia de que esse seja o fim da nossa conexão física. Não quero ir embora. Olho para o balcão de manicure.

— Imagino que você não tenha um horário para manicure — pergunto.

— Ahh, acho que não — responde ela, e não acho que esteja mentindo, porque está olhando os horários dela. — Hum. Nem hoje nem amanhã, no sábado todos os horários estão ocupados. Fechamos no domingo. Segunda está tranquilo.

Eu tenho trabalho. Mas talvez dê no meu horário de almoço. Eu realmente não deveria, mas quebraria a rotina por ela. Daria adeus ao banco, meu sanduíche, nozes e chá para me sentar na frente dela, com as mãos nas dela.

Marcamos ao meio-dia, segunda-feira.

Chegamos à parte do pagamento. Olho para o pôster na janela, virado para fora, sobre o evento das mulheres empreendedoras.

— Você deve estar animada com o evento — digo. — Acho que é uma ideia excelente. Gerenciar o próprio negócio e ser presidente da Câmara de Comércio, eu não sei como consegue dar conta tudo.

— E os filhos, é claro. O mais importante de tudo. — Ela ergue o dedo no ar.

— É claro. Criar os filhos é o mais importante — respondo em concordância.

— Fica sessenta euros, com dez por cento de desconto por ser uma cliente nova, pelo elogio e por novos começos. Tudo bem? — diz ela.

— Claro, obrigada. — Pago em dinheiro porque não quero que ela veja meu nome completo no cartão do banco.

— Mas ainda vou recorrer a multa — diz ela, e dou uma risada.

— E você deveria — digo, mas não quero falar sobre isso com ela, então acrescento: — Vou indicar seu evento para minhas amigas.

— Sim, claro, fale para o máximo de empreendedoras que puder. Quanto mais, melhor. Ainda estamos buscando uma palestrante convidada. Mandamos os pôsteres para a gráfica anunciando uma palestrante especial, mas não tenho uma palestrante especial. — Ela bate na cabeça de um jeito brincalhão. — Faltam três semanas.

— Que tal Ruth Brasil?

— A política? — pergunta ela.

— Sim, a Ministra da Justiça. Eu poderia perguntar para ela.

Os olhos dela quase saltam para fora. Ela pega minhas mãos e aperta.

— Você conhece Ruth Brasil, nossa próxima chefe de estado? — pergunta ela. — Ela vai ser nossa primeira chefe de estado mulher, tenho certeza, e precisa ser com toda essa maluquice que está rolando. Ele é um homem ruim, precisa sair.

— Sim, conheço. — Sinto a carta de Ruth pulsando na bolsa. — Na verdade, eu já contei a ela sobre o evento e ela ficou muito interessada. Acha que é uma ótima ideia. Tenho bastante certeza de que ela virá.

A frase simplesmente sai, de uma vez só. Eu nem penso antes de falar. Só quero deixar minha mãe feliz.

— Ela toparia ser a palestrante convidada? — pergunta ela.

— Vou perguntar hoje.

— Ah! — Ela me aperta com empolgação. — Minha nossa, se você conseguisse a Ruth, seria bem-vinda aqui de graça para sempre!

— Vou descobrir o quanto antes — respondo e dou uma risada.

Ela me abraça, faz isso com empolgação, apesar de eu achar que ela abraçaria qualquer um de tão feliz que está. Mas ela *me* abraça. Minha mãe me abraça. Nosso primeiro abraço. Com sorte, não vai ser o último. Saio do salão me sentindo o máximo. Saltitando, vestido novo, cabelo novo, recém-escovado, uma relação com a minha mãe.

## VINTE E SETE

Estou caminhando, mas sinto como se estivesse flutuando pela rua até o parque perto da marina. Meu cabelo balança, meu vestido amarelo de botão esvoaça ao redor das pernas a cada passo, eu sinto o sol no meu cabelo e pele e estou feliz. É um daqueles dias em que é muito bom estar viva, quando você não odeia todo mundo, quando não sente vergonha, quando não quer se esconder. Para mim, pelo menos. Tenho certeza que tem alguém em algum lugar vivendo um dia merda.

Alunos de intercâmbio em grandes grupos ocupam a extensão do gramado, enrolados em casacos e suéteres no nosso dia quente e ensolarado. Eu me sento na grama e volto a abrir a carta da ministra. Foi escrita à mão, usando o papel timbrado do gabinete dela. Tem um endereço de e-mail no rodapé. Agora que ela me respondeu, a correspondência começou. Sinto que bati na porta e ela me deixou entrar. Mas é mais rápido mandar um e-mail do que uma carta, e o tempo urge. Para que o secretário dela não ache que eu sou uma lunática, tiro uma foto da carta da ministra como prova e anexo ao meu e-mail.

*Cara Ministra Brasil,*

*Fiquei tão encantada em receber sua carta, muito obrigada por dedicar seu tempo a escrevê-la. Significou tanto para mim que deu início a uma reação em cadeia incrível. Veja bem, eu tinha quase desistido, mas suas palavras me deram tanta confiança que fui direto encontrar minha mãe, que me abandonou no parto. Eu entrei no mundo dela e acabei de passar a hora mais maravilhosa da minha vida com ela graças à senhora. Viu só como é inspiradora para mim?*

*O nome dela é Carmencita Casanova, ela é presidente da Câmara de Comércio de Malahide e está organizando um evento para daqui a três semanas celebrando mulheres empreendedoras. Ela adoraria que a senhora comparecesse. Se tiver tempo para dar uma passada nesse evento por pelo menos dez minutos, a presidente da Câmara de Comércio de Malahide e as empreendedoras de Malahide ficariam felicíssimas.*

*Mas, acima de tudo, se nossa correspondência não der em mais nada, quero agradecê-la pelo presente que me deu hoje. Sua resposta me deu asas bem quando eu precisava, e esse é o poder de ser uma das cinco pessoas de alguém.*

*Segue em anexo um pôster do evento para provar sua legitimidade. Eu agradeceria se a senhora ou o seu gabinete mantivesse contato diretamente comigo em relação a esse evento, visto que estou assistindo a presidente com a organização.*

*Ficará satisfeita em saber que tomei as providências para votar por correio para o membro do parlamento.*

*Atenciosamente,*

*Allegra Bird*

Peço para ser contatada diretamente pelo gabinete da ministra porque não quero ser excluída de nenhum acontecimento futuro. Caso a ministra decida comparecer, quero usar isso para desenvolver ainda mais minha relação com Carmencita. Então, quando for o momento certo, revelarei a ela quem sou. Mas o momento precisa ser certo. Não há dúvidas de que preciso me provar primeiro.

Carmencita é durona, forte, porreta. Ela não gosta de surpresas. Não a conheço bem, mas sei que preciso provar que sou digna do querer dela.

Aperto enviar, deito-me na grama, ergo a câmera e tiro uma selfie. Cabelo novo, vestido amarelo, grama verde, ranúnculos, margaridas. É um momento. É um post de Instagram. Estou pegando o jeito.

— Allegra — chama uma voz, interrompendo meus pensamentos.

Tristan está ao meu lado, um gigante sobre mim, bloqueando o sol feito a escuridão encarnada naquele boné vermelho idiota da Ferrari.

— Vá embora, por favor — digo, me preparando. Jogo o celular dentro da bolsa, dobro cuidadosamente a carta da ministra e a guardo.

— Eu mal a reconheci, você está incrível, não que não esteja sempre... — Ele se agacha ao meu lado. — Vi seu post no Instagram... Sabia que deveria desligar a localização se quiser privacidade? Enfim, resolvi tentar a sorte e ver se ainda estava aqui — explica ele, e percebo que está sem fôlego de correr do escritório até aqui.

— Sim, eu quero privacidade. Por favor, dê o fora daqui — digo, me levantando.

Tristan também se levanta.

— Passei a semana procurando você. Onde você estava?

Ando até a rua, o homenzinho verde fica vermelho, impedindo minha fuga. Aperto o botão da travessia de pedestres, frustrada.

— Allegra — chama Tristan, me acompanhando de um jeito educado, o que mostra que não quer invadir meu espaço, mas também não quer ir embora. — Por favor, me escute.

— Olhe, Tristan, vá embora, por favor, eu não quero falar com você. E estou me esforçando muito para ser educada agora, porque tudo o que eu quero, de verdade, é mandar essa sua carinha presunçosa idiota com esse boné da Ferrari para aquele lugar.

275

— Ah. — Ele toca o boné, constrangido.

Aperto o botão de pedestres repetidamente, tentando apressar o homenzinho verde. O tráfego flui em direção à costa nesse belo dia.

— Passei a semana falando para o seu colega, Paddy, que preciso muito conversar com você, você recebeu minhas mensagens?

— Não.

Não falo com Paddy desde a última ligação. Ele me informa as zonas onde vamos trabalhar por mensagem. Fico intrigada, mas não quero que ele saiba. Quero puni-lo. Magoá-lo como ele me magoou. O semáforo começa a emitir sons de videogame para nos alertar de que é seguro atravessar. Tristan quase tromba com um carrinho de bebê duplo e uma criança num patinete ao me seguir.

— Desculpe. Mil desculpas. Allegra, onde você estava, você foi para casa?

— Nossas rondas foram trocadas, às vezes isso acontece. Por quê? Você achou que tinha me magoado tanto que eu não aguentei ir trabalhar e ver sua cara? — pergunto, sabendo que foi exatamente isso que aconteceu.

— Não, é claro que não. — Ele mente mal, com o rosto vermelho. — Olhe só, eu demiti a Jazz. O que ela fez com você foi abominável. Eu a demiti na mesma hora. Ela foi embora. A gente não... a gente terminou.

Paro de andar quando chegamos à outra calçada.

— Responda uma coisinha, Tristan, aquele jogo em que as pessoas me pulverizam até a morte, foi a Jazz que inventou ele todo sozinha?

— Não, não. — Ele ergue as mãos. — Fui eu.

— Tenho certeza de que a dupla de esquisitões ficou encantadíssima em ajudar você a desenvolvê-lo.

Ele não nega.

De repente, minha mãe aparece na janela do salão de beleza, acenando.

— Opa, é melhor sairmos daqui — diz ele, tentando pegar meu braço e me guiar para longe.

Eu balanço o braço para me livrar dele.

Ela gesticula para eu esperar.

— Allegra — grita ela pela porta aberta e eu dou alguns passos naquela direção.

— Oi, Carmencita — respondo, aproveitando a sensação da nossa proximidade e do fato de Tristan estar testemunhando. Estou confiante, como se fosse capaz de qualquer coisa.

— A sua amiga, Ministra Brasil, aceitou? — pergunta ela com empolgação. — Eu estava pensando que poderia imprimir pôsteres novos com o nome dela como palestrante convidada. Vai custar mais tempo e dinheiro para substituí-los por toda a vila, mas vale a pena.

Eu me contorço um pouco por dentro, sem querer que Tristan saiba exatamente como eu fiz para ganhar a simpatia dela.

— Acabei de mandar um e-mail para ela — digo. — Tenho certeza de que ela vai responder logo, talvez seja melhor você não fazer nada até termos a confirmação.

— É claro, tenho certeza de que ela é muito ocupada. Me desculpe, é só que estou muito animada. Você acha mesmo que ela vai topar?

— Tenho certeza de que ela adoraria — digo. — Não é um sim definitivo. Só temos que esperar para ver.

Ela me dá um joinha e um dedos cruzados e tudo o mais que consegue fisicamente fazer para demonstrar sua empolgação.

— Nossa, que reviravolta — diz Tristan. — Ela sabe que você é...

— Não. Ainda não — digo, subindo a New Street. Não quero que ele fale a palavra em voz alta.

— O que você fez? — pergunta Tristan, e não gosto do alerta na voz dele, da desconfiança, da dúvida. Olho feio para ele, que para. — Tá bom, desculpe, não é da minha conta. Mas...

tá bom, me escute, sobre o outro assunto. Eu desenvolvi aquele videogame de mal gosto da Guerra ao Guarda nas primeiras duas semanas depois que nos mudamos para o escritório, quando eu não conhecia você, quando você ficava me multando várias vezes por dia.

— Eu só estava fazendo meu trabalho.

— Eu sei disso agora, mas não sabia na época. Eu estava com raiva, com raiva de você e de todo mundo da área. Não foi pessoal, porque eu não sabia nada sobre você. Você era só uma guarda horrível que vivia me multando. Agora eu sei e sinto muito que tenha a magoado. De verdade. Você é a última pessoa do mundo que eu gostaria de magoar. É a única pessoa que me trata como se eu fosse normal, a única pessoa que me diz a verdade, a única pessoa que não liga para o meu carro.

— Porque o seu carro é brega e horroroso.

— Viu? É exatamente disso que eu gosto em você. Ninguém diz essas coisas para mim. A maioria das pessoas que eu conheço tem orgulho das minhas conquistas, mas você, nem tanto. Eu preciso escutar essas coisas. Você é meu oposto de puxa-saco. Você odeia o boné, e por isso vou jogar o boné fora.

Ele o tira e o espreme pelo buraquinho da lixeira.

Olho para a lixeira, surpresa.

— Quando conheci você, falei umas coisas horríveis — diz ele. — Mas eu estava com raiva porque não estava feliz com a minha própria vida, então eu meio que transferi meus sentimentos para você. Não revire os olhos, por favor, obrigado. Então você de fato me escutou e começou a tomar atitudes, você começou a mudar sua vida... ou ao menos tentar. Enfim, só de observar e ouvir você, eu fui inspirado a olhar para a minha vida e percebi que minhas cinco pessoas também não eram quem eu pensava. Terminei com a Jazz, fiz umas grandes mudanças no escritório logo na semana passada e tem mais por vir. As pessoas vão finalmente começar a me escutar, porque você tem razão, eu era um bunda-mole. E também falei com o tio Tony. Não vamos mais trabalhar juntos.

— Eita. E como ele reagiu?

— Ele me chamou de mal-agradecido e disse que vai me processar por tudo o que eu tenho. Enfim, não dou a mínima para as ameaças dele. Não importa, o fato é que eu fiz as mudanças e posso recomeçar. E só tenho você a agradecer por isso. Ver você com sua mãe na semana passada...

— Bastou para fazer qualquer um desistir de começar novas relações — interrompo-o, começando a desacelerar agora que minha raiva se amenizou.

— Sim... mas você estava tentando. Eu precisava ser tão corajoso quanto você.

Relanceio rapidamente para ele a fim de ver se está falando sério. Nenhum sarcasmo. Ele parece envergonhado. Estou envergonhada por ele. Por mim. Ele deve estar.

— Bem, é isso. Isso era tudo o que eu queria dizer. Aonde você está indo com tanta pressa, aliás?

— A lugar nenhum, na verdade — admito. — Só para longe de você. — Paro na frente da padaria, então abro a porta.

Ele me segue.

— Oi, Spanner.

— Fala, Sardas. Por onde você andou, pensei que tinha te espantado. — Ele olha Tristan de cima a baixo sem uma palavra.

— Esse é o Tristan.

— Oi — diz Tristan com educação.

Spanner só assente, o avaliando.

— É teu cara? — pergunta ele.

— Nem fodendo — digo, ofendida.

— Bem, eu sou um cara e sou seu amigo — comenta Tristan, ofendido com meu tom.

— Você nem é meu amigo — retruco. Spanner ri pelo nariz.

— Cês vão pedir alguma coisa?

— Eu quero um cappuccino com leite de amêndoas — diz Tristan, e então adiciona um "por favor" quando Spanner olha feio para ele.

— Cê é alérgico a leite, é? — pergunta ele em tom provocativo, assumindo uma voz mais feminina.

— É mais uma questão de intolerância, na verdade— responde Tristan. — Fico estufado. Allegra, você vai querer...

— O de sempre — Spanner e eu dizemos em uníssono.

— Então, eu segui seu conselho e arrumei um advogado — diz ele.

— Spanner, que notícia boa. A ex dele não quer deixá-lo ver a filhinha — explico para Tristan.

Tristan suga o ar.

— Puxado.

Spanner parece querer tacar um pão na cabeça dele. Tristan se encolhe.

Do nada, Spanner soca o ar com violência e Tristan pula de susto. Ele ergue os dois punhos no ar como se fosse Katie Taylor, o campeão dos campeões.

— Vou ter meu dia no tribunal — diz ele. — Vou contar a eles que morei com a Chloe por três anos antes de ela pegar barriga, pode crer. E que morei com a Ariana até ela ter quatro anos. Paguei por tudo, tenho meu próprio negócio, levei ela pra escola montessoriana todo dia enquanto Chloe ficava na cama, pode crer. E então vou esperar eles pedirem desculpa: mil desculpas, Sr. Spanner, por esse inconveniente do caralho, está liberado, pega sua filha de volta.

— Ou você poderia só pedir para a amiga da Allegra, a Ministra da Justiça, ajudar você, quem sabe ela não pode bater um papo com o juiz? — diz Tristan, mal conseguindo reprimir um sorrisinho.

— Sardas, você nunca me disse. — Spanner olha para mim, surpreso.

— Não... eu... quer dizer, talvez ela venha para Malahide daqui a três semanas, eu estou só esperando uma resposta. Mas talvez ela esteja ocupada. — Sinto o rosto pegando fogo.

— Três semanas? Não posso esperar tudo isso — diz ele, pulando por cima do balcão em direção à porta. Pernas abertas, base larga. Spanner acende um cigarro e encara o trânsito.

Tristan dá uma risada.

— Foi mal, não consegui segurar. Ele é intenso, né?

— Ele faria tudo pela filha — explico, e fico surpresa ao sentir um nó na garganta. Tenho um que nem ele em casa, e estou aqui. Fico momentaneamente balançada por esse pensamento negativo depois da empolgação da manhã. Só preciso fazer tudo isso valer a pena. Esse tempo longe dele vai ter que valer a pena.

Meu celular vibra na minha mão com uma notificação de e-mail, e verifico-o rapidamente.

— Tudo bem? — pergunta Tristan, salpicando açúcar no café e observando meu rosto.

— Tudo.

— Era ela, a ministra? — pergunta ele num tom provocador. — Ela vem afinal?

— Sim, na verdade ela vem. — Eu ajeito a coluna. — E vai ser a palestrante convidada. — Pego meu café, deixando Tristan para pagar. Quando ele está fora de vista, releio o e-mail. E de novo, torcendo por uma resposta diferente.

*Obrigado por seu e-mail. Sua mensagem é importante para nós, responderemos assim que possível.*

# VINTE E OITO

— Oi, papai — digo ao atender ao telefone, andando de volta para casa pelos jardins do Castelo de Malahide à luz do sol, com o café ainda na mão.

— Ficou sabendo?

— Do quê?

— Sobre Cork.

— Não, o que houve em Cork?

— A empresa de correio vai fechar sua central de correspondências em Little Island.

— Ah. — Ele nota a indiferença.

— Duzentas pessoas perderão o emprego, Allegra.

— Eu sei, isso é terrível. Sinto muito. Nós conhecemos alguém que trabalha lá?

— Não. Mas essa não é a questão, é? O governo acabou de anunciar sua nova política ambiental, será que alguém levou isso em consideração quando decidiu fechar a central de correspondências?

— O que a agência de correspondência tem a ver com uma política ambiental?

— Ora, quantos caminhões vão ocupar as estradas agora, levando as cartas para o depósito mais perto, seja lá onde isso seja? É outro prego no caixão para a Irlanda rural. O coração das comunidades está sendo arrancado. Não só o coração, é a decapitação da nossa sociedade.

— O que você vai fazer sobre isso?

— Eu falei com Bonnie...

— Quem é Bonnie?

— Bonnie Murphy, ela era dona da agência lá em Glencar antes de fecharem o negócio dela. Estamos trabalhando nisso há semanas, eu contei para você. Vamos organizar uma associação para salvar as agências de correio, vamos nos mobilizar.

— Mas como você vai fazer isso sem carro? Para se mobilizar, você precisar ter um meio de locomoção. Posie disse que você ainda não voltou para os ensaios do coral.

— Posie não sabe de todas as minhas idas e vindas, eu me certifiquei disso, o filho dela é funcionário público em Dublin, eles não são confiáveis. E você não precisa se preocupar. Passei essas duas últimas semanas torrando a paciência daqueles trambiqueiros do seguro e eles estão consertando a parte elétrica do carro, me forneceram um carro temporário até o meu ficar pronto.

— Mas, papai, eu falei com eles inúmeras vezes, eles não acreditaram em mim sobre a história dos ratos. Basicamente mandaram eu ir catar coquinho.

— Aha, Allegra, essa é a parada das grandes corporações, você não pode deixá-las ganhar, não pode desistir. Não aceite não como resposta. A última coisa que eles vão fazer é me dar outro carro, é claro, mas vão gastar tempo e dinheiro trocando a fiação.

— Então você está de volta à ativa, com essa mulher, Bonnie?

— Estou. Alguém precisa agir, senão, quando nos dermos conta, eles terão fechado tudo ao nosso redor e nós não passaremos de ratos perambulando em nossas próprias cidades desertas.

— Que ótimo, papai. — Sorrio. — Fico feliz em saber que você está de volta. Por uma boa causa, é claro.

— Bem. — Ele relaxa. — Alguma novidade?

Sei o que ele quer dizer. Você já a viu, já falou com ela, ela já sabe?

— Bem, na verdade, sim. Andamos conversando.

Ele fica quieto por um momento. Um sim desconfiado.

— E estou indo com calma, papai. Vou ajudá-la com uma coisa, um evento que ela está organizando. Convidei a Ministra Ruth Brasil.

— Então foi por isso que você mandou a carta. Dizem que, da maneira como o governo está indo, ela vai ser a próxima chefe de estado. Qual é o evento?

— Para empreendedoras locais.

— E ela vai, é?

— Aham. Acho que sim.

— E você acha que isso vai conquistá-la, é?

Odeio o cinismo dele. Tenho vontade de desligar o celular. Eu não falei nada sobre a missão idiota dele de salvar agências de correio.

— É. É, eu acho que sim, papai — retruco com rispidez.

— Tudo bem, meu amor, tudo bem. Conte-me tudo, não me esconda nada, como dizem. Mas não conte as novidades por uma maldita carta senão eu nunca vou saber.

— Tá bom, papai. Te amo — respondo em meio a risadas.

— Te amo.

Enquanto estávamos conversando, recebo uma mensagem de Becky pedindo para me encontrar umas dezenove horas, quando ela chegar em casa. Meus passos continuam animados. Papai está melhorando, eu estou resolvendo a questão com a minha mãe com a ajuda da Ministra da Justiça, o que é tipo matar dois coelhos com uma cajadada só. Finalmente tudo está progredindo.

— Você está diferente — comenta Becky quando entro na cozinha pela porta dos fundos.

— Obrigada — sorrio. — Fui ao salão.

— Dá para ver.

Tem uma garrafa de vinho aberta na bancada cara que brilha como se abrigasse diamantes, está respirando num decantador chique. Ela manda os meninos saírem da sala e irem jogar videogame, meio que grita, agitada. Cillín pede meu celular porque eu tenho um jogo de que ele gosta.

— Fora, fora — diz ela, apressando-o.

Ele vai da cozinha para o sofá, em seu próprio mundinho. Fico apreensiva com a maneira como ela os enxota. Com aquele humor.

Olho para o jardim de inverno para ver se Donnacha está ali, trabalhando em sua exibição solo.

— Ele não está em casa — fala ela com rispidez.

Ela serve uma taça de vinho para cada uma, o que teoricamente devia ser um gesto gentil, mas parece agressivo. Ela está tensa, com meneios desastrados, derramando vinho tinto por cima da borda. Bate a garrafa sobre a bancada.

Pigarreio porque ela está subitamente me deixando nervosa.

— Antes que eu esqueça — digo —, talvez você se interesse em comparecer. — Pego um panfleto sobre o evento para mulheres empreendedoras e o coloco sobre a bancada.

Ela nem o pega.

— Já fui convidada. Alguém da Câmara de Comércio.

— A presidente. Carmencita Casanova — digo. — Foi ela quem fez meu cabelo hoje. Na verdade, estou ajudando-a com o evento. Estou tentando convencer a Ministra da Justiça a comparecer.

Tenho noção de como a frase parece impressionante, e é exatamente isso que estou tentando fazer com Becky. Tivemos umas semanas ruins, espero poder virar o jogo. Mas minhas palavras não têm o efeito desejado. Ela me lança um olhar estranho, com o rosto meio contorcido de julgamento, e percebo que já bebeu bastante, está mais mordaz. Tão cedo, sozinha em casa com os meninos. É incomum.

O sentimento horrível se intensifica. Bebo o vinho tinto, dou um gole grande demais, o que me faz engasgar, e então reprimo uma tosse.

Ela me observa com olhos felinos. Dá um gole de um jeito malicioso. Sorri do meu desconforto.

— Antes de começarmos, tem alguma coisa que você gostaria de me contar? — pergunta ela, me perfurando com o olhar. Suas pupilas estão tão dilatadas que seus olhos parecem pretos.

Confusa, reviro o cérebro em busca de algo que eu deveria contar a ela.

— Hum. Não, acho que não — respondo lentamente. Mas eu poderia estar errada, tenho certeza de que ela está prestes a refrescar minha memória.

— Você acha que não... Certo. — Ela ajeita a postura como se tentando se acalmar e inspira e expira antes de dizer, sem gentileza: — Você quebrou as cláusulas do seu aluguel. Tínhamos um combinado de três-erros-e-já-era. Já era para você, Allegra.

— Eu não quebrei nenhuma cláusula — digo, confusa. Reviro minhas lembranças. — Quebrei um prato há algumas semanas, mas eu contei para você. Disse que pagaria.

— Acha que eu sou burra, Allegra?

— Não.

— Então você não seria despejada por conta de um prato, seria? Houve muitos incidentes nas últimas semanas. Eu esperava não precisar relembrá-la, esperava que eles estivessem tão perfeitamente claros e memoráveis para você quanto para nós.

Noto que ela está pronta para listá-los. Está morrendo de vontade de fazer isso. Provavelmente anda listando-os sem parar ao tomar banho, limpar a cozinha, esvaziar a lava-louça, repetindo de novo e de novo na cabeça dela todas as coisas terríveis que fiz.

— Donnacha teve que catar você do meio das lixeiras quando você acionou o alarme, tão bêbada que ele precisou praticamente carregá-la até a cama. Depois não pense que eu não notei que você trouxe uma amiga para dormir.

— Ela não é minha amiga.

— Bem — ela dá uma risada irritada, com as narinas dilatadas — isso é ainda pior. Você trouxe alguém que nem era sua amiga para minha casa.

— Minha casa — respondo, baixinho.

— O contrato determina explicitamente que você não pode fazer isso. Para a privacidade da nossa família. Da *minha* família. Não podemos ter desconhecidos perambulando por aí às quatro horas da manhã.

Ela deixa um silêncio no ar, um silêncio poderoso de agora--eu-peguei-você.

— Mas eu não tenho para onde ir.

— Acho que um aviso de quatro semanas é tempo o suficiente para você encontrar outro lugar. É claro que, se encontrar algum lugar disponível antes disso, por favor, aceite.

— Becky — digo, em completo choque. — Por favor, eu imploro. Serei uma locatária melhor, prometo. Preciso ficar aqui. Preciso ficar. Estou trabalhando numa coisa. Estou aqui por um motivo. Um motivo muito importante.

— Sim, trabalhar com a presidente da Câmara de Comércio e a Ministra da Justiça — diz ela com desdém. — Conta outra. Isso porque eu nem mencionei o fato de a polícia ter sido chamada aqui em casa não uma, mas duas vezes. Os policiais em serviço acharam que você estava agindo de maneira estranha. Não sei o que está tentando fazer, invadir minha casa quando estou fora, mas isso não se repetirá, e você certamente não terá mais permissão para chegar perto dos meus filhos.

Olho para Cillín, torcendo para ele não a ter escutado falando comigo desse jeito. A cabeça dele está afundada no celular, brincando com os aplicativos que baixei para ele.

— Eu só acionei o alarme uma vez — digo, me sentindo histérica. — A primeira vez foi a raposa. Tudo bem, a segunda vez fui eu caindo nas lixeiras, e a terceira vez foi uma garota que não é mais minha amiga nem nunca mais será. Peço desculpas por tudo isso, mas eu não estava tentando invadir a sua casa. Eu poderia provar tudo isso para você, não poderia? Com as gravações das câmeras de segurança, se você não tivesse apagado tudo para salvar a própria pele. E, honestamente — continuo, com a voz trêmula —, acho que você só quer que eu vá embora porque eu sei o que você fez. Você odeia que eu saiba e está apavorada que eu vá contar para alguém.

— O que você disse? — sussurra ela.

— Donnacha olhou as gravações da câmera. Ele me disse que foram apagadas. Quem será que as apagou? Mas não importa, ele não precisa ver as gravações, ele acredita em mim.

— Ah, tenho certeza de que acredita, Allegra. Tenho certeza de que você tem seus métodos de fazer as pessoas acreditarem em você. Você me enganou por um tempo também. Eu encontrei — sussurra ela, então. É sinistro. O rosto bonito dela está tão contorcido e bizarro.

— Encontrou o quê? — Estou muito confusa.

— Seu segredinho — sussurra ela de novo.

— Becky, não sei do que você está falando. — Mas escuto a mentira na minha voz.

Eu tenho, sim, um segredo, um grande segredo, um que carrego comigo todo dia. O segredo sobre a minha mãe, mas não faço ideia de por que isso deixaria Becky irritada. Estou tentando entender como essas duas coisas têm a ver quando ela se levanta, atravessa a cozinha depressa e subitamente revela uma tela. De mim, nua.

— *Este* segredinho — diz ela, a voz num sibilo de forma que Cillín não consiga ouvir. — Encontrei no estúdio do Donnacha. Escondido. Vocês dois pensaram que eu não encontraria? — pergunta ela.

Minha boca se abre e fecha sem emitir som. Nem sei por onde começar.

Barulhos sexuais vindos do sofá interrompem a nossa conversa. Um homem e uma mulher botando para foder. Reconheço imediatamente. Becky leva um milésimo de segundo a mais do que eu. É ela no vídeo. Ela e o bunda peluda. Na minha cama, ou a cama dela, na minha casa, ou a casa dela. Eu esqueci de apagar o vídeo, e Cillín está sentado no sofá com o rosto franzido de confusão, assistindo. Corro até ele e arranco o celular. Corada, com os dedos tremendo, tento pausar, abaixar o volume e apagá--lo antes que Becky consiga ver. Mas é tarde demais. Ela ouviu, sabe o que é e que o filho dela viu. Por mais que não haja rostos, só corpos se contorcendo, ele viu algo que não deveria. Ela está pálida, atônita, então as cores voltam, junto da raiva.

— Sua coisinha bizarra e nojenta.

Não tenho como me defender.

— Saia da minha casa. Saia da minha casa — grita ela, e eu disparo para a porta dos fundos. — É melhor você fazer as malas agora mesmo e ter ido embora até amanhã... Allegra boba, Allegra bobinha. — Ouço ela dizer para Cillín num tom agudo ao consolá-lo. — O que os amigos bobos dela estavam fazendo naquele vídeo? Quer biscoitos, meu amorzinho? — pergunta ela, e eu escuto o tremor na voz dela.

Atravesso o gramado me sentindo atordoada, desorientada e perplexa.

— Sua pervertida do caralho — sibila ela para mim, enfim, antes de fechar a porta de correr com um estrondo.

E agora não são só as sardas que me ligam ao papai.

# VINTE E NOVE

Paddy abre a porta. Eu não sabia se ele ia estar em casa. Não sabia se ele ia abrir a porta. Nem mesmo sabia se ele ia me deixar entrar. Ele faz todas essas coisas.

Ele me leva à sala de TV. A tela mostra um seriado de culinária no pause. Ele olha para mim, rodando os dedões.

— Sua mãe está aqui? — pergunto.

— Não. Ela está na casa de repouso. Vou passar o dia com ela amanhã.

Assinto.

— Aqui. Para você. — Eu entrego a sacola para ele, tão pesada que quase deslocou meu braço no caminho do ponto de ônibus para cá. — Feliz aniversário atrasado.

É uma cesta de azeites. Foi cara. Uma seleção de azeites orgânicos aromatizados.

— Você já tinha me dado as marinadas — diz ele, tirando o presente da sacola. — Aah. Trufa branca — diz ele, passando os dedos pelo plástico que protege a cesta. — Infusão de menta, infusão de manjericão. Olhe só, infusão de limão. — Ele sorri, um sorriso de verdade. — Ouro líquido. Obrigado, Allegra.

— Tá bom, talvez seja mais um presente de desculpas. Me desculpe, Paddy. Você tem sido gentil comigo desde que cheguei a Dublin, e eu não retribuí. Quero que saiba que eu o considero um amigo, quer você goste de mim ou não nesse momento.

— Obrigado, Allegra. Eu agradeço. De verdade, já passou.

Mas o clima continua estranho. Eu o estraguei para sempre.

— É melhor eu ir. Tenho que procurar uma casa. Preciso sair do meu apartamento até segunda-feira. Espero que consiga ficar em Malahide.

— Talvez fosse melhor você esperar para ver para onde vai ser transferida.

— É mesmo. Você já teve alguma notícia? — pergunto, com esperanças de que o sistema inteiro tenha mudado milagrosamente.

— Vou embora de Fingal.

— O quê? Por quê?

— Consegui um emprego novo como oficial de patrulha de estacionamento. Na cidade. Com revezamento de turno. Quatro turnos de dez horas por semana. Possibilidade de hora extra. Vou poder dirigir uma van novinha em folha, uniforme, celular e equipamento de proteção pessoal, tudo isso novo. Quarenta mil por ano.

— Caramba, Paddy. Parabéns.

— É. É, vai ser bom para mim. E eu preciso para as contas da mamãe, sabe?

— Sei. Isso é ótimo. — Fico surpresa ao ouvir a emoção embargando minha voz. Sinto que esse é o fim. Tudo está acabado ou pelo menos acabando antes que eu esteja pronta para partir. — Boa sorte, Paddy.

— Mas eu ainda vou estar por aqui nas próximas semanas. E não estou morrendo. Ainda podemos nos manter em contato.

— É claro. — Sorrio. — Tá bom, vejo você na segunda.

— Boa sorte com a busca por casa.

Não dou nenhuma sorte com a busca. Tudo em Malahide é caro demais. Já guardei minhas coisas, meu mundo inteiro em duas malas, e estou considerando me hospedar num hotel quando Donnacha faz uma visita.

— Desculpe — diz ele na mesma hora. — A culpa é minha.

Não sei se ele sabe sobre o vídeo no meu celular, mas não vou mencioná-lo.

— Não é tão bizarro quanto parece, acredite em mim — diz ele, se mexendo, e pega a tela de um lugar fora da minha vista. — Eu comprei para você — explica-se ele. — Eu ia dar para você. Só ainda não sabia como. Estava tentando pensar numa maneira de não parecer bizarro. Deu muito certo, como pode ver.

Não consigo deixar de rir.

— Becky achou que eu tivesse desenhado... já a informei dos fatos.

— Eu vi essa tela na galeria. Achei que capturou você de um jeito lindo, que você deveria ficar com ela.

Pego a tela dele e a avalio direito. Foi feita com giz pastel. Eu nunca tinha visto essa antes. E ele tem razão, sou eu. Olho nos meus olhos, e é como se eu estivesse tentando me dizer alguma coisa. Meus lábios curvados de um jeito pensativo. Minhas sardas pontilhadas por toda a ponte do meu nariz e minhas bochechas. Menos no meu corpo, mas é como se o artista tivesse capturado cada uma perfeitamente. Mapeadas como estrelas no céu. Meu braço esquerdo apresenta as cicatrizes, as constelações que passei inúmeras noites mapeando. Um artista que notou. É melhor do que lindo. Sou eu.

— A artista se chama Genevieve — diz ele. — Não estava à venda e não foi fácil convencê-la a vender. Mas então eu disse que era para você. Primeira vez que vejo Genevieve tímida, mas ela queria que você ficasse com ela.

— Obrigada — digo, profundamente emocionada.

— Você tem algum lugar para ficar? — pergunta ele.

Balanço a cabeça, com lágrimas nos olhos.

— Um amigo para quem possa ligar? — pergunta ele, mudando o peso do corpo de um pé para o outro com nervosismo. Ele não quer que eu me torne problema dele, e, quanto mais perguntas faz, maiores as chances de eu me tornar.

Novamente, balanço a cabeça.

— Bem, então não podemos jogar você na rua. Legalmente. Você pagou até o final do mês? — pergunta ele, e eu assinto. — Fique até o final do mês. Encontre outro lugar nesse meio-tempo. Eu falo com Becky. E talvez, para o bem de vocês duas, fiquem fora do caminho uma da outra.

— Obrigada. — Suspiro de alívio.

Tudo está embalado e eu estou exausta. Não consigo achar meu pijama, então durmo de calcinha e sutiã. Abraço meu retrato contra o peito. Atualizando sem parar meus e-mails na esperança de que a ministra me responda.

— Oiê — diz Tristan, aparecendo ao meu lado e se sentando num quadro de força. — O que você está fazendo?

— Às vezes, os piores infratores de estacionamento podem ser donos de adesivos de pessoa com deficiência que pensam que podem estacionar em qualquer lugar pelo tempo que quiserem — digo.

Ele dá uma risada.

— Então têm pessoas como esse cara aqui — aponto para a minivan branca —, que têm uma estratégia secreta. Ou ao menos acham que têm.

— E qual é? — pergunta ele, me olhando e sorrindo, braços cruzados, sempre entretido pelo meu trabalho, pela seriedade com que o trato. Como se, entre nós dois, eu tivesse o trabalho mais divertido.

— Ele está monopolizando a vaga temporária — explico. — Quando a van ultrapassa o tempo permitido pela vaga gratuita, ele sai e volta imediatamente para a mesma vaga.

— Aah.

— Sim, aah. Então o que eu faço é registrar a posição do volante no aparelho para depois conseguir provar que ela foi estacionada de novo. Na verdade, passei a manhã fazendo isso. Ele já saiu e voltou três vezes. Por que está me olhando assim?

— Você é fascinante — diz ele com um sorrisinho.

— Cale a boca.

Eu não contei para ele que vou ser relocada. Não porque não acho que ele vá conseguir lidar com a minha ausência, mas porque não sei se eu vou conseguir. Não quero dizer em voz alta, tornar minha mudança real, apesar de que, quando meu plano funcionar com Carmencita, não vai fazer diferença se não trabalho ou moro aqui. Teremos formado nossa nova relação. Uma mais saudável na qual não sou apenas uma guarda irritante para ela. A essa altura, vou estar visitando-a em Malahide. Não será só um lugar de trabalho. Será um lugar feliz para onde anseio ir. Em vez de patrulhar, vou passear com ela. Talvez comprar um sorvete e sentar na praia como outras pessoas fazem. Talvez as pessoas não me lancem olhares feios e corram quando me virem.

— Estou num intervalo — explica ele. — Gosto de ver você trabalhar. Ajuda a me acalmar. Sua cara fica toda... — Ele franze o rosto. — Intensa, tipo "eu tenho todo o poder". Muahaha.

Dou uma risada e abaixo a máquina. Ele melhorou meu humor.

— Quer almoçar no meu escritório? — pergunta ele. — Tenho um negócio para mostrar.

— Eu iria, mas não posso. Vou encontrar Carmencita para conversar sobre o evento da semana que vem.

— Ah, é claro. Almoço com a sua mãe. — Ele fica sério. Eu preferia o Tristan bobão. — Quando você vai contar para ela quem você é?

— Quando for a hora certa.

— Não espere demais.

— Eu sei, eu sei. Olhe, eu já estou nervosa por conta própria. Sei que não deveria ficar empurrando isso com a barriga, e tenho vontade de contar para ela toda vez que nos encontramos, mas ela está tão empolgada com a vinda da Ministra Brasil para o evento que eu não tenho como contar agora. Talvez na própria noite, quando ela tiver uma boa impressão de mim. Quando tudo tiver funcionado e eu tiver me provado. — Engulo em seco. — Ou depois.

— Você não precisa se provar para ela — diz ele.

Não respondo.

— A ministra vem mesmo? — pergunta ele, e noto a dúvida na voz.

— Você acha que eu mentiria? Que eu sou algum tipo de golpista? — pergunto com raiva, sentindo a acusação de Becky voltar a ressoar.

— Não, não de uma maneira ruim, só tipo, talvez você esteja com esperanças e curtindo seu tempo com ela. Talvez você tenha se metido numa promessa que não consegue cumprir. — Ele me avalia para ver se está certo. — Só não quero que você se afunde num buraco do qual não consegue sair.

— Você parece minha mãe falando. Ela fica confirmando e confirmando sem parar. Fica me ligando e me encontrando para rever os detalhes, como se não acreditasse que estou cuidando da situação.

— Ela não está lidando diretamente com o gabinete da ministra? — pergunta ele, com a voz desconfiada de novo.

— Não. Eu estou. Assim posso agir como intermediária. Posso falar mais com Carmencita.

— Allegra. — Ele esfrega o rosto. — Você está me deixando agoniado.

Um cara se aproxima com pressa, chaves em mãos, como se fosse a primeira vez que está mudando a van de lugar.

— Foi mal, foi mal, já vou sair — diz ele em tom simpático.

— Outro criminoso fora das ruas, muito bem — diz Tristan.

Não caio na provocação.

Ele pausa. Olha para mim por um tempo.

— Você está bem? — pergunta ele.

— Preciso encontrar um lugar para ficar. Meu aluguel venceu. Não dormi direito, estou só... — suspiro — ... cansada.

— Então tire um intervalinho e deixa eu mostrar uma coisa para você, vai deixar você animada.

— Não posso.

Quando ele está se afastando, eu desisto.

— Tudo bem — exclamo para as costas dele. — O que você quer me mostrar?

Subimos para o escritório dele. Ainda não ocupou o de Tony, mesmo que esteja vazio.

O jogo começa. Guerra ao Guarda. Sem sangue. Sem abertura violenta. Está diferente.

Ele avalia meu rosto.

— Não se preocupe, eu fiz algumas mudanças — diz ele. A ideia do jogo é resolver os afazeres a tempo de voltar ao carro antes do bilhete do estacionamento expirar.

O centro da cidade na tela parece ter sido inspirado em Malahide. Uma pessoa solitária caminha pelas ruas, vestida de azul-marinho e colete refletivo. A música é animada e alegre, ao contrário da anterior. Um mapa no canto superior direito da tela revela o paradeiro do guarda com um ponto vermelho. Um cronômetro faz a contagem regressiva até o bilhete expirar.

Ele abre uma lista de afazeres. Precisa ir ao mercado comprar leite e pão, postar uma carta, comprar um café, buscar a roupa na lavanderia. Esse tipo de coisa, e tudo precisa ser feito antes de uma multa ser emitida. Ele coleta moedas depois de cumprir cada missão.

Tristan cumpre todas a tempo, e guarda feliz, música feliz. Um salpico de cor, um barulhinho de sino. Um *uau* e *bom trabalho*. Ele passa do primeiro nível.

— Fica mais complicado a cada nível — diz ele. — Menos tempo, mais afazeres. Se eu não cumpro todas as missões, levo uma multa e perco dinheiro. É uma guerra ao guarda, mas na verdade o vilão é o tempo. Você ganha recompensas de acordo com seu desempenho — explica ele. — Um guardião de estacionamento é uma delas. Ele renova seu bilhete e dá mais tempo para você.

Sorrio.

A guarda não é má. Ela é a heroína do jogo.

— Não tem sangue, tripas e violência. É o jogo menos complexo que já criamos, mas sua simplicidade é a magia da coisa. O objetivo é claro, a jogabilidade é fácil. Ele recompensa por suas boas ações e faz o jogador se sentir bem. Ideal para quem anseia pela satisfação instantânea e senso de dever cumprido trazido por riscar coisas de uma lista. Vai ser o primeiro jogo da Cockadoodledoo. Estreia na loja de aplicativos no mês que vem.

— Obrigada. — Sorrio.

# TRINTA

O roubo de joias vai para as manchetes dos jornais. Dois homens atacam a mulher do lado de dentro e fogem com o ouro. Reconheço imediatamente a van branca descrita e, sabendo que essa é uma maneira de provar que não sou quem eles pensavam, vou direto para a estação da Gardaí. Peço para falar com Laura e fico grata em conversar cara a cara com ela, mesmo que através da portinhola. Preciso cumprir com meu dever e quero provar que sou uma boa pessoa, digna de amizade. Conto tudo o que sei sobre a van branca que passou o dia na vaga gratuita. Mostro as fotografias que tirei do volante, como se mexeu várias vezes, claramente para ajudar no reconhecimento da área, não para tentar induzi-la, ou plantar um motivo ou qualquer coisa assim na cabeça dela. Ela escuta e toma notas. Ofereço até mesmo a descrição do motorista da van, visto que dei uma boa olhada nele.

— Obrigada, Allegra — diz ela. — Vamos investigar. Entraremos em contato com você se precisarmos de mais alguma coisa.

— Ótimo. Legal. Ah, e mais uma coisa. — Eu lhe entrego o panfleto do evento. — Vai ser essa semana. É um evento sobre mulheres empreendedoras que está sendo organizado pela presidente da Câmara de Comércio de Malahide. Estou ajudando a organizar. A Ministra da Justiça vem. Ela é a palestrante convidada.

— Eu tenho visto os pôsteres por todo canto. Não sabia que você estava envolvida.

— Bem, eu conheço a ministra. Então...

— Ela deve estar muito ocupada com tudo o que está rolando no momento.

— Sim. Ela está. Mas vai vir ao evento mesmo assim. Ela virá com certeza.

— Tá bom. Obrigada, Allegra. Talvez eu veja você lá, então. — Ela pega o panfleto e fecha a portinhola.

— Boa sorte na captura do homem da van branca! — Dou uma piscadinha e saio da estação com uma sensação boa. Coletei as moedas. Subi de nível. A guarda de estacionamento não é uma má pessoa.

O dia 24 de junho chegou. O dia do grande evento de Carmencita.

Minhas malas estão feitas, eu me mudo amanhã. Genevieve me ajudou a encontrar um quarto numa casa geminada de três quartos. Vou dividir com um cara de tecnologia e um barbeiro. Não vou transar com nenhum dos dois. Custa quinhentos por mês. Não terei a mesma privacidade e espaço que tenho agora, mas pelo menos é onde eu preciso estar, perto da minha mãe.

Não vi nem falei com Becky desde que me despejou. Não falei nem com Donnacha. Todo mundo está mantendo a distância um do outro, e a tensão que sinto quando saio de casa, atravesso o jardim secreto e passo pela casa é suficiente para me convencer de que está na hora de ir embora. Solicitei ao Conselho do Condado de Fingal para ser mantida em Malahide, então estou torcendo para que eles não me reloquem. Acredito que Becky vai estar no evento hoje à noite e torço para que, quando ela vir a Ministra Brasil lá, falando comigo, conclua que não sou a louca mentirosa que se convenceu de que eu sou. Mais importante, vou poder falar para minha mãe quem eu sou e ela vai ficar orgulhosa. Estou esperançosa. De verdade.

Carmencita se ofereceu para fazer meu cabelo para o evento. Fazemos nosso cabelo, nossas unhas e tomamos uma taça de champanhe antes de subir a rua com a equipe dela em direção ao clube St. Sylvester's da associação. Estou realmente numa bolha de felicidade. Todos os momentos passados com ela, mesmo que não saiba quem sou, parecem uma dádiva. Todo mundo está animado, vibrante e entusiasmado.

Há jornalistas locais e nacionais do lado de dentro, mas, do lado de fora, há equipes de TV e fotógrafos de jornais estacionados por conta do grande drama político que está se desenrolando, torcendo para conseguir uma declaração dela sobre o estado atual das coisas. A ministra deve chegar às 20h30 e ser a palestrante convidada. Mesmo que não seja uma empreendedora local, Genevieve é minha acompanhante, veio me dar apoio. Quando Tristan chega, Carmencita fica cheia de elogios.

— Homens podem participar? — pergunta ele.

— É claro que você pode — diz ela. — Meus filhos são vidrados em você, minha filha em particular. Galo isso, Galo aquilo. — Ela dá uma risada.

— É mesmo? — Ele me olha, provocando.

Arregalo os olhos, com medo de que ele vá me entregar. Não essa filha. Ainda não. Ainda não. Antes de mais nada, preciso que essa noite seja um sucesso.

— Sabia que Galo pagou por todo o vinho da noite? — comenta Carmencita comigo antes de continuar.

— Não, não sabia. — Eu o avalio com apreciação. — Obrigada, Tristan.

— Só quis ajudar — diz ele, se aproximando de mim, mas meus olhos passam direto por ele, focados em Carmencita.

Becky, vestida com seu look poderoso de terno da Prada, está aproveitando a atenção sendo a maior empreendedora do evento. Eu não tinha me dado conta da empolgação que a cerca como fundadora e CEO da Compression, uma empresa global de tecnologia. Ela está rodeada por fãs admiradores da área desde que chegou, até Tristan estava impressionado. Todos menos

Genevieve, que lança olhares raivosos para ela enquanto bebe seu vinho. Defensiva por minha causa. Becky não lançou um olhar na minha direção, mas o fato de estar intencionalmente me evitando mostra que ela sabe minha exata posição. Em certo momento, ela parece puxar Carmencita e dizer algo no ouvido dela com expressão severa, então as duas começam a se afastar da multidão em direção ao corredor.

Eu abandono Tristan, que continuava falando sobre alguma coisa em que não estava prestando atenção, e chego ao corredor antes delas. Entro no guarda-volumes, fora de vista

— Você organizou uma noite maravilhosa — elogia Becky. — Estamos todas aqui para apoiá-la.

— Obrigada, e eu agradeço pelo apoio, mas você me deixou preocupada, sobre o que você queria conversar? — pergunta Carmencita.

— Notei que a ministra ainda não chegou — diz Becky.

— Não, ainda não, mas deve chegar muito em breve — diz Carmencita. — 20h30.

— Foi Allegra que providenciou isso? — pergunta Becky.

— Allegra. Sim, Allegra. Você a conhece?

— Conheço sim — diz ela com um tom nada elogioso. — Infelizmente conheço, Carmencita. Eu só tomaria... cuidado.

— Sim, sim. Ela é um pouco estranha.

Eu me sinto enjoada.

— Fico preocupada que ela possa ter enganado você. As notícias que li no caminho até aqui informam que o chefe do poder renunciou — diz Becky. — Que a Ministra Brasil pode ser a sucessora. Precisará haver uma votação emergencial dentro do partido para elegê-la. Eu simplesmente não consigo imaginar como ela poderia vir hoje, com tudo o que está acontecendo, ou mesmo essa semana, como o gabinete dela não teria a prudência de informá-la quanto a isso?

— Você acha que Allegra está mentindo?

Carmencita soa irritada. Muito irritada. Sei que eu deveria sair e me defender, mas estou tremendo. Estou com medo do tom delas, da acusação. Elas me intimidam, me fazem querer engatinhar de volta para dentro da minha concha.

— Eu odiaria acusar alguém de algo assim — diz Becky —, mas, pelas minhas interações com Allegra, eu não entendi bem se ela é uma golpista, uma iludida, ou um pouco de ambos. Seja lá o que for, claramente não é confiável. Ela se mete em situações que não são da conta dela. Por atenção, talvez. Espero que eu esteja errada quanto a hoje à noite, mas seria negligente da minha parte deixar isso passar em branco.

— Foi negligente da sua parte mencionar isso só agora — diz Carmencita, sem papas na língua. Ela solta uma lista de palavrões. — Com licença, por favor, Becky, preciso encontrá-la.

Meu coração está martelando. Fujo para o banheiro e me tranco dentro de uma cabine. Não acredito que Becky pôde fazer isso comigo. Com a testa contra a porta, fecho os olhos e seguro meu braço esquerdo, passando o dedo sobre as cicatrizes de sarda a sarda, sentindo a cicatriz elevada sob a seda do vestido. Tento respirar e me acalmar.

Ela vem, é claro, é claro que ela vem.

Recupero a compostura e volto a me juntar aos convidados. A comunidade está conversando alegremente, taças de vinho nas mãos de todos, os jornalistas olham ao redor, ninguém demonstra sinal de preocupação. Na verdade, a atmosfera é de empolgação. Um cômodo cheio de pessoas com amores e missões em comum, se incentivando. É uma grande coisa o que minha mãe fez. Ela me abandonou para ter uma vida melhor e eu a encontrei e vi que ela alcançou uma vida rica. Sinto orgulho dela. Sinto orgulho de ser filha dela. Só espero deixá-la orgulhosa hoje à noite.

— Allegra — diz Laura, chamando a minha atenção.

— Você conseguiu vir! — digo alegremente, com um humor ainda melhor. — Obrigada por sua presença.

— Não vou ficar muito, ainda estou em serviço — diz ela, mostrando um copo d'água. — Só quis dar uma passada. Para falar com você em particular, na verdade. Nós investigamos aquela van.

— E aí? — pergunto, com o coração cheio de esperança. É isso. Eu não sou uma esquisita, na verdade sou útil, na verdade sou o tipo de pessoa que você gostaria de ter como amiga. Por acaso eu gostaria de ir na sexta à noite com você, Laura, e a outra guarda ao barzinho na Leeson Street. Ah, obrigada pelo convite, sim por favor.

— Não eram os culpados — diz ela, furando minha bolha de empolgação, e eu me sinto tão perdida. — Agradecemos sua ajuda, mas não queremos mais que você atrapalhe a investigação. As fotos e os detalhes que você levou à estação são obviamente privados, se tornam propriedade do conselho assim que você as tira e os registra. Não acho que tinha permissão para imprimi-las e levá-las à estação.

O tom dela é severo. Estou levando uma bronca.

— Mas estou tão confusa. Era igualzinha à van branca descrita no noticiário — digo. — Eles devem ter cometido um erro. Eu a registrei. Passei a tarde observando a van. Estava estacionada bem ali. Fazendo o reconhecimento da área.

— Era uma van branca — diz ela, assentindo. — Essa parte você acertou. Allegra, eu sei que você queria ser da Gardaí e nós somos gratos pela ajuda do público, mas não gostamos de ser engados.

O jeito como ela está me olhando. Dá para ver que acha que eu agi de propósito.

Eu nem tenho tempo de elaborar uma resposta porque sinto um beliscão na parte superior do meu braço.

— Desculpe pela interrupção — diz Carmencita. — São 20h45, cadê a ministra? — pergunta ela com grosseria.

Laura se afasta.

— Vou verificar agora — digo, sentindo o pânico crescer novamente.

— Não, eu mesma farei isso. Me dê o seu contato; agora. Eu deveria ter feito isso por conta própria há semanas — diz ela, mas a atenção dela é desviada de mim quando mais uma pessoa a puxa para uma conversa e felicitações, me permitindo avançar para a saída de incêndio que está entreaberta para permitir a entrada de ar fresco no cômodo quente e abafado.

Atualizo meus e-mails repetidas vezes para ver se recebi alguma coisa do gabinete da Ministra Brasil. Nada. Volto aos meus e-mails enviados: 24 de junho, 20 horas. Palestrante convidada às 20h30. Salão St. Sylvester's. Sim, eu forneci os detalhes corretos para o gabinete.

Tristan se junta a mim do lado de fora, com uma taça de vinho. Genevieve está logo do outro lado da porta, olhando para mim. Sinto que eles se juntaram para ver como eu estou.

— Está tudo bem?

— Tá. Tá. — Sinto uma gota de suor escorrer pelas minhas costas.

— Sabe, Allegra, nós andamos conversando. Genevieve e eu. Nós estamos aqui para você.

Fico agradecida.

— Obrigada.

Atualizo os e-mails de novo.

— Se você acha que ela não vem — diz ele devagar. — Por qualquer razão, provavelmente é melhor avisar a alguém agora. É melhor avisar Carmencita antes que seja tarde demais. Para que ela possa providenciar outra solução.

Meu coração está quase saindo pela boca. Acho que nunca estive tão nervosa. Ou confusa.

— Mas ela precisa vir — sussurro. — Ela precisa. Tudo depende disso.

— Eu sei. — Ele pega minha mão para me consolar.

— Com licença — diz uma voz alta, e Carmencita passa bruscamente por Genevieve em direção à viela. Ela me puxa com grosseria para longe da saída de incêndio para que ninguém a ouça.

— Ei, ei, pega leve — diz Genevieve de maneira protetora, tentando soltar a mão de Carmencita, que aperta meu braço com força.

— Cadê ela? — Ela praticamente cospe no meu rosto. — Cadê minha convidada de honra?

Engulo em seco. Baixo os olhos para o celular e atualizo, atualizo, atualizo com a mão trêmula.

Então sei que já era.

— Ela não vem, não é? — grita ela, cheia de ódio.

Tristan me olha com uma expressão tão esperançosa que me enche de ódio contra mim mesma. Acabou.

Balanço a cabeça e finalmente falo, com a voz trêmula:

— Acabei de saber. O chefe de estado renunciou e, hum...

Ela surta. Ela me empurra contra a parede, e eu sinto uma dor lancinante nas costas. Tristan avança e tenta nos separar, mas vejo que não quer machucar uma mulher.

— Você me fez de idiota. Mentirosa. Humilhação. Jornalistas. A vila inteira está aqui. Mentirosa. Eu sabia.

Essas são as palavras principais que eu ouço. Vejo lábios. Lábios grandes e brilhosos. O espaço entre os dentes. Palavras odiosas cuspidas. Olhos repletos de ódio. A mão forte no meu braço torcendo e torcendo. Sei que vou acordar com um hematoma de manhã. Outra mão nas minhas cicatrizes. As cicatrizes que ligam minhas sardas, que me ligam ao papai, ainda assim eu o larguei para estar aqui com ela e ainda assim não sou boa o bastante. Meus olhos se enchem de lágrimas enquanto ela continua.

— Tá bom, já deu — diz Tristan, com firmeza agora. Ele e Genevieve a afastam. — Você está machucando ela.

— Machucando, rá. Eu poderia arrancar o cabelo dela, arrancar os olhos — diz ela com crueldade, então murmura algo para mim em espanhol. Nada de bom.

— Desculpe, Carmencita. Eu tentei. Tentei de verdade. Queria que você sentisse orgulho de mim. Queria que gostasse de mim.

— Então mentiu. Que nem uma maluca. Por que eu sentiria orgulho disso?

— Não — digo, enfática. — Eu nunca menti sobre nada. Deixe-me explicar. Por favor.

Genevieve morde as cutículas com nervosismo. Olho para Tristan, que faz um gesto encorajador para mim com a cabeça. Tire logo o Band-Aid. Vai. Conte para ela. Respiro fundo. É agora ou nunca. Não posso viver com uma vida reprimida.

— Carmencita, meu nome é Allegra Bird. Sou sua filha.

Ela fica paralisada. Literalmente. Não se mexe, não pisca. Eu me pergunto se deveria repetir. A primeira vez já foi difícil o bastante. Conto. Um, dois, três...

— O que você disse? — pergunta ela, baixinho. Sem raiva. Sem frieza. É encorajador.

— Meu nome, Carmencita, é Allegra... Bird. Filha do Bernard. Eu me mudei para cá para encontrar você.

— Nããããããããããão.

Ela grita tão alto que algumas cabeças espiam para fora pela saída lateral, e Genevieve fecha a porta e fica parada na frente de maneira protetora. Ela dá mais alguns gritos estridentes, mãos no rosto, unhas longas, pintadas e polidas com perfeição, como se fosse a Bruxa Má do Oeste derretendo.

Então ajeita a postura e olha para mim, no fundo do olho. Não é um olhar amigável. E me dá um tapa na cara. Uma dor pontuda que me choca.

— Ei — grita Tristan, afastando-a de mim, mas ela já terminou de brigar comigo. Só lhe restam palavras. O tapa foi mais fácil.

— Escute aqui. — Dedo no meu rosto. — Você nunca devia ter nascido. Eu devia ter me livrado de você. Quando penso em você, é só nisso que penso agora. Que eu devia ter me livrado de você... eu o procurei em busca de ajuda, para me livrar de você, e ele disse que ficaria com você. O maior erro que já cometi. Ele deveria manter você longe de mim, entendeu bem? Esse era o acordo.

— Pare — peço, choramingando.

— Tá bom, pode parar — diz Tristan, com as mãos nos meus ombros, me puxando para si. — Não acho que ela precise escutar isso agora.

— Ah, mas ela precisa, sim. Ela é uma mentirosa. Eu fiz papel de idiota. Você me enoja. Volte para ele. Vocês dois se merecem. Dois idiotas malucos. Você é igualzinha a ele. Eu não queria você antes e não quero agora.

Não ouço o resto.

— Pare. — Ouço Tristan dizer para ela, com raiva agora. — Pare com isso agora. Acalme-se e volte para dentro e fale com seus convidados. Allegra, fique aqui, eu volto num minuto.

Mas não consigo ficar aqui.

Acabou.


Eu me afasto de Genevieve, que está tentando me segurar, mas então me solta. Ando pela viela. A imprensa está na porta do clube, esperando pela chegada da convidada de honra que nunca vai chegar. Estou chorando tanto que não consigo enxergar direito, mas sei que preciso virar à esquerda, para longe deles. Percebo os olhares das pessoas ao passarem por mim.

— Você está bem? — pergunta alguém, preocupado.

Sigo, trocando as pernas.

— Vem cá, meu amor.

Sinto um braço ao meu redor. Forte. Firme. Um braço que me segurou por tantos anos. Papai.

— Ela não me quis — digo, chorando mais, abraçando-o. Pareço uma criança. Ouço na minha voz. A perda, a mágoa, a dor. Uma garotinha sofrendo.

— Eu sei, meu amor, eu sei. A perda é dela. Sempre foi. Mas você teve que descobrir, não teve? Agora você sabe. Minha menina corajosa. Minha menina muito, muito corajosa — diz ele, me abraçando, repetindo a frase sem parar em sua voz firme e forte, tentando me fazer acreditar. — Eu tive que deixar você fazer o que queria. Tive que ficar de fora e deixar você fazer o que queria. Meu Deus, isso quase me matou por dentro. Mas você conseguiu. É uma menina corajosa, Allegra. A maioria das pessoas correria de uma coisa dessas. — Ele fala comigo com uma voz e um tom familiar, como se eu tivesse escorregado numa pedra lodosa e ralado o joelho. Me balançando, passando a mão no meu cabelo, falando ao meu ouvido. Sons e palavras repetitivos e apaziguadores.

— Que lugar agradável — diz ele, e eu acordo do meu estado zumbificado e percebo que estamos sentados no meu banco de sempre sem nenhuma lembrança nítida de como chegamos aqui.

— Eu almoço aqui todo dia — conto a ele. — Pão de grãos com queijo. Uma maçã, nozes e uma garrafa de chá.

— É mesmo? Muito agradável.

— Conte de novo como é que você está aqui? — Olho para ele, subitamente vendo-o direito.

— Eu ia para o protesto contra o fechamento das empresas de correspondência nos Edifícios do Governo, mas pensei em passar aqui para o caso, sabe como é...

— Que conveniente — digo, secando as lágrimas.

— Pauline me disse para ficar de fora, que você é adulta e sabe tomar as próprias decisões. — Ele me olha com um olhar questionador. — Eu deveria ter ficado de fora?

Balanço a cabeça. Estou feliz por ele estar aqui.

— Você sabia o que ia acontecer, você sabia melhor do que eu — digo, mais lágrimas escorrendo. Eu as seco com rispidez, com raiva, irritada comigo mesma.

— Pais sempre imaginam o pior cenário possível. Precisamos estar preparados para qualquer coisa, mas sempre torcemos para estarmos errados.

Uma buzina súbita me dá um susto. Ela soa de forma prolongada e urgente.

— Bernard — grita uma voz. — Bernard!

Seco as lágrimas e ergo os olhos. Uma senhora bonita, loira e com óculos quadrados excêntricos coloca a cabeça para fora da janela do carro, bloqueando o tráfego, mão na buzina, uma expressão severa, porém preocupada. Eu devo estar um caco, porque ela dá uma olhada para mim e grita:

— Vou estacionar ali. — E então acelera.

— Essa é a Bonnie — diz ele.

Apesar de tudo, não consigo evitar um sorriso. Então dou uma risada, de um tipo meio delirante.

— O que houve com você agora? — pergunta ele, todo envergonhado.

— Hmmmm — digo devagar.

— Pode parar, Allegra.

— Tudo faz sentido.

— Pare — diz ele, mas não consegue reprimir o sorriso que brota no rosto.

— As empresas de correspondência — digo, fazendo aspas com os dedos, dando uma piscadela e uma cotoveladinha nele. — Temos que salvar as empresas de correspondência.

Ele está rindo agora da minha implicância, mesmo que não queira.

— Quantas pessoas tinham no protesto hoje? — pergunto.

— Ah.

— Vamos lá, conte para mim.

— Nós dois.

— Vocês sequer protestaram? — pergunto.

— Almoçamos no Stephen's Green.

Nós dois rimos.

— Mas levamos as empresas de correspondência a sério.

— Eu acredito em você.

— Estamos curtindo a companhia um do outro — diz ele, finalmente.

— Ora, que bom, fico feliz por você.

— Sim, bem… — Ele olha para qualquer lugar menos para mim, está envergonhado.

Paro de sorrir quando a ficha cai.

— Sequer teve um protesto hoje, papai? — pergunto.

— Eu queria estar aqui por você — admite ele. — Bonnie disse que podia dirigir.

Quem precisa de mais quatro pessoas quando eu tenho uma igual a ele.

Olho para o horizonte e me despeço mentalmente desta vista, deste lugar que acomodou a mim e às minhas esperanças. Hora de fazer as malas.

# TRINTA E UM

Estou com papai na nossa casa, em Valentia, bebendo sua cerveja caseira muito aperfeiçoada. É uma noite de sexta e nós estamos assistindo ao apropriadamente intitulado *Friday Night Show*, o programa de TV ao vivo de sexta à noite mais assistido do país.

O convidado seguinte tem toda minha atenção.

— Essa semana foi tumultuada para o país — diz a apresentadora Jasmine Chu. — Especialmente para minha próxima convidada. Senhoras e senhores, por favor, deem as boas-vindas para nossa nova chefe de estado, Ruth Brasil.

Papai me olha com surpresa. Ele se ajeita no assento, aumenta o volume da TV.

— Obrigada, Jasmine — diz ela, se sentando.

— Chefe de estado, como tem sido a sua semana? — pergunta ela.

A plateia ri. Ela também.

— Jasmine, tem sido uma semana louca e maravilhosa de muitas formas. Acho que o mais importante é garantir que haja estabilidade e contentamento entre as pessoas deste país. Enquanto tudo tem acontecido nos bastidores, considero de extrema importância manter a calma e o equilíbrio na nossa nação, para que juntos possamos continuar a prosperar e evoluir... — Eu me distraio um pouco enquanto ela continua seu discurso político sobre como tudo mudou, mas nada mudou de verdade.

— Então, você pode nos contar como se sentiu quando soube que se tornaria a próxima chefe de estado deste país incrível?

— Na verdade, eu estava a caminho de um evento. Um evento de negócios em Malahide organizado pela presidente da Câmara de Comércio onde eu falaria sobre mulheres empreendedoras. Portanto, devo um pedido de desculpa a todos que se reuniram no evento para me ouvir e àqueles que eu decepcionei. Recebi uma ligação do chefe de estado dizendo que ele estava renunciando, que estava me indicando para substituí-lo e que eu precisava me encontrar com o partido imediatamente para uma votação.

Papai olha para mim com o punho orgulhosamente erguido.

— Agora eles vão saber, Allegra. Espero que estejam todos assistindo.

Meu coração está disparado. Eu me sinto justiçada. Espero que Carmencita esteja assistindo. Se não estiver, vai ficar sabendo. É claro que vai. Ela foi mencionada. Vai ficar encantada. Todo mundo que estava na festa, Becky, Laura, todos que pensaram que eu tinha mentido sobre conseguir a ministra como palestrante convidada acreditarão em mim agora. Até Tristan e Genevieve, que disseram que acreditavam em mim, mas provavelmente duvidavam, terão a prova. Ainda assim, não me sinto melhor. É muito pouco, muito tarde. Nada pode mudar o que aconteceu.

Elas falam sobre o chefe de estado, suas inspirações na infância e aspirações na política.

— Uma jovem da Ilha de Valentia me disse recentemente, e, por isso, obrigada, Allegra Bird, se você estiver assistindo, que nós somos a média das cinco pessoas com quem mais convivemos. E preciso dizer que, quando ouvi a expressão, ela me fez parar e pensar. Ela me fez avaliar quem estava ao meu redor, quem eu quero ser e as qualidades das grandes pessoas que vêm me rodeando e graças às quais eu pude prosperar. Porque acho que é isso que um bom apoio faz, bons mentores e amigos, apoio e orientação, isso tudo nos ajuda a prosperar. Eu não estaria na posição em que estou se não fosse por essas cinco pessoas muito especiais. Quero o mesmo para este país. Quero que este país esteja cercado pelo melhor para também poder prosperar.

Papai estica o braço e pega minha mão. E isso é tudo do que eu preciso.

Ele é a minha pessoa. Sempre foi. O mais poderoso, meu tudo. Minhas cinco pessoas em um só.


— Olha, Allegra, olha — diz papai, apontando para uma criatura se mexendo na praia.

— O que é isso? — pergunto, contorcendo os dedos dentro das galochas.

Minhas meias estão molhadas. Eu pulei demais, espirrei água demais, não gosto da sensação dos pés molhados dentro das galochas. Mas gosto das minhas galochas. Elas são novas. São amarelas com peixinhos, e papai me deu elas hoje de manhã como meu presente de aniversário de cinco anos.

— Deixe eu contar a você sobre o caranguejo-eremita — diz papai, se agachando perto do caranguejo. — Vem olhar, filhota, não fique com medo — diz ele, pegando minha mão e me guiando da pedra para a areia.

Ele sabe que eu não gosto de tocar nessas coisas como ele gosta, mas sempre me diz para não ficar com medo e eu tento não ficar. Então me agacho ao lado dele.

— O caranguejo-eremita tem um abdômen macio, um corpo macio. Aqui — diz ele, apontando. — Então precisa ser protegido pela concha dele.

— Que nem um caracol.

— Sim, que nem um caracol. Ele também é um gastrópode. Mas é diferente do caracol, Allegra, porque, à medida que cresce, ele precisa de uma concha maior. Às vezes eles trocam de concha com outros caranguejos, os maiores deixam suas conchas para os menores, e assim vai, como uma cadeia. Mas às vezes não há conchas o bastante para compartilhar e os caranguejos-eremitas brigam por elas. Mas eles normalmente tentam ser justos, então fazem uma fila e esperam a concha certa aparecer. São muito exigentes sobre suas conchas, elas precisam ter o tamanho certo, mas nunca ficam com a mesma para sempre, estão sempre crescendo e encontrando conchas novas para acolhê-los.

Nós observamos enquanto o caranguejo-eremita tenta rastejar para dentro de sua nova concha.

No fim daquele dia, eu começo a rastejar pela sala com a caixa de sapato das minhas galochas novas na cabeça.

— Eu sou um caranguejo-eremita, papai. Eu cresci e essa é minha concha nova.

Papai dá uma risadinha enquanto engatinho pela sala.

— Ah, você é uma menina grande agora, filhota, não é? Vai precisar de uma concha muito maior do que essa.


Eu me lembro desse dia agora, sentada na sala com papai, vinte anos depois. O ano que passou foi um desses anos em que cresci, em que precisei sair da minha concha e me virar para achar outra. Eu engatinhei por aí, de quatro, andando para o lado para poder ir para a frente, com uma caixa de papelão na cabeça, tentando achar um lugar para me acolher.

## TRINTA E DOIS

É uma das últimas travessias do dia, quase 22 horas. Estamos indo para Reenard's Point na balsa para carros para a última viagem. Voltei a trabalhar na balsa nos últimos dias, e não foi ruim voltar porque nada está igual. Nada nunca pode continuar igual quando estamos sempre mudando. Fico na beirada depois de passar de janela em janela, de carro em carro, recolhendo os pagamentos, e observo a torre do relógio vermelha de Knightstown se afastando. O céu de fim de tarde ainda está claro, continuará assim até umas 23 horas. As grandes estrelas em breve brilharão, Saturno e Júpiter estão alinhados com a lua hoje. Na semana que vem, começo um novo trabalho como guia na Reserva Internacional de Céu Escuro, usando laser, telescópios e binóculos profissionais para mostrar a grupos as vistas especiais que me guiaram por toda a vida. Como se virasse pedras na praia, vou ajudar a revelar o que se esconde durante o dia. Não vejo a hora de começar. Percebo agora que as mesmas estrelas e constelações sempre estiveram acima de mim independentemente de para onde eu viajo, mas só há um lugar de onde posso ver tudo nitidamente, e esse lugar é aqui. Em casa.

Ouço um barulho que me faz dar meia-volta. Vem de Reenard's Point. Um motor. Característico. Não preciso me concentrar muito para ver, está se destacando da paisagem, a Ferrari amarela no meio dos prédios escuros e monótonos das peixarias que margeiam Reenard's Point. Quando nos aproximamos, a porta do carro se abre e Tristan salta. Ele abre um sorrisinho para mim. Dá uma buzinadinha.

— O que você está fazendo? — grito por cima da água assim que nos aproximamos o bastante para ele escutar.

Ele sorri e volta a entrar no carro, se preparando para dirigir para dentro da balsa depois que ela tiver descarregada. Dou um passo para trás e observo, em choque, enquanto ele entra antes de todo mundo, lenta e cuidadosamente, levando em conta o carro que tem, seguido pelos outros carros da fila, os quais ignorei e estou perplexa demais para os guiar a seus lugares. Ele desliga o motor e sai do carro com um sorriso convencido, adorando meu estado de absoluta surpresa e confusão. A porta do passageiro se abre e papai sai.

— Ora, é a primeira vez que eu ando numa Ferrari, Allegra. E, minha nossa, essa sim é a onda do Wild Atlantic Way — diz papai com um sorrisinho.

— Seu pai dirige muito rápido — comenta Tristan, com os olhos arregalados e fingindo medo.

— Eu sei, ele dirige muito… mas que… o que vocês estão fazendo? — gaguejo ao tentar entender o que vejo. Por que vocês dois estão…? Como vocês…? O que…?

— Você deixou seu caderno para trás — diz Tristan, erguendo meu caderno dourado.

Deixei de propósito. Eu o tinha jogado na lixeira de Becky e Donnacha. Eu deveria ter arrancado as páginas também, mas joguei fora porque nada nele significava alguma coisa para mim.

— Becky passou no meu escritório para me entregar. Depois de assistir ao *Friday Night Show*, por sinal.

Sinto uma leve satisfação. Com bastante frequência gosto de imaginar a expressão dela quando ouviu a nossa nova primeira-ministra falar meu nome. Gosto de imaginar a reação de Carmencita também, mas acho que não há nada que eu possa fazer ou dizer para conquistá-la, e não consigo imaginar que isso um dia vai deixar de doer. É uma rachadura que talvez permaneça para sempre na minha concha.

— Desculpe, mas eu li — confessa Tristan.

Não tem problema, não era um diário. Notas pela metade para Katie, Amal e a atual chefe de governo. Rascunhos da carta para Carmencita. Ele sabia o que havia naquelas cartas, de qualquer maneira.

— Teve uma página que me chamou a atenção — diz ele, e abre o caderno para me mostrar.

O título era "minhas cinco pessoas" e, embaixo dele, a constelação em formato de W com as cinco pessoas com quem eu realmente mais convivia.

— Número um — lê ele em voz alta, e meu coração começa a bater forte no peito. — Papai — diz ele—, porque ele me ama. Número dois: Spanner, porque ele me vê. Número três: Paddy, porque ele me ensina. Número quatro: Tristan, porque ele me inspira. Número cinco: Genevieve, porque ela conhece cada pedacinho meu, com verrugas e tudo.

A porta do motorista se abre no carro de trás.

— Oi, Allegra — cantarola Genevieve. — Meu Deus, minhas pernas estão dormentes, caramba, que lugar lindo. Jasper ficou cuidando da galeria, vim passar a semana aqui. — Ela sorri.

Paddy emerge do carro seguinte da fila com um aceno, e finalmente Spanner com a pequena Ariana, que dá pulinhos de empolgação por estar num barco.

— Consegui a guarda para as férias — diz Spanner com uma piscadela, indo atrás dela.

Olho para todos eles, totalmente confusa e perplexa por vê-los, essa mistura de pessoas, todas juntas, aqui, na Ilha de Valentia. Eles se reúnem ao redor de papai e Tristan, me olhando com sorrisinhos, orgulhosos de si mesmo por conseguirem organizar essa grande surpresa.

— Vai lá —diz Spanner, dando um empurrãozinho bruto em Tristan.

— Parece que sou eu que vou falar, então — diz Tristan, parecendo mais nervoso do que jamais o vi. — Estamos todos aqui porque somos suas cinco pessoas. Porém, mais importante, todos nós temos algo em comum, que é que você. Allegra Bird, você é uma das nossas cinco. Eu vou primeiro.

Ele limpa a garganta.

— Além dos meus pais — diz ele com nervosismo —, você é a única que me deixa ser Tristan. Todo o resto me vê como Galo. E, de todos os mentores que eu já tive e sobre os quais pesquisei, você é uma das pessoas mais inspiradoras que eu conheço.

— Porque você é linda por dentro e por fora — diz Genevieve em voz alta e com confiança, como se recitasse uma música.

— Porque cê dá as caras todo dia — grita Spanner.

— Porque você é minha amiga — diz Paddy, cheio de dever e honra.

Olho para papai. A voz dele está embargada, o que acaba comigo.

— Porque você é minha filha — diz ele. — O meu mundo todo.

O sorrisinho torto e os lábios trêmulos do papai. A expressão ansiosa e constrangida de Tristan, seus olhos de cachorro abandonado. Estou em choque. Olho para todos eles. Eu me sinto verdadeiramente sem palavras, mas estou tão feliz, tão loucamente feliz para caramba.

— E, se faz diferença — adiciona Tristan —, você é meu número um.

— Talvez eu precise disputar esse lugar com você — diz papai para Tristan, então me dá uma piscadela. A piscadela força uma lágrima para fora, que ele seca com o dorso da mão.

# AGRADECIMENTOS

Obrigada a Lynne Drew, Lara Stevenson, Kate Elton, Charlie Redmayne, Elizabeth Dawson, Anna Derkacz, Hannah O'Brien, Abbie Salter, Kimberley Young, Isabel Coburn, Alice Gomer, Tony Purdue, Patricia McVeigh, Ciara Swift, Jacq Murphy e toda a equipe inovadora da HarperCollins UK. Foi uma honra trabalhar com vocês, ser publicada por vocês e ter recebido um lugar à mesa, mesmo que a sala tenha sido virtual esse ano.

Obrigada aos meus representantes literários da Park & Fine Literary and Media Agency. Em particular, a Theresa Park, Abyy Koons, Ema Barnes, Andrea Mai, Emily Sweet e Alex Greene. Uma superequipe de supermulheres. Obrigada a Howie Sanders da Anonymous Content, a Anita Kissane e Sarah Kelly.

Um obrigada eterno aos livreiros e leitores pelo apoio.

Obrigada à minha tribo; meus amigos, minha família, meu David, minha Robin, meu Sonny, minha Blossom... meu tudo.

Este livro foi impresso pela Cruzado,
em 2021, para a HarperCollins Brasil.
O papel do miolo é pólen soft $80g/m^2$,
e o da capa é cartão $250g/m^2$.